Über dieses Buch Der erste Ball – die siebzehnjährige Olivia ist begeistert und beklommen. Mit ihrer älteren Schwester Kate schwelgt sie in den Vorbereitungen: Die Schneiderin näht ein flammendrotes Kleid, ein Tanzpartner wird ausgesucht.

Dann der große Tag. Während Kate den Mann fürs Leben trifft und dem Ziel ihrer Träume entgegentanzt, lernt Olivia, die jüngere, verletzlichere der beiden Schwestern, im Verlauf des Abends – hin- und hergerissen zwischen Staunen, Verzweiflung und vorsichtigem Glück – eine ganze Welt kennen. Sie erlebt die Figuren am Rande des Festes: den zornigen jungen Dichter, den alternden Junggesellen, den empfindlichen, feinfühligen Blinden. Olivia ist die Beobachterin, folgt mit ihren Blicken den Paaren, die sich zwischen Liebe, Hoffnung, Eifersucht und Verrat bewegen, und erlebt an diesem Abend eine endlos scheinende Folge von schönen und beglückenden, schmerzlichen und verstörenden Augenblicken. Dieser erste Ball gleicht einer Odyssee. Am Ende des Abends ist Olivia die Heldin, reich an Eindrücken, Bildern, Erfahrungen – eine junge Frau.

Mit der ihr eigenen meisterhaften Beobachtungsgabe beschreibt Rosamond Lehmann das Erwachsenwerden, schreibt einen Entwicklungsroman, zeichnet gleichzeitig mit sicherem Sinn fürs Detail und subtiler Ironie ein Abbild Englands in den zwanziger Jahren.

Die Autorin Rosamond Lehmann wurde 1901 in Buckinghamshire geboren. Als Tochter aus literarisch berühmtem Hause studierte sie nach dem Ersten Weltkrieg in Cambridge. »Dusty Answer« (»Dunkle Antwort«, Fischer Taschenbuch Bd. 3771) war ihr erster Roman (1927). 1930 erschien »A Note in Music«, 1932 »Invitation to the Waltz« (»Aufforderung zum Tanz«), 1936 »The Weather in the Streets«. Während des Krieges veröffentlichte sie 1944 »The Ballad and the Source«, 1953 erschien »The Echoing Grove« (»Der begrabene Tag«, Fischer Taschenbuch Bd. 3767). Nach dem Tode ihrer Tochter schreibt sie die Autobiographie »The Swan in the Evening« (»Der Schwan am Abend«, Fischer Taschenbuch Bd. 3772), die 1967 erscheint. Ihr letzter Roman ist »A Sea-Grape-Tree« (1976). Rosamond Lehmann lebt in London.

Rosamond Lehmann

Aufforderung zum Tanz

Roman

Aus dem Englischen von
Christine Frick-Gerke

Fischer Taschenbuch Verlag

Die Frau in der Gesellschaft
Lektorat: Ingeborg Mues

Veröffentlicht im Fischer Taschenbuch Verlag GmbH,
Frankfurt am Main, Januar 1990

Titel der englischen Originalausgabe:
»Invitation to the Waltz«
erschienen bei Chatto & Windus, London 1932

Lizenzausgabe mit freundlicher Genehmigung
des Ehrenwirth Verlages, München
Für die deutsche Ausgabe:

Umschlaggestaltung: Susanne Berner, Heidelberg
Umschlagabbildung: Henri Matisse »Der grüne Schal« 1919

Gesamtherstellung: Clausen & Bosse, Leck
Printed in Germany
ISBN 3-596-23773-4

Teil eins

1

Vom Hause aus wirkt das Dorf im Tal malerisch, eng. Es hat mehr Atmosphäre als Charakter, Konturen. Kauernde Gebäude aus sanftrotem Backstein lehnen gegen Gärten, in denen Sonnenblumen, Federastern, Glockenblumen wuchern.

Auf dem Dorfplatz steht eine Pumpe; dazu ein hoher, vorzeitlich scheinender Granitstein, um dessen Herkunft sich Legenden ranken. Er soll von den Druiden stammen, erzählen die einen. Andere sagen, König Karl habe darauf gesessen.

Das Dorf Little Compton ist alt, doch das massive steinerne Haus ist neu. Es wurde zur gleichen Zeit gebaut wie die Papiermühlen in Tulverton, um die Mitte des neunzehnten Jahrhunderts; ursprünglich sollte es der Alterssitz werden für den Gründer der ersten Papiermühle, Mr. James Curtis, und seine zahlreichen Nachkommen. Tulverton liegt drei Meilen entfernt. Mr. Charles Curtis, der älteste Sohn, ritt bis ins hohe Mannesalter tagein, tagaus, hin und zurück auf seiner grauen Stute vom Haus in die Fabrik. Dann schließlich, im lavendelgrauen Frack und mit Zylinder, mit Leib und Seele Bürgermeister von Tulverton, leistete er sich für seinen täglichen Weg ins Büro standesgemäß einen Zweisitzer. Der Zeit gemäß überwand sein Sohn Charles James die Entfernung per Fahrrad. Vielleicht wird dessen Sohn James Charles einmal ein Automobil benutzen. Die Zeiten ändern sich. Wir schreiben das Jahr 1920, und James, der letzte Sproß einer späten Ehe, ist erst sieben Jahre alt. Seinem Vater hat der Krieg zugesetzt; mit sechzig hat er sich, seiner schwachen Gesundheit wegen, aus der Fabrik zurückgezogen. Zum ersten Mal klafft in der direkten Nachfolge eine Lücke. Entfernte und angeheiratete Verwandte, dazu Männer, die mit der Familie in keinerlei verwandtschaftlicher Beziehung stehen, treffen nun die Entscheidungen. Und wer weiß heutzutage, was aus einem Jungen einmal werden wird, was er möchte oder nicht möchte? Was wird aus den Erben der viktorianischen Unternehmer? Wo sind die jungen Männer? Die Form ist geblieben, doch sie hat einen Sprung: der Klang ist eigenartig, hohl, dünn. Vielleicht wird der letzte James niemals mit dem Wagen in die Fabrik nach Tulverton fahren.

Das steinerne Haus wird zur Straße durch eine gestutzte Lorbeerhecke abgeschirmt. Von der Einfahrt aus sieht man schräg zwischen den Zweigen eines üppigen Mammutbaums ein Schieferdach, große breite Fenster, eine buntverglaste Veranda. Und sofort erwacht die Phantasie. Man male sich aus: Zimmer voll gewichtiger Schränke, Anrichten, Tische; unzählige Photographien in silbernen Rahmen; Tapeten mit Blumen, Kränzen, Vögeln, gewundenen Girlanden; Eingang und Flure in dunklem Oliv und Dunkelbraun; Kamine aus Marmor, kühl und aufgeblasen wie Zuckerzeug; die Wände dekoriert mit den Aquarellen der Tanten und Großtanten; abgewetzte Ledersessel sind an den warmen Ofen gerückt; aus Porzellanschalen duftet es nach Potpourri[1] und Lavendel; und sonntags gibt es Roastbeef und Apfelkuchen; zum Tee heiße Brötchen – Tee im Eßzimmer an dem großen, weißgedeckten Tisch im Schein des alles erhellenden schweren Kandelabers... Der Betrachter fühlt sich angezogen, nicht nur durch dieses Bild. Er zögert. Ein Sirren, ein Rufen dringt durchs verschwiegene Gebüsch. Alles ist nüchtern, alltäglich, herkömmlich, sogar ein wenig selbstgefällig. Ein herrschaftliches Wohnhaus, errichtet vor dem Krieg, ein gefälliger Entwurf, mit großer Halle, den üblichen Wirtschaftsräumen, schönem Baumbestand und wohlbestelltem Küchengarten. Trotzdem geht von allem ein Zauber aus, alles hat seine besondere Bedeutung. Hier geschieht etwas. *Das Wasser kocht, der Tisch ist gedeckt, die Fenster stehen weit offen. Herein, herein! Hier verbirgt sich ein alltägliches Geheimnis. Komm es entdecken. Jeder Raum birst vor Leben. Herzklopfen... Komm, hör doch!...* Ja, gewiß. Diese Wände umgrenzen eine Welt. Stetigkeit spinnt ihr Netz von Raum zu Raum, Jahr für Jahr. In diesem Haus herrscht Sicherheit. Hier wächst etwas; kraftvoll, intensiv, robust, heiter; nach eigenen Gesetzen und Gebräuchen; manchmal alarmierend, beklemmend, nicht immer vertrauenerweckend, boshaft vielleicht. Hier wächst etwas Eigenartiges, mit starken, ineinander verschlungenen Wurzeln: etwas Einzigartiges. Kurz und gut, hier lebt eine Familie.

Man tritt einfach ein. Am Tor steht der Name: THE LODGE. Der rötliche Kiesweg schlägt einen steilen Bogen, umrundet ein Rasenstück vor der Eingangstür. In der Mitte des kurzgehaltenen Grases der Schirmtannenbaum. Fuchsienstauden flankieren die Tür, James hat alle Knospen aufgedrückt – früher haben es seine Schwestern getan. An der Hauswand wächst ein üppiger Busch mit spitzen Stachelblättern und Büscheln orangefarbener Beeren. Und auf der Veranda ist der Kachelboden blau und rosa gewürfelt. Zwei Kübel voll blauer Hortensien stehen da. Und der Schirmständer.

Die Tür nach innen ist geschlossen. Es ist Winter. Morgens, Viertel vor neun.

2

Mit Schwung und strenger Miene öffnete Kate Olivias Schlafzimmertür, erblickte widerwillig, was vorauszusehen war: im Bett das übliche Knäuel von Decken, der übliche dunkle Wirbel auf dem Kissen, wo der schwesterliche Kopf zu liegen schien. Sie wartete; doch, wie gewöhnlich, Hügel und Fleck blieben regungslos.

Laut sagte sie:

»Es ist Viertel vor neun!«

Zögernde Bewegung, langsames In-sich-Zusammenfallen, Strecken des Umrisses. Überdeutlich sagte Kate:

»Also ... herzlichen Glückwunsch.«

Und Olivia prompt: »Danke.«

Ihre Stimme klang schlaftrunken. Still lag sie da; tauchte und hangelte durch Massen von Trägheit und stieß mit einemmal auf Grund, auf ihren Geburtstag – eine geschlossene, vielverheißende Muschel, die darauf wartete, geöffnet zu werden. Sie blinzelte und sah Kate.

»Ein kleines Zeichen meiner Wertschätzung erwartet dich am Frühstückstisch.«

»Oh, vielen Dank!«

Kate hatte den Tag gebührend gewürdigt. Mit einem Schlag klang sie nun unerbittlich und schroff.

»Das heißt, wenn du bis dahin aufrecht sitzen kannst und wahrnimmst, was um dich herum vorgeht. Also, ich glaube, du wirst niemals wach. Schlaf bloß nicht wieder ein. Denk daran, was Mutter gestern gesagt hat.«

»Was?«

»Daß sie dich womöglich selbst holen kommt.«

Olivia kicherte heiser.

»Ich dachte, heute ...«

»Sie wird es wahrmachen.«

»An meinem Geburtstag darf ich doch eine halbe Stunde länger schlafen?«

Kate überlegte und gab der Schwester diesmal recht.

»Aber jetzt beeil dich.«

Sie verschwand, schlug absichtlich die Tür zu.

Nur noch fünf Minuten, dachte Olivia und schloß die Augen. Nicht um wieder einzuschlafen, nur um noch einmal zum Ausgangspunkt zurückzukehren, alles langsam noch einmal zu wiederholen: sich sacht lösen, heiter aus jenen köstlich sie umfangenden Grenzbereichen an die Oberfläche treiben. O himmlischer Schlaf! Warum sollte man ihn so unvorbereitet, unwillig ablegen? Wieder von Kate ertappt worden! Du gibst dir keine Mühe, bestimmt kannst du aufwachen, wenn du nur willst: das war ihre Einstellung. Regelmäßig fing der Tag mit diesem Gefühl an, sie sei ein schlechter Mensch, träge, genußsüchtig, ohne Willenskraft. Wenn ich verheiratet bin, bleibe ich im Bett, solange ich Lust habe. Manche Mädchen heiraten in meinem Alter. Siebzehn Jahre alt.

Sie dachte an ihren Geburtstag und war mit einemmal hellwach. War es vorstellbar, daß sie eines Tages nicht mehr aufgeregt wäre, wenn der Dezember kam? Könnte das sein? Könnte sie wie Mutter, als James ihr den Azaleentopf schenkte, sagen: »Oje, ich dachte, ich hätte meine Geburtstage abgeschafft.«?... und James hatte geweint.

Oh, das Frühstück wird entsetzlich, die ganze Familie wird mir gratulieren; ich werde die Päckchen auspacken, jedesmal danke schön sagen, hin- und hergerissen zwischen Befangenheit und Begeisterung. Früher hat bei solchen Anlässen Mademoiselle mit den Augen gerollt, die Hände gerungen und ausgerufen: *»Ah, quel pays! Wie herzlos!«* Festtage wurden solide begangen; Taschentücher, Handschuhe, Blumen verschenkt; der Weihnachtsbaum geschmückt, die Ostereier wurden geköpft: doch der Geist, in dem es geschah, war völlig falsch, behauptete sie; und wenn ein Feiertag seinem Ende zuging, jammerte sie nach Eltern, Tanten und Onkeln, Geschwistern, Nichten und Neffen, umklammerte dann uns, ihre verstörten Schüler, um uns auf der Stelle wieder zu verstoßen. Und umwickelte zu guter Letzt ihren Kopf mit einem lila Wollschal, so daß diese grelle, schreiende Farbe bis ans Ende meines Lebens die Farbe des Heimwehs sein wird und jenes durchbrochene Häkelmuster ein Abbild der Migräne.

In einer Woche ist Ball bei den Spencers.

Sie stand mit einem Satz auf und begann, sich anzuziehen. Die Fenster in ihrem Zimmer sahen nach Westen, man schaute über die Wiese hinweg zum Walnußbaum mit der Schaukel, zu den Büschen, und dahinter die Ulmen in Reih und Glied, die den Garten vom freien Feld trennten. Dann, im Hintergrund, so weit man sehen konnte, sanfte Hügel, Wiesen und gepflügte Äcker, Telegraphenmasten, Heuschober. Es war stürmisch gewesen, und alle Äste waren nun kahl: Dezember – nackt. Doch heute verhießen die gemeißelte Stille der Baumwipfel, das heimliche Schimmern hinter dem weißlichen Nebelschleier ein Wetter, wie sie es am liebsten hatte: Windstille, mild, sanft sonnig. Die Landschaft wirkte heiter, dabei blaß, als ob sie aus der Erschöpfung langsam überginge in kristalline Klarheit, in einen zerbrechlichen Genesungszustand, als ob sie in Frieden wieder Kräfte sammelte nach all den Qualen, dem Leiden der Bäume, den zerrissenen Wolkenfetzen, dem Heulen und Toben der wirbelnden Dunkelheit – all der gewaltigen, wahnsinnigen Pein, dem endlosen Widerstand. Wenn sie an jene Stürme dachte – sie erinnerte sich, wie sie mit jeder Faser ihres Wesens endlich Stille herbeigesehnt hatte; dringlich, beklommen, unaufhörlich wie eine monotone Litanei: *Laß den Lärm enden, oh, gib den Bäumen Ruhe*. Sie hatte um den Walnußbaum gebangt, jenen alten, gütigen Freund. Vom Fenster aus hatte sie miterlebt, wie er sein heimeliges, schützendes Wesen abwarf; in verhängnisvollem Eigensinn kämpfte er auf Leben und Tod – sonst trug er die Schaukel, ertrug gnädig ergeben Griffe und Tritte des unbeholfenen Kletterers, war freigebiger Wirt verstohlener Jugend, die sich in seinen Ästen niederließ, sich an ihn schmiegte mit Büchern, Schreibzeug, Karamellen. Sie hatte um die Ulmen und deren flache Wurzeln gelitten, des Nachts nach ihrem Schicksal gelauscht. Doch jetzt war das Unheil fern, die Bäume waren alle heil, starre Inseln der Ruhe. Unablässig fielen aus ihnen die Krähen, sacht, wie dunkle Gedanken des Friedens.

Wie eine kleine übermütige Welle traf sie das Glück. Geburtstag und Schönwetter: ein gutes Zeichen.

Welchen der beiden Pullover – den dunkelroten oder den rehbraunen? Heute den rehbraunen. Der dunkelrote machte Mut, stärkte ihr an weniger guten Tagen den Rükken. Er paßte zu ihr, fanden die anderen. Doch heute paßte sie zu ihren Kleidern, konnte sie zum Leuchten bringen, füllte ihre Form, brachte Gewebe und Farbton zur Geltung. Sie zog ihren braunen Trikotrock an, bedauerte, heute jedoch ohne Unmut, daß er an den Knien und hinten beutelte; legte ihren breiten, tiefroten Lackgürtel um. Der Gürtel hatte Charakter. Sie besaß ihn seit zwei Jahren. Er war brüchig, blätterte ein wenig. Doch wenn sie ihn trug, fühlte sie sich einzigartig und sicher: er prägte sie, und sie liebte ihn, dachte gern daran, daß er zusammengerollt, geheimnisvoll und glänzend in der linken oberen Schublade lag. Sie besaß noch einen anderen Gürtel, einen dünnen, kaffeebraunen aus Wildleder, der war auch gut, aber weniger verläßlich. Sie betrachtete sich in dem länglichen Spiegel; doch ihr Bild spielte nicht mit, blieb unverhohlen vertraut und praktisch. Dann und wann überkam sie beim Blick in den Spiegel ein eigenartig erwartungsvolles Gefühl: Vielleicht tritt einmal in einer seltenen Laune eine Fremde aus dem Spiegel hervor: ein neues Ich.

Ein paarmal war es schon geschehen. An einem Tag im

vergangenen Sommer hatte es begonnen, als ein glühender Nachmittag träge zu Ende ging. Sie war aus dem üppigen Garten ins stille, verdunkelte Haus gekommen: wehmütig, einsam, ruhelos, voller Erwartung – auf was? – auf wen wartete sie? Das Haus war leer. Sie zog ihr zerknittertes Leinenkleid aus, goß kaltes Wasser in die Waschschüssel, tauchte Gesicht und Arme ein. Sie wollte ein frisches Kleid anziehen – das neue erdbeerrote aus Baumwolle mit den kurzen Ärmeln, dem runden Hals, das die Schneiderin gerade genäht hatte. Der grobe Crêpe lag eng an, roch leicht beißend nach neuem Stoff. Sie schaute in den Spiegel und sah sich. Was war geschehen? Sie wußte, wie sie aussah. Seit ein paar Jahren betrachtete sie ihr Bild aufmerksam, fand es eindrucksvoll, weil es ihr gehörte; fand es auch enttäuschend, unbeständig. Zwanzigmal am Tag verlöschte es, verwischte wie ein flackerndes, glimmendes Licht: unabänderlich unvollkommen. Doch diesmal war es anders. Ein geheimnisvolles Gesicht, dunkel und strahlend zugleich; das Haar aufgelöst, aus dem Gesicht gestrichen, wie von einer kühnen Energie geladen. War es das Kleid? Ihr Körper wirkte im Gleichgewicht, als hätte er seinen Mittelpunkt gefunden, von dem er sich dehnen konnte, gleichermaßen standfest und beweglich: lebendig. Es war das Porträt eines Mädchens in Rosa. Alle sich spiegelnden Gegenstände des Zimmers schienen sie zu umrahmen, hervorzuheben, schienen zu flüstern: »Das bist DU!« Sie fühlte die warme, sonnengetränkte Luft, fächelnd wie das Auf und Ab eines sachten Pulsschlags. Rosen und Blattwerk umwehten das Fenster, und die Abendvögel kreisten jubilierend heiter am Himmel, als ob ein großartiges, befreiendes Werk, das sie vollbrachte und dessen Teil sie gleichermaßen war, schließlich zur Vollendung gekommen sei.

Sie starrte gebannt auf ihr Bild, doch bald fiel es in sich zusammen, die dringliche Erwartung verging. Kein

Schleier war zerrissen. Es war kein Wendepunkt gewesen. Es würde nichts Aufregendes geschehen. Sie würde nirgendwo hingehen, zu niemandem, nichts. Im Spiegel stand ein unscheinbares Mädchen mit braunen Haaren und braunen Augen, gut gewachsen, weder besonders anmutig noch besonders plump. Und doch begann sie zu hoffen, heimlich, zweifelnd, unbegründet, als ob ein Traum ihr die Zukunft gewiesen hätte... Vielleicht bleibe ich nicht häßlich?

Jetzt bin ich siebzehn und werde hübsch... Und wenn nicht? Bei Kate war es niemals schwierig gewesen. Ihr langer Körper hatte mühelos einfach leichte Kurven angenommen, eine Anmut, die handgestrickte Pullover zwar verwischen, doch nicht verhüllen konnten. Es war ungerecht, daß Kates Leben so leicht war; auch wenn sie, warf man ihr das vor, behauptete, sie hätte reichlich Sorgen: zu kurze Wimpern, gelegentlich unreine Haut am Kinn und im Sommer hinten am Hals ein rotes Dreieck. Aber was machten schon solche Kleinigkeiten verglichen mit einem mangelhaften Ganzen.

Sie bürstete ihr langes Haar, befestigte es hinten mit einer großen Spange aus imitiertem Schildpatt, warf sich dann einen letzten Blick zu. Immer noch nicht ganz in Ordnung, immer noch Schlaf im Gesicht. Kate erwachte rosig, klar, frisch, wohlproportioniert; unbewußt, insgeheim mußte man bei ihr an eine Blume denken... an einen jener Verse, die Vater gern zitierte:

Mais elle était du monde où les plus belles choses
Ont le pire destin;
Et rose, elle a vécu ce que vivent les roses,
L'espace d'un matin.[2]

Eine klassische Schönheit, rosig und kühl: die Tochter du Perriers war für einen Augenblick dem Grabe entstiegen, der Seite des Lesebuchs, unabänderlich Kates Ebenbild.

Einmal in der Woche sagst du mir das auf, hatte er in den

frühen Tagen ihres Französischunterrichts erklärt. Und er war tatsächlich, den Gedichtband in der Hand, die knarrende Treppe hinauf ins Schulzimmer gekommen, hatte sich selbst darum gekümmert, hatte mit erhobener Stimme das Gedicht zitiert, Mademoiselle in helle Aufregung versetzt; sie gratulierte ihm zu seiner Aussprache, hoffte mit einemmal offensichtlich, daß dieses englische Unterfangen ein gutes Ende nähme. Was für ein komischer Mann! Damals wußte man niemals, wann er sich von seiner besten Seite zeigen, wann er sie alle blamieren würde. Als die Martins zum Tee kamen, zum Beispiel, nannte er sie seine Apfeltaschen, und das war für alle köstlich; für die dicken Martins, weil er von ihnen Notiz nahm, für seine Töchter, weil ihr Vater so lustig war. Doch einmal hatte er sie in einem schwarzen Regenumhang, auf dem Kopf den schändlichen Tiroler Federhut, von einem Fest abgeholt. Er spielte Flöte. Als Junge war er in den Sommerferien durch Frankreich und Deutschland gewandert, hatte sich seine Mahlzeiten mit Musik verdient, hatte im Heu, unter Hecken geschlafen. Abends war er durch sagenhafte Dörfer gewandert, hatte sein Lied gespielt, und alle Leute waren, holterdipolter, aus ihren Häusern gekommen, waren hinter ihm hergetanzt. Das war eigentlich nicht wahr: das Kostüm, die Szenerie gehörten zum Rattenfänger. Und trotzdem sah sie ihn zum Anfassen deutlich: sein wirres Haar, den schäbigen Aufzug, sein komisches, wehmütiges Vogelgesicht mit den schmalen Augen (damals ein schmächtiger Vogel, heute ein wohlgenährter). Wie paßt das alles zu seiner Arbeit in der Papiermühle? Er mußte lernen, eine Fabrik zu leiten?... Jetzt hatte er nicht mehr genug Luft fürs Flöten, armer Vater. Aber er las noch Französisch, Deutsch, Englisch – merkwürdige Bücher, Memoiren, Essays, Handbücher, keine Romane. Er sagte *On meurt beaucoup... et ce n'est pas encore fini.*[3] Und begann mit einemmal, leise, getragen:

It is not death that some time in a sigh
This eloquent breath shall take its speechless flight,...
weiter, bis seine Stimme schließlich feierlich die klagende Warnung hauchte:

And when grass waves
Over the past away, there may be then
No resurrection in the minds of men.[4]

In der Stille schien er dem Echo seiner Stimme nachzuhorchen. O Vater – Kate!... Es war vergeblich. Sie waren auserkoren, blumenumkränzt, vom Tode gezeichnet. Am frühen Morgen schon waren sie sterblich, kostbar. Vergeblich. Sie hörte auf, über beide nachzudenken, dachte statt dessen an den Ball bei den Spencers; ging aus dem Zimmer, die Treppe hinunter, nahm zwei Stufen auf einmal. Vor der Eßzimmertür machte sie halt, holte tief Luft; sie hatte Geburtstag. Sie trat ins Zimmer.

»Da kommt ja das Geburtstagskind.« Mit der spöttischen Bemerkung half Kate ihr über die Verlegenheit. Olivia lächelte befangen, warf einen Blick auf ihren Platz: da lagen die Päckchen, alles war in Ordnung.

»Morgen.« Sie beugte sich über die Mutter, gab ihr einen Kuß.

»Guten Morgen, mein Kind.« Die Stimme der Mutter klang feiertäglich.

»Morgen, Papa.«

Sie küßte ihn hinter dem Lokalteil der *Times*.

»Morgen, Simpk.« Der Pekinese hatte sich mitten auf dem Kaminläufer aufgebaut. Sie nahm ihn hoch und drückte ihn, bis er anhaltend schnaufte.

James hatte lauernd, von einem Bein aufs andere wechselnd, dagestanden, hatte angestrengt, mit offenem Mund zugeschaut, zugehört, konnte sich nicht mehr beherrschen:

»Herzlichen Glückwunsch zum Geburtstag!« Niemand hatte das bisher gesagt, doch es mußte gesagt werden, wie konnte Olivia sonst die Geschenke auspacken?

»Danke schön, James.«

Beinah hätte sie Onkel Oswald vergessen.

»Morgen, Onkel Oswald.«

Und wie üblich stand sie vor der Frage: Sollte sie ihn küssen, ihm die Hand geben, auf die Schulter klopfen oder ihn einfach übergehen: denn er war jemand, der sie vollkommen aus der Fassung brachte – seine langen, einfältigen Blicke, sein verstohlenes Nicken und Kopfschütteln, sein wissendes Zwinkern und bedeutsames Räuspern. Sie streckte ihm die Hand hin. Er ergriff sie eigenartig hastig, verstohlen, drückte sie für einen Augenblick; zog dann seine Hand zurück und hinterließ in der ihren – o Schreck! – einen Zehnschillingschein.

»O Onkel Oswald!...«

Sie errötete übers ganze Gesicht. Was er zutiefst genoß; er betrachtete sie mit höchst eigenartigem Blick, als hätte er begeistert ihre geheimen Gedanken erraten. Sie hatte ihre Hand so gierig hingehalten, als ob sie – ach! – als ob sie etwas erwartet hätte. Warum hatte sie ihm heute morgen nicht einfach auf die Schulter geklopft?

»Du hast Glück.« Kate gab ihr wieder Schützenhilfe. »Die kannst du in die Spardose stecken.«

James faßte ihre Hand.

»Zeig! Wieviel? Ach du liebes bißchen! Ein Schein!« Seine Stimme überschlug sich, er ließ sich vor Begeisterung fallen, die Beine in die Luft gestreckt. »Ich habe ihn erinnert – nicht wahr, Onkel Oswald? Ich habe ihn erinnert. Ich habe ihm auch noch was anderes erzählt. Weißt du es noch, Onkel Oswald? Was ich gesehen habe – nicht wahr – den –« Sein Mund verzog sich zu einer wilden Grimasse – »*Geburtstagskuchen*.«

»Sch, James, sch, nicht doch. Komm, steh auf. Wie großzügig von dir, Onkel Oswald. Das hat Olivia bestimmt nicht erwartet, oder, mein Kind?«

»Natürlich nicht, Mutter!«

Olivias Stimme klang scharf. Der Geburtstag wankte einen Augenblick, während Mrs. Curtis ihnen allen das beunruhigende Phantom der Oswaldschen Armut ins Gedächtnis rief. Denn Armut zeichnete ihn aus. Niemand vergaß das über längere Zeit. Und er hatte seine Hand mit eigenartig verstohlener Hast ausgestreckt...

In Kates Stimme schwang Drohung mit:

»Olivia beginnt heute ihr achtzehntes Lebensjahr, Mutter.«

»Sieh mal, da draußen, James«, sagte Mrs. Curtis, heiter, als ob nichts geschehen wäre, schenkte sie jetzt der Natur ihre Aufmerksamkeit. »Zwei kleine Meisen im neuen Kokosnußhäuschen. Ist das nicht nett?«

James schaute nicht nach draußen. Er starrte auf das Päckchen, das Olivia gerade auspackte, und holte dabei tief Luft.

»Das ist von mir.«

»O James!...«

Es war... Was war es genau?... Etwas aus Porzellan, Nippes, ein Kunstwerk – eine kleine Schale, auf deren Rand ein gelbgelockter, pausbäckiger Engel hockte, der seine Nacktheit mit zwei lebensgroßen Gänseblümchen und himmelblauen Schleifen verdeckte.

»Seht doch bloß!« Sie hielt die Schale hoch. Es war schwer, Kates Blick auszuweichen. »Habt ihr jemals so etwas Hübsches gesehen?«

»Entzückend«, sagte Mrs. Curtis.

»Ein Kunstwerk. Ein wahres Kunstwerk.« Mr. Curtis schaute mit ernstem Blick über den Rand seiner Brille.

»Zweifelsohne«, sagte Onkel Oswald. »Hm!«

Seine Stimme – heiser und rostig – war so selten zu hören, daß sie immer eine Überraschung war. Einen Augenblick lang sah er ausgesprochen munter aus.

James schaute forschend von Gesicht zu Gesicht, seine blauen Augen mißtrauisch zusammengekniffen.

Mit einemmal schnappte Kate Olivia die Schale aus der Hand und sagte:

»Puh, bin ich neidisch. Kann ich sie haben, James?«

Da war alles gut. Als er sah, wie seine Schwestern rangelten, ging ein friedliches Leuchten über sein Gesicht.

»Das geht nicht, Kate. Du hast doch nicht Geburtstag.« Bedauernd fügte er hinzu: »Leider...«, denn es fiel ihm schwer, ihr etwas abzuschlagen. Er nahm die Schale und reichte sie wieder Olivia. »Hier, vielleicht stellst du sie auf den Kamin im Schulzimmer, dann seht ihr sie beide.«

Er seufzte und drehte ihnen den Rücken zu. Es war ein langwieriges Unternehmen gewesen, nun war es vorbei. Der Gang zu Holloways Laden war feierlich, denkwürdig gewesen, die Auswahl ein Drama, ein banger Akt das Bezahlen, das Verstecken nervenzerrend. Jede Nacht hatte eine Schlangenstimme ihm zugezischt: »Komm, behalte sie...« Doch jetzt hatte er es geschafft, hatte das Geschenk an Olivias Platz gelegt: alles war vorbei.

Olivia nestelte an dem großen Paket, befingerte es, es war weich und nachgiebig – das konnte – mußte sein –, was ihr so gut wie versprochen war: Stoff für das Ballkleid. Aus dem Papier quoll flammendrote Seide.

»Oh, *Mutter!*«

Olivia stiegen Tränen in die Augen.

»Von Papa und mir, mein Kind.«

»Oh, *Papa.*«

»Was gibt's?«

»So ein wunderbares Geschenk!«

»Geschenk? Was für ein Geschenk? Wer hat etwas geschenkt bekommen?«

»Olivia«, rief James entrüstet. »Sie hat doch Geburtstag.«

»Warum sagt mir das keiner? Wie kann ich etwas schenken, wenn mir keiner etwas sagt?«

»Ich kann dir doch nicht immer alles sagen«, erklärte

James streng. »Warum hast du keinen Geburtstagskalender?«

»James, sch. Papa meint es nicht so.«

»Papa hat nur einen Witz gemacht, James, sonst nichts.«

»Die *Farbe*... meine Lieblingsfarbe.«

Widerstrebend sagte Mrs. Curtis:

»Mir wäre ein hübsches blasses Rosa oder Blau lieber gewesen. Zarte Farben stehen jungen Mädchen am besten. Farben wie Gartenwicken. Tante May und ich haben sie immer getragen. Mir ist der Stoff zu grell für ein erstes Ballkleid. Doch Kate hat darauf bestanden.«

»Ja, ich habe ihn ausgesucht«, sagte Kate gedehnt. Ihr Geschmack war Gesetz. »Warum soll Olivia mädchenhafte Farben tragen. Die machen sie nur blaß. Für sie gibt es keinen Grund, Pastell zu tragen, nur weil mir nichts anderes steht.«

Die Schwestern standen Schulter an Schulter, betrachteten den leuchtenden Stoff, verstanden sich wortlos, ohne sich anzusehen. *Das war's doch, was du wolltest, oder? Ganz genau. Vielen, vielen Dank.*

»Ich finde den Stoff herrlich.«

»Damit gehst du zu Miss Robinson, sie soll dir ein ganz schlichtes Kleid daraus machen.«

Mrs. Curtis versuchte durch ihren Tonfall das Sensationelle dieses Geschenks zu dämpfen, das Problem der Ballkleider insgesamt herunterzuspielen. Doch sie, die Gebieterische, Gütige, übte einen Augenblick lang Nachsicht.

»Puh!« rief Kate. »Ich hasse dich. Du wirst schöner sein als ich.«

»Oh, bestimmt nicht...«

Das stand natürlich außer Frage. Trotzdem, als Flamme im Ballsaal der Spencers...

Sie öffnete das letzte Päckchen: ein dickes ledernes Tagebuch mit Schloß, von Kate.

»Genau, was ich haben wollte. Ist das schön!« Es hatte Kate sicher einiges gekostet: so dickes, festes Papier, Platz für private Aufzeichnungen jeglicher Art; absolute Geheimhaltung. »Ich habe phantastische Geschenke bekommen.«

Erleichtert begann sie zu frühstücken. Bis zum Nachmittagstee war das Geburtstagsprogramm offiziell unterbrochen.

Der Pekinese erhob sich vom Kaminläufer, ging bedächtig, wie in einem Ritual, zu seinem Herrn, setzte sich neben dessen Sessel und schnaufte laut. Mr. Curtis legte die *Times* beiseite, sah den Hund liebevoll an, schaute auf seinen leeren Teller, sah dann wieder nach unten und schüttelte langsam und traurig den Kopf.

»James.«

»Ja, Papa.«

»Der kleine Kerl stirbt vor Hunger.«

»Gar nicht wahr.«

»Doch. Seit Montag hat er keinen Bissen gefressen.«

»Wer hat das gesagt?«

»Er selbst.«

»Ach, er schwindelt schon wieder.«

»James, James. Komm. Schau dir seine treuen Augen an. Sag dann noch einmal, was du eben behauptet hast.«

Brav tauchte James aus seinem eigenen Reich auf, kam und schaute.

»Er möchte doch nur ein Nierchen auf Toast oder ein Würstchen. Keine feurigen Drachenbeine oder sonstige Köstlichkeiten.«

James seufzte. »Vielleicht mag er Zaubertoast.« Er hielt ihm von seinem Teller ein Stück Kruste hin.

Der Pekinese richtete sich auf, schnupperte schaudernd und widerstrebend an dem Überbleibsel, nahm es in die Schnauze, hielt es einen Augenblick lang, ließ es auf den Teppich fallen und stolzierte davon.

»Jetzt haben wir seine Gefühle verletzt, James.«

James sagte ein wenig ungeduldig:

»Wenn er wirklich Hunger hätte, würde er das essen.«

»Also«, sagte Kate, »seit Vater im Ruhestand ist, ist nichts mehr mit ihm anzufangen. Er denkt nur noch an Simpkin. Eine fixe Idee. Wenn ihr gehört hättet, wie er gestern Dr. Martin eine endlos lange Geschichte darüber erzählte, wie Sim ein schwarzes Rindvieh getroffen hat; man hätte denken können, er spräche über seine Großmutter. Dr. Martin dachte sicher, du hättest den Verstand verloren.«

»Die Geschichte kenn' ich«, sagte James undeutlich; er war mit seinem Baukasten beschäftigt. »Sim ist auf die Kuh losgerannt, und die Kuh hat so geschnaubt, daß sie Sim umgepustet hat. Papa mußte furchtbar lachen.«

»Sim hat uns alle verdrängt«, sagte Olivia. »Über uns hat er mit Sicherheit nie Geschichten erzählt. Uns konnte er nicht ausstehen.«

»Das kann er immer noch nicht«, sagte Kate.

Mr. Curtis betrachtete seine Familie gelinde verwundert, stand auf, klemmte sich die *Times* unter den Arm, hustete asthmatisch, rief seinen Hund und ging schwerfällig aus dem Zimmer.

Mrs. Curtis sammelte ihre Post und bewegte sich zielstrebig in Richtung Tür. Ihre energische Haltung verhieß das Ende allen Müßiggangs und beschämte die, die noch trödelten.

»Also, was machen wir heute vormittag? Um zehn Uhr dreißig muß ich mit dem Bus nach Tulverton. James, du machst heute deinen Botanikausflug, nicht wahr? Sag Nannie, sie soll dich anziehen, bevor Miss Mivart kommt, nicht erst, wenn sie schon da ist. Ihr verliert sonst nur Zeit. Und was wollt ihr beiden unternehmen?«

»Nichts.« Kate gähnte und streckte sich. »Lesen vielleicht. Oder einfach herumsitzen.«

Mrs. Curtis schwieg dazu: ein vielsagendes Schweigen. Kate war gerade in einer schwierigen Phase. Am besten war es, nicht zu sehr darauf einzugehen.

In Alarmzustand versetzt – obwohl sie Kate bewunderte –, wickelte Olivia die rote Seide ein und sagte:

»Ich werde meinen Stoff zu Miss Robinson bringen.«

»Komm, James, Mutter wartet.«

»Ach, blöder alter Botanikausflug.«

»Komm, mein Kind.«

»Letztes Mal habe ich nur eine dumme Hagebutte gefunden. Und Miss Mivart hat mir nicht erlaubt, am Geländer Purzelbäume zu schlagen. Ich mag keine Botanikausflüge.«

Mrs. Curtis legte ihrem Sohn eine Hand auf die Schulter. Er verzog seinen Mund, rieb sich das Gesicht und ließ sich aus dem Zimmer schieben.

In die Stille hinein sagte Kate murrend:

»Dumme Ferien. Ich werde im Schulzimmer den Kamin anzünden und nähen.«

Onkel Oswald war noch da, er stand am Fenster, zündete sich eine Pfeife an. Die Mädchen sahen zu ihm hin, er zu ihnen, sein Blick ging von der einen zur anderen, merkwürdig, schwierig zu deuten – halb abwesend, halb vertraulich; spöttisch, liebevoll, durchdringend. Er schüttelte den Kopf, zog an seiner Pfeife und lächelte, lächelte die beiden Mädchen an; und sie lächelten zurück; der Raum war plötzlich durchflutet von warmem Licht. Die Sonne hatte den grauen Nebel aufgelöst und schien ihnen ins Gesicht.

Onkel Oswald kam auf Olivia zu, stellte sich vor sie hin, seine kurzen tabakgefleckten Finger klopften auf das Tagebuch.

»Nun, wo wirst du den kleinen Schlüssel verstecken? Soll Onkel Oswald ihn an seiner Uhrkette festmachen?« Seine Stimme klang vielsagend.

»Dir würde ich nicht trauen.« Ihr Lachen war lustig; aber als sie sich vorstellte, wie dieser Schlüssel auf seinem Bauch baumelte, seine plumpen Tatzen ihn befingerten, wie er mit seinen karamelbraunen, trüben Augen des Nachts enthüllen würde, was sie geschrieben hatte, lief es ihr kalt den Rücken hinunter.

»Die geheimen Gedanken und Träume eines jungen Mädchens... Was gibt es Erfreulicheres?«

»Was gibt es Idiotischeres?« sagte Kate.

»Also manchmal – manchmal«, seine Stimme wurde leise, und er sah Olivia mit vielsagender Unschuldsmiene an, »manchmal frage ich mich, ob ich mich vielleicht nicht doch *ein bißchen* wundern würde?«

Sie fühlte, wie sie rot wurde, und sagte hastig:

»Ach, Onkel Oswald, du bist ein Engel, daß du mir die zehn Schilling geschenkt hast.« (Das war das schlimmste. Immer wenn er etwas sagte, wurde sie rot. Früher oder später, unvermeidlich.) »Das wäre doch nicht nötig gewesen. Es ist viel zuviel.«

Als sie das sagte, verzog sich sein Gesicht, wurde ganz hölzern. Er winkte ab und ging schweigend hinaus.

Kate seufzte.

»Komischer alter Kerl. Von all unseren Verwandten gefällt er mir eigentlich am besten. Wenigstens ist er nicht so langweilig. Eigentlich ist er goldig.«

»Eigentlich. Aber findest du ihn nicht manchmal auch leicht unheimlich? – Immer diese vielsagenden, bohrenden Bemerkungen, als wolle er einem die Gedanken aus dem Kopf ziehen.«

»Ach, der tut nur so. Das ist seine Art von Humor. Ich gehe darauf gar nicht ein, also versucht er es bei dir. Armer alter Onkel, wenn er nur nicht so ungepflegt wäre. Als kennte er den Korb für die Schmutzwäsche nicht.«

»Wahrscheinlich hat er deshalb keine Frau gefunden.«

»Vielleicht führe ich ihm im nächsten Winter in London

den Haushalt, wenn ich aus Paris zurück bin. Das wäre keine schlechte Gelegenheit, nach London zu kommen. Ihm würde es sicher gefallen. Mutter wäre allerdings entsetzt.«

»Was er wohl in London macht?«

»Ich glaube, er ist Bibliothekar oder Sekretär bei jemandem – gelegentlich.«

»Sehr gelegentlich. Er ist fast immer hier. Und Mutter hat ihn sicher nicht gern um sich. Eigenartig. Einmal habe ich Papa gefragt, ob er wirklich so gescheit sei – irgendwer hat das einmal behauptet – ich glaube, Tante Edith. Da sagte Papa: Das war er früher, aber nach seinem Studium war er immer von schwacher Gesundheit. Irgendwie hörte Papa sich an, als ob er ihn sehr bedauerte. Ich habe ihn nicht weiter ausfragen wollen. Aber ich glaube, das erklärt einiges.«

Und sie diskutierten über seinen einzigen, abgetragenen schwarzen Anzug mit den Essensflecken, seine Fingernägel, die grauen Haare, die ihm auf dem unsauberen gestreiften Flanellkragen lagen; sie besprachen sein geheimnisvolles Londoner Dasein; jene – unausgesprochenen – Andeutungen, daß das Leben ihn vor langer Zeit ausgesondert hatte – gezeichnet als zweite Wahl; und daß Mutter ihn aus unerfindlichen Gründen zwar duldete, aber nie über seine Besuche begeistert war; daß er und sonst keiner bei Vater etwas Einzigartiges auslöste, eine Art zärtlicher Besorgnis, eine sachte Anwandlung von Beschützerinstinkt.

Nach einer Weile sagte Kate ganz nebenbei:

»Dieser Kershaw hat geschrieben.«

»Was?... Oh!... Warum hast du...« Zu schimpfen hatte keinen Sinn. So war sie eben. »Na und?«

Aus der Tasche ihres Pullovers zog sie einen Brief, geschrieben in einer winzigen, gestochenen Schrift auf cremeweißem Papier mit blauem Collegewappen. Olivia zitterte vor Aufregung, als sie las:

Liebe Miss Curtis,
vielen Dank für Ihren Brief und Ihre Einladung. Zu dem Tanzabend am 17. werde ich gerne kommen und auch übernachten. Äußerst liebenswürdig von Ihnen, mich einzuladen. Bitte grüßen Sie Ihre Frau Mutter. Ihr sehr ergebener *Reginald Kershaw.*

»Hm. Viel läßt er nicht heraus, oder? Was soll man davon halten? Schöne Handschrift!«

»Findest du? Für mein Gefühl, ein bißchen kleinlich. Wie ein Bankbeamter. Mit Pickeln und Brille. ›Liebenswürdig‹ – das klingt ausgesprochen verdächtig, könnte von Miss Mivart sein. Warum sagt er nicht, wie phantastisch von Ihnen... Oh, er wird uns die ganze Zeit mit Miss Curtis anreden und durch den Saal walzen, unsere besten Schuhe malträtieren, uns beim Tanzen den Arm wie einen Pumpenschwengel schwenken, den Rock hinten zerknittern, zerren, daß man unsere Kniekehlen sehen kann.«

»Hör bloß auf. Ich finde, er klingt kein bißchen so. Er ist sicher ein Sportsmann, kann sich nur nicht so gut ausdrücken. Groß und blond, schöne Zähne und eine tiefe, energische, männliche Stimme. Kershaw, das hört sich sehr nach Fußball an.«

»Ach, aber Reginald?... Prost, Reggie! Ich glaube, ich *muß* Reggie zu dir sagen. Meine Mutter kannte dich schon, als du ein winziges Wickelbaby warst... Iih!... Trotzdem, wir müssen wohl froh und dankbar sein.«

»Allerdings.«

Denn der Ball war ihnen nun sicher, und sie konnten ihrer Vorfreude freien Lauf lassen. Jetzt hieß es wenigstens »mit Partner«. Auf der Einladung war zwar die Mehrzahl gemeint, aber die hatte sich als jenseits aller Möglichkeiten erwiesen. Zwar hatte Marigold Spencer ihnen unbekümmert zugeredet: »Kommt auf alle Fälle! Wir haben bloß ›Partner‹ dazugeschrieben, damit wir Männer für die

Mauerblümchen haben.« Doch ein völliges Versagen beim Heranschaffen von Tanzpartnern einzugestehen, das wäre doch zu kläglich gewesen. Mit jedem Tag war die Hoffnung geschwunden. Es gab keine Partner – wenigstens keine greifbaren, hatte Kate bitter mit Tränen in den Augen gesagt: hatte dabei an die drei Heriot-Söhne gedacht, deren Familie weiter oben im Ort wohnte – jene hübschen und glänzenden, äußerst begehrenswerten Partner, so nah und doch fern, so offensichtlich die Richtigen und doch so unerreichbar – manchmal eilten sie aus London, aus Oxford herbei, zur Jagd auf den umliegenden Feldern, zum Querfeldeinreiten, zu den anschließenden Bällen; und all das mit einer solchen Nichtachtung ihrer Nachbarschaft, einer solchen Hingabe an andere, den Anlässen entsprechend, von strahlenderen Himmeln erlesene Sterne. Sicher kommen die Heriots zu Marigolds erstem Ball, sicher werden sie sich mit einem Hausball ihr zu Ehren revanchieren.

Mrs. Curtis aber hatte Kate zurechtgewiesen und sich von jenem Augenblick mit ganzer Macht und Energie auf die Partnerfrage gestürzt. Denn eine Einladung aus Meldon Towers sagte man nicht ohne weiteres ab: Sir John und Lady Spencer waren im Vorstand eines jeden Vereins, Komitees, Verbandes weit und breit, ein bewundernswertes Paar; sein Glanz erstrahlte zu aller Wohl. Versonnen hatte die Mutter gelächelt. »Wie streng euer Großvater damals war. Nur mit Anstandsdame durften Tante May und ich ausgehen. Kein junger Mann kam ins Haus hinein.« Hatte hinzugefügt, tatsächlich hinzugefügt: »Wenigstens nicht seines Wissens...«, hatte dabei spitzbübisch dreingesehen und geseufzt: »Wie gern haben wir getanzt. Bournemouth war ein Ort, an dem viel los war damals und heute sicherlich auch noch.« Indem sie das sagte, erschien sie ihren Töchtern mit einemmal anders, nicht wie sie heute war – gediegen, ehrbar, gesetzt; nicht als absolute häusliche Alleinherrscherin, Richterin, die jegliches Gekicher im Keim erstickte, Ausreden durchschaute, mit Tadel schnell zur Stelle war, in ihrem Urteil jedoch gerecht –, diesmal als eine ganz andere – eine, die gern lachte, Geselligkeit liebte, sich stürmisch im Walzertakt drehte, leichtfüßig, mit schmaler Taille, das Haar hoch aufgesteckt; wie sie ihr Kleid mit dem tiefen Ausschnitt und den Puffärmeln zurechtstrich, sich im Vorbeigehen im Spiegel ansah und hübsch fand: »Ja – hübsch...« In Bournemouth stahl sie sich aus dem Elternhaus, angeblich ging sie zum Briefkasten, ließ jemanden lachend und flüsternd zum Seiteneingang ein. Kein Wunder, daß sie ihren Töchtern nicht über den Weg traute, dachten sie mit einemmal beifällig. Die Zeit tat sich hinter ihnen auf, trennte sie von ihnen, beleuchtete diese Miss West von damals; ganz per Zufall, vielleicht in einem schwierigen Moment, hatte sie einen älteren Herrn namens Curtis getroffen. Unwiderruflich hatte er sie auf eine neue Lebensbahn mitgenommen, hin zu dem Punkt, an dem sie nun stand. Vielleicht blickte sie wehmütig zurück: Wie glücklich war ich damals, damals; verglich, was sie nun hatte – den Ehemann, das Heim, die Kinder –, mit dem damaligen Nichts. Und die Rechnung ging nicht auf. Die Mädchen fühlten ein leichtes Unbehagen, als ob ihnen im Schlaf die wärmende Decke fortgerutscht sei, sie dämmernd gespürt hätten, daß etwas nicht stimmte. Was in aller Welt hatte ihre Eltern dazu veranlaßt zu heiraten? Welche Beziehung lag unter der offensichtlichen gegenseitigen Wertschätzung, der gewohnheitsmäßigen Freundlichkeit, die beide einander erwiesen?

Die Liste möglicher Tanzpartner aus der näheren Umgebung war kurz, unergiebig, bald abgehakt. Da, als alle Hoffnungen hinschwanden, traf Mrs. Curtis die große Entscheidung: Es sollten junge Männer von auswärts eingeladen werden. Vergeblich wurden die Netze ausgeworfen. Die Vettern, einer bei der Marine, der andere beim Militär, einer (aber nur gelegentlich, ohne jeden Aufruhr und unter anderem Namen) beim Theater, übersandten alle höflich ihr Bedauern. Kate weinte heimlich des Nachts. Olivia sorgte sich dann und wann. Mrs. Curtis verzichtete auf ihre üblichen stoischen Bemerkungen. Reggie Kershaw war ihr in den Sinn gekommen, Sohn einer Schulfreundin, eines von vielen eher zweitrangigen Patenkindern, das sie nach Überreichung des obligatorischen Silberbechers als Taufgeschenk aus den Augen verloren hatte. Sie wagte einen letzten Versuch, ihre Patenschaft zu neuem Leben zu erwecken. Und hatte Glück. Rätselhafterweise hatten sie aus dem Nichts einen wahrhaftigen jungen Mann geangelt.

Kate seufzte wieder.

»Alles, was wir von ihm wissen, ist, daß er ein reizendes Baby war.«

»Das wird sie ihm mit Sicherheit auch sagen.«

»Ich glaube, wir brauchen uns keine Hoffnungen zu machen, daß Mutters Schulfreundinnen irgend etwas Aufregendes hervorgebracht haben. Warum sind das eigentlich sämtlichst Witwen, die ein *so* trauriges Leben hatten?«

»Oder muntere kleine Frauen, die immer tapfer gekämpft haben?«

»Nicht zum Aushalten. Olivia, werden wir jemals Männer kennenlernen? Welche, die etwas taugen, meine ich. Nach Mamas Vorstellungen ist jeder Mann passabel. Immer führt sie uns irgendwelche Geschöpfe vor, zu denen wir freundlich sein sollen, weil sie von Natur aus benachteiligt sind...«

»Oder ihre armen Mütter kein Geld haben, um ihnen einen Abendanzug zu kaufen.«

»›Lad den Armen doch ein, er hat keinen Frack‹, ist Mutters Devise, was Hausbälle angeht. Wir können von

Glück sagen, wenn Reggie in einem geliehenen Smoking ankommt.«

Aber ihr Hohn war nur gespielt. In Wahrheit fragten sie sich bereits, ob er lieber blonde oder dunkelhaarige Mädchen mochte, mit welcher von ihnen er am häufigsten tanzen würde; wer ihm sein Zimmer zeigen würde; ob es richtig wäre, wenn er sie im Morgenmantel sähe, wenn sie aus dem Bad kamen; welche Themen sie beim Essen anschneiden sollten, um einen gebildeten Eindruck zu machen, um Vaters Bemerkungen und Onkel Oswalds Schweigen zu überspielen. Und sie gingen ihre spärliche Garderobe durch – das Rehbraune? das Rote? das Grüne? das Graublaue? –, sie überlegten, wie freundlich und selbstverständlich sie ihn behandeln würden: als ob sie häufigen Umgang mit jungen Männern hätten. Kate griff nach seinem Brief und war erstaunt über seine Anziehungskraft – der glatte cremefarbene Bogen, das kleine blaue Wappen, die winzige gestochene Schrift, die den Bogen zierte. Aufregend. Sie beschloß, ihn in ihrem Schreibtisch zu bewahren, wenigstens für eine Weile.

»So, jetzt müssen wir etwas tun. Gleich kommt Violet, um abzuräumen.«

»Ich gehe zu Miss Robinson. O Kate, du bist ein Engel. Wie wäre ein hübsches Blaßblau gewesen? Heiz gut im Schulzimmer, damit es warm ist, wenn ich wiederkomme. In dieser Jahreszeit können junge Mädchen nicht vorsichtig genug sein.«

Sie schaute in den Garten, sah das zarte Leuchten des Winters auf dem grauen Rasen und der rötlich-bröckeligen Erde der Rosenbeete – Baumstämme und Zweige weich gezeichnet von Licht und Schatten.

Ja, die Sonne kommt. Und ich habe Geburtstag.

3

Die alte Mrs. Robinson öffnete Olivia die Tür. Sie war zahnlos und runzelig, ein eigenartiger Geruch umgab sie. Und eine fast vergessene Erinnerung tritt hervor: eine hagere Gestalt, hinkend, verwachsen, den schwarzen Wollschal eng um die gebeugten Schultern gewickelt, weiße Korkenzieherlöckchen, durch die ihre Kopfhaut zum Vorschein kommt; eine dünne, zittrige Stimme tönt unbeholfen: *Komm herein, mein Kind, komm herein!* – und der gleiche Geruch, damals, wenn die Tür des Pächterhauses sich auftat: bedrohliche Besuche bei der uralten Gärtnersmutter, der Olivia früher wöchentlich Tee und Zucker brachte.

»Ich sag's meiner Tochter.« Die alte Mrs. Robinson klang griesgrämig, abweisend. »Sie hat sich hingelegt. Hat ihre Neuralgie. Ich glaube nicht, daß sie aufstehen kann. Sie ist schon die ganze Woche krank. Es kommt von den Zähnen, aber sie meint, lieber Schmerzen als Zahnarzt. Wie soll das nur weitergehen! Und Sie, geht's *Ihnen* gut?«

»Ausgezeichnet, danke.«

»Na... das hört man gerne. Bei diesem Wetter weiß man nie.« Ihre Zurückhaltung wich, sie wurde gesprächig. »Mir ist es die letzte Zeit schlechtgegangen, die alte Geschichte. Ich weiß nicht mehr, was es heißt, gut zu schlafen. Also, uns geht es allen schlecht. Wenn Sie sich hinsetzen wollen, ich rufe sie mal. Aber ich glaube kaum, daß sie...«

Ich hasse sie, dachte Olivia, als sie allein war. Jedesmal die gleiche Litanei. Bei den Robinsons war mit Sicherheit immer jemand krank. Die Luft im Haus roch nach Krankheit und Sorgen. Die alte Mrs. Robinson und ihre älteste Tochter (die, die nicht richtig im Kopf war und nie in Erscheinung trat) und die zweitälteste (die bei der Post) trugen ihre Leiden mit devoter christlicher Geduld; die jüngste, die Schneiderin, besaß diese Eigenschaft nicht, sie hatte nur ihre Phantasie.

Während Olivia in der klammen, gewienerten Wohnstube wartete, dachte sie, was ihr der Glaube bedeutete. Er war ihr zweifellos abhanden gekommen. Wenn sie des Abends zu Bett ging und aus alter Gewohnheit ihr Nachtgebet sprechen wollte, spürte sie einen schwer zu erklärenden Widerwillen, ein ungeduldiges skeptisches Achselzucken; und sofort legte sie sich ohne Gebet hin und dachte an etwas anderes. Vergangen jene Nächte, in denen sie, ekstatisch auf ihrem Kissen kniend, mit den Händen so fest ihr Gesicht bedeckt hatte, bis sie Sterne und kleine farbige Punkte sah; beinah gewiß, sie stünde vor Gottes Angesicht. Verdächtig kam ihr heute jene kurze mystische Periode vor, damals in der Karwoche, als sie zwischen den Blumen auf dem Altar ein weißes, schimmerndes Etwas erkannte und Gott auf Knien für diese Erleuchtung dankte: vierzehn Tage lang sprach sie allabendlich ein Dankgebet. Sie fand keine Genugtuung mehr darin, in ihren Sonntagskleidern zur Kirche zu gehen. Höchstens das fromme Spektakel des neuen Pfarrers konnte sie ergötzen, wie er um den Altar herumdienerte, wedelte, fuchtelte – hingebungsvoll, überheblich und ohne Rücksicht auf seine niedere Gemeinde, die erzürnt, mit glühenden Wangen und verkniffenen Mündern, kopfschüttelnd dasaß.

Kate glaubte noch an Gott. Sie ging frühmorgens im Dunkeln zum Gottesdienst; sprach andächtig alle Antworten mit, saß und blickte bescheiden, unschuldig und aufmerksam unter der Krempe ihres Sonntagshuts hervor und überließ sich den leidenschaftlichen Worten, die von der Kanzel kamen: denn der neue Pfarrer mit den fanatisch großen Augen schien Kate zu fixieren, wenn er predigte, als spräche er allein zu ihr. Das war natürlich ein Scherz, aber kein gelungener: Kate lachte nicht mit; vielleicht genoß sie die Predigten insgeheim doch. Genauso unschuldig sah sie damals aus, als der Pfarrer zum Tee kam, da hatte sie auf verschwörerisches Augenzwinkern nicht reagiert, hatte hinterher erklärt, daß sie nichts mehr verabscheue als ungesittetes Benehmen. Von da an hatten sie Gott zum Tabu erklärt; die ganze Familie mied dieses Thema. Papa war erklärter Atheist: der bloße Anblick eines Geistlichen irritierte ihn; und in der Schule konnte man sagen: Mein Vater ist Atheist. Mutter dagegen verbarg ihren Glauben taktvoll, falls sie einen besaß; sie legte Wert auf Form und Ehrfurcht, leichtfertigen Umgang mit religiösen Begriffen tadelte sie: wies James streng zurecht, wenn er beim Anblick des Reispuddings wieder »Ach du großer Gott!« rief. James führte neuerdings kühne Debatten über Religion, seine haarsträubenden Fragen zu diesem Thema, immer zu den Mahlzeiten serviert, brachten die ganze Familie aus dem Gleichgewicht. Denn Vater stiftete ihn an, Mutters gewissenhafte, aber ausweichende Antworten genau unter die Lupe zu nehmen – Kates Gesicht spiegelte dann herrische Indigniertheit, man selbst kicherte, und James – einmal von Papa angespornt – kannte keine Grenzen mehr und mußte ermahnt werden.

Irgendwann werde ich alles gründlich bedenken, hilfreiche Bücher lesen, mich wirklich damit beschäftigen... Obwohl es nichts nützen wird. Es wird schon alles gut. Natürlich glaube ich... ich glaube – Ich glaube an alles... die Sonne, den Mond, die Sterne, die Jahreszeiten – Bäume, Blumen – an die Menschen, die Musik, das Leben... ja, an das Leben. Eine große Erregung ergriff sie, sie atmete tief...

Das Haus war ganz still. Wo war Miss Robinson? Sie öffnete das verschnörkelte Klavier, legte den rosaseidigen Tastenschoner beiseite und spielte gedämpft ein paar Takte von *Little Grey Home in the West*, das aufgeschlagen auf dem Notenhalter stand. Darunter lag *Homing*; dann *A*

Broken Doll; Two Eyes of Grey; The End of a Perfect Day; Indian Love Lyrics; Dutzende solcher Lieder – eine reichhaltige Sammlung. Die jüngste Miss Robinson, die eigentlich lebhaft, ungestüm, leicht reizbar war, brach manchmal aus der selbstherrlichen Trübsal, dem frommen Moder ihrer Umgebung aus: aber immer kam sie nur bis zum Vorderzimmer, zum scheppernden Klavier, den schrill trillernden gefühlsseligen Balladen. Diesen Raum, jetzt Anprobezimmer genannt, hatte sie sich erkämpft. Diese vier Wände umgaben, was ihr an Freiheit geblieben war: ihren Humor, ihre wehmütige Hoffnung. Und mit jedem Jahr wurde ihr Kampf schwächer, sie war unwiderruflich gefangen, verloren, etwas Altjüngferliches nahm von ihr Besitz wie ein bösartiges Gewächs, und die alte Mrs. Robinson lebte.

Oben knarrte der Fußboden; gleich kam sie herunter. Natürlich kam sie. Wie oft schon hatte sie sich, erdrückt von den düsteren Fittichen der Mutter, zurückgezogen, um bald darauf in bester Verfassung wieder aufzutreten. Denn die Ankündigung: »Jemand möchte dich sprechen« wirkte auf ihr Gemüt wie ein wahres Wundermittel, und in ihrem begrenzten Kundenkreis war Olivia durchaus ein Lichtblick.

Da kam sie, leichten Schrittes, und summte ein Liedchen. Sie erschien in der Tür und schaute erwartungsvoll.

»Hallo, Miss Robinson.«

»Hallo! Ich hab' Sie schon erwartet. Hatte im Gefühl, daß Sie kommen würden.«

»Wirklich? Es tut mir leid, daß Sie krank sind.«

Miss Robinson griff sich an den Kopf.

»Ach ja, furchtbar.« Ihre farblosen, verschleierten, leicht hervortretenden Augen sahen kläglich drein. »Ach, macht nichts. Es kommt und geht auch. Ich hatte nur keine Lust aufzustehen, mehr nicht. Gertie kann schließlich auch etwas tun.« Sie kicherte, hielt sich ertappt die

Hand vor den Mund. »Oh, hier drin ist es zu kühl. Ich hole den Heizofen.«

Sie verschwand und kam schnell mit einem rauchenden Parafinöfchen wieder, hielt es achtlos an einem Henkel. Sie sah die rote Seide, die Olivia für sie auf einem der Stühle ausgebreitet hatte, und stieß einen wilden Schrei der Begeisterung aus.

»Ooh! Fabelhaft! Was soll es werden? Ein Ballkleid? Nicht zu fassen! Das wird Ihnen stehen. Und die Qualität. Reichlich ist es diesmal auch. Ist es nicht zu grell? Eine Frau in Rot?« Sie zwinkerte ihr verschwörerisch zu. »Darf ich fragen, wer das ausgesucht hat? Nicht Ihre Frau Mutter?«

»Nein. Mutter hat ihn mir geschenkt, aber ausgesucht hat ihn Kate.«

»Aha, Kate? Also jedermanns Geschmack ist es nicht, aber ich bin ja fürs Ausgefallene. Manche können es tragen, andere nicht. Ihnen steht's – obwohl Sie keine Schönheit sind. Hätte selbst nichts dagegen, so zum Ball zu gehen. Flammendrot, das ist meine Linie.«

Sie warf sich den Stoff wie einen Schal um und lachte, als sie im Spiegel ihr blasses, spitzes Hasengesicht in eigenartigem Kontrast zu der üppigen zigeunerhaften Farbe sah.

»So wird man Sie nicht übersehen können. Darin werden Sie Chancen haben. Eigentlich ist Ihre Frau Mutter doch nicht für große Auftritte, oder?«

»Ganz und gar nicht.«

Olivia dachte an all die praktischen dunkelbraunen und marineblauen Winterkleider, die Sommerkleider aus Leinen und Wildseide; die cremefarbenen Blusen aus Baumwollflanell, die Tennisröcke aus weißem Piqué; alle waren sie schlicht, einfach, unauffällig, unkleidsam. Wenn sie darüber nachdachte, so waren bunte Farbtupfer in ihrer Garderobe selten wie Rosen im Dezember. Sie blieben ihr lebhaft im Gedächtnis: einzelne Glücksfälle, leuchtende

Zeichen: ein hochrotes Band um ein weißes Festtagskleid ihrer Kindertage, erregend und verwirrend wie jener Blutstropfen aus dem Märchen, der in den kalten, weißen, erschrockenen Schnee fiel – niemals konnte sie diese Geschichte vergessen, unaustilgbar hatte sie sich in ihrer Erinnerung festgesetzt, hatte ihre Gedanken gefärbt, sie erschreckt; später ein orangefarbener Liberty-Schal, zur Verzierung um einen Strohhut gebunden; ein merkwürdiger violetter Wintermantel aus Tuch, als sie für den Großvater Trauer trug.

Jetzt bin ich erwachsen und kann selbst bestimmen, was ich anziehe: ich werde nur noch leuchtende Farben tragen.

»Teuerste Miss Robinson, schaffen Sie es bis nächste Woche? Dann ist der Ball.«

»Ein Ball! Sie werden wirklich flügge. Bald werden Sie nur noch feiern, wenn das so weitergeht. Was haben manche Menschen doch Glück! Nicht vergessen – ich nähe Ihr Brautkleid.« Ihr Gesicht verzog sich zu einem gequälten Lächeln.

»Ich werde dran denken.« Olivia lächelte auch, der Gedanke gefiel ihr.

»Was haben manche Menschen doch Glück...«

Miss Robinson betrachtete sie mit gierigem Blick. Vielleicht sah sie Lichter, Blumen, Seide und Satin; hörte Musik und die tiefen Stimmen feingekleideter Herren; sah Ringe, Aussteuer, Orangenblüten, weiße Lilien, einen Hochzeitszug; sah die gleichen schillernden Bilder, die Olivia durch den Kopf gingen, wenn sie sich vorstellte, wie Cousine Etty Somers sich in jenem weitentfernten, sagenumwobenen London bewegte. Wenn Etty zu ihnen aufs Land kam, mit Papa ihre Späße machte, mit Mutter ernste Gespräche führte; zierlich, übermüdet, ruhe- und pflegebedürftig, wie sie war, im Schulzimmer auf dem Sofa lag und Zigaretten rauchte, sich mit Parfüm einstäubte, ihnen Exemplare ihrer hauchdünnen Chiffonunterwäsche schenkte, die immer zu klein waren, und unerhörte Geschichten von Küssen und Beinahküssen erzählte, dann war leibhaftig, was sie sonst nur aus Romanen kannte. Dann konnten sie nur mit großen Augen dasitzen, zuhören und als ergebene Dienerinnen Etty das Frühstück servieren; konnten ihr eigenes Los dagegen nur beklagen – die eintönige Gegenwart, die öde Zukunft. Vielleicht ging es Miss Robinson genauso, wenn sie ihr Schicksal mit dem der Curtis-Mädchen verglich. Die Ärmste. Zum erstenmal sah Olivia in aller Deutlichkeit, wie Miss Robinson lebte. Sah es mit Bestürzung und fühlte sich schuldig. Sie nähte Ballkleider für andere Mädchen. Ihr Leben lang blieb sie in diesem entsetzlichen Haus, Jahr für Jahr würde sie aus dem Fenster schauen auf die gleichen einfachen Häuser mit ihren Gärten. Oje...

»Wissen Sie schon, wie es werden soll? Wahrscheinlich nicht. Nicht wie Kate, die immer mit festen Vorstellungen kommt? Hier: die neueste Mode.« Sie befeuchtete ihren Zeigefinger und blätterte in *Mode für jedermann*. »Wie wär' es damit? Vorne gerafft. Oder – auch schick – seitlich angekraust wie ein Reifrock. Das ist wirklich ausgefallen, oder?«

»Macht mich das nicht – vielleicht etwas breit?«

»Könnte sein. Sie neigen zur Breite. Aber kein Vergleich zu Ihrer Mutter – *noch nicht*.« Sie zwinkerte. »Also ich würde sagen, nur an einer Seite gerafft und die Falten hier« – sie griff nach Olivias Hüfte – »mit einer eleganten Schleife aufgefangen. Das macht die Hüften schmaler.«

»Und eine Blume. Eine große silberne Rose – oder etwas Ähnliches.« Olivia hatte Feuer gefangen, sah mit einemmal deutlich Silbernes auf flammendrotem Stoff.

»Genau!« Miss Robinson kreischte vor Begeisterung und klatschte in die Hände. »Ganz genau! Gute Idee! Sie sind mir eine – langsam, aber sicher – hab' ich's nicht gesagt.«

»Ich kaufe sie in Tulverton.« Von Onkel Oswalds zehn Schillingen.

»Damit werden Sie phantastisch aussehen. Stoffblumen haben so etwas Künstlerisches. Wie machen wir das Oberteil? V-Ausschnitt, rund oder gerade am Hals, eckig ausgeschnitten? Und wieviel Brust und Arm wollen Sie zeigen?«

»Oh... nicht zuviel...« Eine Unsicherheit erfaßte sie; sie sah in den Spiegel, sah die Grübchen am Halsansatz, ihre hervortretenden Schlüsselbeinknochen, gräßlichen Salzfässer. »Wenn ich hier doch mehr und dafür hinten weniger hätte!«

»Ach, Kopf hoch. Oder möchten Sie vorn wie die Martins-Mädchen aussehen? Selbst beim harmlosesten V-Ausschnitt kann man bei denen alles sehen. Aber lieber so als wie bei Mrs. Trotter – hören Sie mir auf! – unter der Taille!... Das letzte Mal bei der Anprobe habe ich zu Connie gesagt, bei solch einer Figur kann man tatsächlich auf dumme Gedanken kommen.«

Sie legte die Hand auf den Mund, als hätte sie zuviel gesagt, und warf Olivia einen Blick zu. Eine andere Miss Robinson schien sie anzublicken, ihr einen vertraulichen Stoß zu versetzen, zu flüstern: Los! Wieviel weißt du schon? Und einen Augenblick lang sah es aus, als ob ein Schwarm verbotener Worte (Unzucht und Mädchenhandel), anstößiger Bilder und unverständlicher Warnungen (reise in der Eisenbahn nie allein mit einem Mann im Abteil) sich durch Miss Robinson heimlich zu einem schrecklichen Ganzen zusammenfügte – Realitäten des Lebens. Dann, im nächsten Moment war alles vorbei, Miss Robinson dachte schon an etwas anderes, ließ das Thema fallen. Geschwätzig stellte sie fest:

»Die junge Mrs. Jones vom Hof oben ist schon wieder

guter Hoffnung. Haben Sie es auch bemerkt? Dabei ist kein Jahr vorbei. Männer sind doch Egoisten! Connie, hab' ich gesagt, es gibt Schlimmeres, als allein zu sein.«

Olivia zeigte die erwartete Ungläubigkeit.

»Sie werden doch eines Tages heiraten.«

»Aber nicht doch. Ich doch nicht. Ich alte Jungfer.«

Miss Robinson sah in den Spiegel, strich sich ihr Kleid über den Hüften glatt. Sie hatte eine gute Figur, wohlgerundet und stattlich, und sie trug ihre weiße Hemdbluse mit dem marineblauen Rock durchaus selbstbewußt. Ihr Gesicht, ihre Wangen röteten sich.

Warum sollte Miss Robinson nicht heiraten? Sie war keine Schönheit... aber hübscher als manche andere. Sie war lustig, konnte Klavier spielen, singen, war häuslich, warmherzig, gutmütig und großzügig, sehnte sich nach Zuneigung. Doch sie würde keinen Mann bekommen: sie hatte keine Chancen mehr. Sie war dreißig. Sie hatte nie gewagt, was sie gewünscht hatte. Jetzt hatte sie keinen Mut mehr; die Lebenslust war ihr vergangen. Nie mehr würde sie tun, was sie beinah einmal getan hätte: dieses Haus verlassen, in dem sie alle nur saßen und klagten. Nie würde sie nach London gehen und dort ihr Geld verdienen. Nach dem Tod von Mr. Robinson, einem tüchtigen, gutgelaunten Mann – Abteilungsleiter bei der Papierfabrik, Küster, Schriftführer im Gemeinderat –, wollte sie fortgehen. Obwohl Connie damals sagte, wir müssen uns alle um Mutter kümmern, Gertie unter dem Druck des Todesfalles völlig verwirrt war und besonderer Pflege bedurfte und Mutter sagte, ich brauche nun all meine lieben Töchter um mich herum, Gottes Wille ist, daß wir uns nie mehr trennen, ich spüre, daß ich nicht mehr lange lebe – trotz alledem wäre sie – beinah – gegangen, wäre die Egoistische gewesen, die Treulose, Herzlose; und wäre nie mehr nach Little Compton zurückgekehrt. Aber natürlich hatte sie es doch nicht getan. Jetzt wußte sie nicht einmal mehr, wie sehr sie ihre Mutter verabscheute. Umgarnt von ihren Fangarmen, fühlte sie sich geborgen, sie hatte eben eine schwache Gesundheit, ihre Leiden – die Nerven. Nur Mittwoch nachmittags ging sie mit Connie einkaufen, vielleicht ins Kino nach Tulverton; sie suchten keine Gesellschaft, blieben für sich, fanden – so betonten sie – im eigenen Hause genug Unterhaltung. In einem so kleinen Ort wie Little Compton mußte man schließlich auf seinen Ruf achten: man war empfindlich, leicht beleidigt, auf der Hut vor abschätzigen Bemerkungen oder vertraulichen Übergriffen. Man konnte den Tag mit der Frau des Nachbarn zur Rechten verbringen, der eine Gärtnerei hatte, nicht aber mit der Nachbarsfrau zur Linken, der einfachen Frau eines Maurers. Die Einladung des hiesigen Bankangestellten (die nie ausgesprochen wurde) konnte man in Betracht ziehen, aber niemals die des hübschen jungen Viehhirten: der hatte sie einmal eingeladen, hatte sich so weit vergessen, auf offener Straße an Connie und Elsie heranzutreten, um genau diesen Vorschlag zu machen. Und obwohl sie hochmütig ablehnten, wer weiß, wie oft der dunkeläugige Mann mit den breiten Schultern und dem sinnlichen Mund, der sie angesprochen hatte, immer wieder, unverdrängbar, an eigenartigen Stellen und in merkwürdigen Verkleidungen den Robinson-Mädchen im Traume erschien?

Hektisch durchblätterte sie das Modeheft und meinte dabei:

»Ich habe meine Chancen gehabt wie jede Frau, wenn nicht mehr als andere.«

»Gewiß doch.«

»Ich bin wählerisch.« Sie musterte sich im Spiegel mit hochmütigem Blick. »Ich sage immer, bei einem Mann weiß man nie, was man bekommt, bis es zu spät ist. Gute Ehemänner wachsen nicht auf Bäumen, oder? Die meisten Menschen merken nicht, daß sie Glück haben. Ich denke oft, uns Alleinstehenden bleibt einiges erspart. Oft genug hat Mutter gesagt, wir könnten froh sein, daß wir uns gegenseitig haben.«

Die Röte, die dunkel und heftig ihre Wangen überzogen hatte, zeigte sich in Flecken jetzt auch am Hals.

»Spielen Sie noch ein Lied, bevor ich gehe, Miss Robinson.«

»Aber nicht doch. Ich will mein Geklimper nicht hören.«

»Ich aber. Bitte.« Olivia deutete aufmunternd auf den Klavierhocker.

»Ach, Sie sind mir eine.« Bereitwillig setzte sie sich. »Was soll es sein? Das Übliche?«

Ohne abzuwarten, griff sie schwungvoll in die Tasten, spielte *Pale Hands I Loved.* Ihre Sopranstimme war schrill und näselnd, trillernd dehnte sie die Töne. Beinah ohne innezuhalten, machte sie weiter mit *Less Than The Dust.* Der Raum war erfüllt von orientalischen Rhythmen, das Klavier bebte, die Stachelpalme zitterte in ihrem rosaroten Übertopf auf dem Bambustischchen, die Perlenfransen an der Tischdecke vibrierten und tanzten, an der Wand bewegten sich die Photos in ihren Rahmen sacht hin und her. Miss Robinson spielte einmal tief, dann wieder hoch, die schwierigen Intervalle übersprang sie einfach. Am Ende war sie deutlich erschöpft. Auf ihrer großen blassen Nase standen Schweißperlen.

»Wunderbar. Wenn ich das doch auch könnte. Papa meint, das wäre für eine Frau das allerwichtigste: Klavier spielen und dazu singen.«

Miss Robinson seufzte.

»In letzter Zeit habe ich zuwenig geübt, weil es mir nicht gutging. Ich habe schon besser gespielt. Wenn es mir gesundheitlich besserginge... und Mutter mich entbehren könnte... vielleicht hätte ich etwas daraus machen können. Einmal im August sind wir in die Ferien nach Brighton gefahren – bevor Vater starb. Da war ich, glaub' ich, achtzehn. Und in unserer Pension gab es einen Sänger. Ach, hatte der eine Stimme. Tenor. Er war der Ansicht, ich hätte Talent. Fand, ich könnte es weit bringen mit meiner Begabung und gutem Unterricht. Aber Mutter war strikt dagegen.« Einen Augenblick lang klang Auflehnung in ihrer Stimme. »Sie meinte, mit meiner schwachen Gesundheit würde ich so einen Beruf niemals durchstehen. Er nahm mich mit, als Clara Butt[6] am Pier sang. Es war himmlisch.«

Olivia nickte eifrig. Der feine Herr aus Brighton war ein unerschöpfliches Thema. Da gab es unendliche Variationsmöglichkeiten, was Alter, Haarfarbe, Augen betraf. Und was Miss Robinson anging, ihre Gefühle schwankten gehörig; manchmal durfte man sie deshalb aufziehen, und sie wies alles lauthals von sich, dann wieder neigte sie eher zu sarkastischen Bemerkungen. Im Augenblick nahm die Geschichte gefühlvolle Formen an, drohte zur einzig wahren, verpaßten Liebe zu werden, ausgeschmückt mit Seufzern der Entsagung und Gelöbnissen ewiger Treue; gelegentlich wurde sie irritierenderweise zur Freundschaft: platonisch – kein Gegenstand respektloser Bemerkungen. Bei allen Metamorphosen, die der Herr aus Brighton durchmachte, blieb eine Tatsache immer bestehen: Er war durch und durch ein Herr gewesen. Er war niemals zu weit gegangen, hatte keine losen Reden geführt, ihr keinen Kuß geraubt; er hatte sich in keiner Weise vergessen. Er hatte sie ins Konzert eingeladen und hinterher nach Hause gebracht, bis zur Tür, da stand er nun regungslos, wie versteinert, den Hut zum Abschied gelüftet; löste sich in nichts auf, um später wie ein Phantom von Miss Robinson zu neuem Leben erweckt zu werden. Aus der dunklen, trügerischen Höhle ihres Unterbewußten kam er wieder zum Vorschein, dorthin verschwand er wieder, nahm jedesmal andere betörende Gestalt an; doch niemals würde er der eine, Wahre sein.

Heute ließ sie ihn selbst geistesabwesend fallen, klappte mit einem Knall den Klavierdeckel zu, ging im Hüpfschritt zum Fenster.

»Schauen Sie, wer da vorbeigeht. Mrs. Uniack. Scheußliche Figur, nicht wahr? – Wie ein Mehlsack. Manchmal soll sie eigenartige Anfälle haben – na ja, die Wechseljahre. Ihr Mann trinkt. Es gibt Tage, da kann er nicht ins Geschäft gehen. Sie sagt dann, es sei wegen seiner Kriegsverletzung.« Miss Robinson lachte aus vollem Herzen. »Was die sich einbildet! Dabei war ihr Vater ein einfacher Arbeiter in der Papiermühle – wußten Sie das? Natürlich hat er sich hinaufgearbeitet. Darüber gibt es auch die merkwürdigsten Geschichten. Er starb an Hirnerweichung. Ich bedaure jeden, der so jemanden pflegen muß. Entsetzlich – ekelhaft.« Sie verzog ihr Gesicht. »Sieht heute schön aus draußen. Vielleicht gehe ich spazieren. Bin eine ganze Woche lang nicht mehr vor der Tür gewesen.« Sie kicherte. »Hatte keine Lust. Hier ist Ihr Hut. Neu? Velour – keine schlechte Form. Aber Hüte haben Ihnen noch nie besonders gestanden. Sie haben nicht das Gesicht dazu. Also Miss Cooper, sie mag ja sonst nach nichts aussehen, aber Hüte stehen ihr. In diesem Sonntagshut aus Filz, den sie trägt, sieht sie richtig schick aus. Also – kommen Sie am Montag zur Anprobe.«

»In Ordnung. Haben wir – haben wir wirklich alles besprochen?«

»Ich werd' es seitlich raffen, das ist für Sie am besten. Keine Sorge. Sie werden fabelhaft aussehen, besser als Ihre Schwester.«

»O *nein*, bestimmt nicht.«

»Doch, sicherlich. Die Geschmäcker sind, Gott sei Dank, verschieden. Sie sehen vielleicht nicht so elegant aus, aber Sie haben das gewisse Etwas.« Sie zwinkerte. »Sie geht also nach Paris! Hat sie es gut! Und Sie bleiben zu Hause. Na, macht nichts. Sie werden es sich bestimmt gutgehen lassen. Es ist ja schön, wenn man eine Schwester hat, aber manchmal kann man auch darauf verzichten...« Sie hielt sich erschrocken die Hand vor den Mund. »Habe ich etwas gesagt? Sie wissen, was ich meine. Hören Sie auf meinen Rat und verpassen Sie nicht Ihre besten Gelegenheiten. Auf Wiedersehen. Bis Montag. Passen Sie auf, da ist eine Stufe.«

Sie stand an der Tür und nickte immerzu, winkte, ihr blasses Gesicht vom Lächeln verzerrt.

Nun würde sie zurück ins Zimmer gehen, eine Melodie vor sich hin summen, den Stoff zusammenfalten, seine leuchtende, schmeichelnde Farbigkeit noch einmal in sich aufnehmen: Farben machten sie munter, Stoffe gaben ihr ein gutes Gefühl. Sie würde ihn erst einmal Mutter und Gertie zeigen; gemeinsam würden sie die Köpfe zusammenstecken, ihre Meinungen darüber austauschen. Dabei nimmt ihre gute Laune ab. Miss Robinson wird in sich zusammenfallen, das schmerzhafte Zucken in ihrem Gesicht macht sich wieder bemerkbar. Sie fühlt sich zu schlecht, um heute hinauszugehen. Weinen wird sie...

Olivia schloß das starre kleine Eisentor. Sie besah noch einmal das Schieferdach, den Giebel, die Fassade aus Kacheln und Stuck, auch die beiden Nachbarhäuser sahen so aus. CARRICKFERGUS stand in das Oberlicht der Tür geätzt. Das Haus rechts daneben hieß WINONA, das linke DUNDONALD. In ihrer Familie hießen sie Großpapas Häuser, denn der Großvater, jener allmächtige Wohltäter und Herr des Ortes, hatte sie, genau wie das Gemeindehaus, im gleichen Stil erbauen lassen. Sie standen über den alten, malerischen, engen Häusern des Dorfes – leuchtende Beispiele des Fortschritts. Sie galten als Zierde des Ortes. Auf Großvaters Werke mußte man stolz sein... aber besonders schön waren sie nicht... Eher scheußlich? Protzig und gestelzt und viel zu überladen. Wie ist es möglich, daß Großvater so häßliche Häuser bauen ließ?

Sie stellte ihn sich vor, so, wie er auf dem Bild im Eßzimmer aussah – der vornehme Bart, ein Gehrock, der Wohlstand verriet, die Weste über dem runden Leib, alles Zeichen seiner Unfehlbarkeit. Sie schämte sich ein wenig für ihn, fühlte sich in ihrer Familienzugehörigkeit unwohl, beinah schuldig. Kann man Großpapa kritisieren?

Am Fenster des ersten Stockes erschien die obere Hälfte der alten Mrs. Robinson. Graues Gesicht, gaffender Mund, Späherblick, die Falschheit in Person, schaute sie von ihrem Aussichtsposten herab.

Sie wird niemals sterben. Wenn ich in zehn Jahren wiederkomme, sitzt sie immer noch dort, auf der Lauer wie eine Spinne im Netz. Und dann wird sie eilig kommen, klagen, ihrer Tochter geht es so schlecht, so schlecht... Olivia sah die Szene mit einemmal deutlich: Miss Robinson im verdunkelten Zimmer, die Fensterläden waren zugezogen, die Tür verschlossen. Und draußen saß die alte Mrs. Robinson, bewachte ihre Gefangene.

In zehn Jahren wird es Miss Robinson schlechtgehen, so schlecht.

4

Sie nahm den Feldweg, der zur Wiese hinaufführte, ging dann am Bauernhof vorbei, hinunter zum Ende des Gartens. Sie sah das ganze Dorf in schwachem Sonnenlicht. Aus den Schornsteinen der Pächtershäuser stieg senkrecht der Rauch, und die Frauen hingen die Wäsche auf. Zwischen viel Weißem leuchtete es rosafarben und blau. An einer Leine hing eine gelbgestreifte Schürze, ein scharlachroter Unterrock an einer anderen. Die Wäsche, die Zäune und die vielen Dächer – manche strohgedeckt, manche mit rotgoldenen, mit moosfarbenen Ziegeln, dazu die silbrigblassen, lichten Rauchfahnen – sie hatten etwas an sich, das sie gern festgehalten hätte. Sie hätte gern etwas aufgeschrieben, ein Gedicht. Über der vertrauten Szene lag der Schleier der Phantasie, verbarg und enthüllte die Dinge zugleich, machte sie ewig. Das Dorf war zum Bild eines Dorfes geworden.

In der Ferne erschien Mrs. Wells-Straker, Witwe aller Witwen, im schwarzen Trauerkleid ging sie zur Kirche. War heute ein Heiligenfest, eine Dank-, eine Bußandacht oder ein Gedenken, von dem nur sie allein und der Pfarrer wußten? Vielleicht hielt sie Zwiesprache mit dem verstorbenen Mr. Wells-Straker... Sein Grabstein war der Mittelpunkt ihres Lebens, da saß sie täglich oder kniete mit viel Getöse, selbst ein Denkmal, steinerne Gestalt aus der Welt des Todes. Für Mr. Smedley ist ihre beständige Inbrunst bestimmt eine große Hilfe. Doch warum wirkte er so distanziert und gequält, wenn er sie nach dem Gottesdienst vor der Kirche auf ihn warten sah?

Olivia ahmte Mrs. Wells-Strakers trottenden Gang nach, bezähmte sich aber dann. Sie konnte sie perfekt imitieren, doch sie sollte es nicht. Mrs. Wells-Straker war eigentlich freundlich; traf man sie, sagte sie sanft: »Guten Morgen, mein Kind.« Und wenn sie sich nach den Eltern, nach dem kleinen Bruder erkundigte, sagte sie liebevoll einfühlsam: »Also bald geht deine liebe Schwester fort, du wirst sie sicher sehr vermissen, nicht wahr? Sei nicht traurig. Mutter könnte euch beide gar nicht gleichzeitig entbehren. Du kommst danach an die Reihe.« Und ihre Stimme klang leise, tröstend, zugewandt. Sie gab Olivia das gute Gefühl, daß sie recht daran tat, zu Hause zu bleiben und zu ertragen, daß Kate fortging.

Keine Sorge, keine Sorge, ich komme auch noch an die Reihe! Wie? Wann? Wo? Auch wenn sie auf Marigolds Ball tanzen durfte, auch wenn sie wie Kate nun nicht mehr in Tulverton zur Schule ging, war sie doch noch keine Studentin. Kate würde nach Paris gehen, sie aber würde studieren: versuchen, ein Stipendium für Oxford zu bekommen, um später Lehrerin zu werden. Alle jungen Mädchen sollten einen Beruf erlernen; über Kates besondere Tätigkeit wurde allerdings in allgemein stillschweigender Übereinkunft nicht weiter gesprochen. Kate hatte keine Berufswünsche. Sie wollte einfach ein Jahr nach Paris; und weil man mit Französisch immer etwas anfangen konnte, durfte sie also dorthin. Olivia aber würde in wenigen Wochen wieder mit dem Morgenzug nach Tulverton fahren, würde sich dort auf die Aufnahmeprüfung vorbereiten, Unterricht nehmen bei Mr. Blenkinsop mit dem Kamelgesicht, diesem sauertöpfischen Bücherwurm, defensiv duckmäuserischen Junggesellen. Ein zäher, stickiger Dunst von Algebra und Geometrie erwartete sie dort. Die sich endlos dehnende letzte Stunde zwischen zwölf und eins – kalte Füße, Plato, Virgil, Rückenschmerzen, Magenknurren; und dann ein Vergnügen, Pomonas Café – orangefarbene Vorhänge, rot-orange-karierte Tischdecken, Keramikgeschirr, Serviererinnen mit Häubchen, die sich künstlerisch gaben, blasse Omeletts, die nach nichts schmeckten, Kaffee, köstliche Hörnchen. Und nach dem Essen lebte sie auf. In wenigen Wochen würde sie wieder in den Genuß der Tulvertoner Nachmittage kommen: Französisch und Deutsch bei ihrem Lieblingslehrer Monsieur Berton und zweimal die Woche Klavierstunden – köstliche Zwischenspiele, eine dreiviertel Stunde lang. Sie und Miss Baynes, die blonde, füllige, nachsichtige Lehrerin, hatten sich längst geeinigt: zehn Minuten galten Olivias Spiel, dann war Miss Baynes an der Reihe, eine gute halbe Stunde lang spielte sie in sanfter Entrücktheit. Es gab auch Sitzungen der Literarischen Gesellschaft, die Lady Spencer als energische Befürworterin des Kulturlebens gegründet hatte; es wurden hochinteressante Vorträge jeglicher Art gehalten; fiel einmal ein Vortrag aus, füllte Shakespeare die Lücke, Rollen wurden verteilt – Streichungen aus Gründen der

Sitte und des Anstandes hatte Lady Spencer im vorhinein allen Mitgliedern zukommen lassen, der Shakespeare-Text war vor lauter Klammern kaum noch zu entziffern. Olivia saß neben Marigold, die nichts als Unsinn im Kopf hatte, Limericks dichtete, dünne Männchen malte und scheinbar versehentlich vorlas, was eigentlich der Zensur zum Opfer gefallen war. Gemeinsam saßen sie kichernd da und machten sich über die anderen Mitglieder lustig – die Mauerblümchen, alten Jungfern, die reifen Damen von Tulverton.

Mit jeder Stunde wuchs am Nachmittag ihr Glücksgefühl. Ging sie schließlich zum Bahnhof, um den Zug um Viertel vor fünf nach Hause zu nehmen, bekam sie manchmal kaum Luft, so unerklärlich glücklich war sie, wenn ein irisierender Dunst in den Straßen hing, die Laternen leuchteten und bald die Mandelbäume blühen würden, die Krokusse in den öffentlichen Anlagen; Dächer und Schornsteine standen gegen den Himmel wie Scherenschnitte; und die Schritte der stillen Menschen, die heimgingen; Erinnerung an die Stimme Monsieur Bertons, die voller Wärme sagte: Meine Lieblingsschülerin; dann ahnte sie, was die Welt der Gedanken vielleicht bedeutete; war entschlossen, Großes zu vollbringen – was? Etwas Ernsthaftes: Literatur, Musik. Bald würde sie einen Vortrag über Shakespeares König Lear schreiben, würde ihn vor der Literarischen Gesellschaft halten. Sie dachte an Marigold, stellte sich ihr schönes Gesicht vor, diese wenigen, einfachen Linien, so leicht und geheimnisvoll vielschichtig in ihrer Schlichtheit.

Marigold wurde nun in die Gesellschaft eingeführt, vielleicht würde sie nicht mehr strahlend zu den Vorträgen kommen... Und Kate war bald auch nicht mehr da. Die jungen Männer und die älteren, die in ihr Zugabteil kamen, um Kate anzustarren, kamen dann auch nicht mehr. Die Heimfahrt, der Tee zu Hause, die Abende im Schulzimmer würden einsam sein.

Liebe Kate – aber es stört mich gar nicht, daß sie fortgeht – ganz und gar nicht. Ich möchte nicht mit ihr nach Paris. Ich möchte etwas vollkommen anderes oder überhaupt nichts: einfach nur da sein, wo ich bin, jede Stunde in mich aufnehmen, jeden Tag, allein sein, lesen und nachdenken; und des Nachts im Garten spazierengehen; und warten, warten...

Oje! Major Skinner kam ihr vom Kricketfeld entgegen, mit seinen beiden Jagdhunden und dem Spaniel. Sie versuchte schneller zu gehen. Doch er rief schon von ferne: »Hallo, hallo, hallo!« und schwenkte seine Pfeife. Sie konnte nur anhalten und hoffen, sie würde rot und wieder blaß, bevor er sie eingeholt hatte. »Wo wollen Sie denn hin? Was wird aus unserem Unterricht? Wann soll er sein? Bin zu Diensten, täglich, allezeit...«

»Oh, danke, Major Skinner...«

Sie war verzweifelt, hilflos. Vor einiger Zeit, als sie am Golfplatz vorbeigekommen war, hatte er sich freundlicherweise erboten, ihr Golf beizubringen; sie mied ihn seit jenem Tag, wo sie nur konnte, suchte Ausflüchte. So großzügig Mutter auch sein konnte, damals als Olivia mit der guten Neuigkeit nach Hause gekommen war, hatte sie es, aus was für Gründen auch immer, strikt untersagt, daß er ihr Stunden gab.

»Wie wär's gleich heute, am besten gleich. Heute wäre der richtige Tag. Fabelhaftes Wetter. Kommen Sie doch am Nachmittag zum Golfplatz, und wir spielen eine Runde.«

»Es tut mir schrecklich leid, heute geht es nicht.«

»Oh, heute geht es nicht, dann eben morgen.«

»Morgen ist Pfadfinderinnengruppe.«

»Oh, eine Pfadfinderin sind Sie? Was sind Sie doch für eine vielbeschäftigte junge Dame. Immer etwas los. Rufen Sie mich an, wenn Sie Zeit haben? Sie rufen mich an.«

Er gab die Hoffnung nicht auf, war die Geduld in Person. Aus seinen kleinen, blauen, rotgeäderten Augen sah er sie sinnend von oben bis unten an, genießerisch, doch ganz ein Herr.

»Wie geht es dem Fräulein Schwester?«

»Sehr gut, vielen Dank.«

»Hm. Richten Sie ihr meine Empfehlung aus. Beste Empfehlung. Und sagen Sie ihr – hm. Und wie geht es dem Vater? Was hält er von der Sache mit Irland? Fragen Sie ihn. Sagen Sie, ich komme in Kürze auf ein kleines Gespräch vorbei.«

»Ja, ich werde es ihm ausrichten.«

Jedesmal ließ er sie das ausrichten, doch sie gab die Ankündigung schon längst nicht mehr weiter. Zu Hause reagierten sie eigenartig, wenn sie ihn erwähnte, und er kam ja sowieso nie. Der Mutter ließ er übrigens niemals etwas bestellen.

Olivia bückte sich und streichelte einen der Jagdhunde.

»Sie mögen Hunde? Nette Tiere. Sie sollten einen Hund haben, Sie und Miss Christabel.«[7] Immer nannte er Kate Christabel. Olivia glaubte, vielleicht erinnere sie ihn an eine alte Liebe; oder er fand, daß der Name zu ihr paßte. Oder er verwechselte sie einfach. Er hatte kein sehr gutes Gedächtnis.

»Ich weiß etwas: Wenn Leila das nächste Mal Junge bekommt, schenke ich Ihnen eines. Ich sage Bescheid, und Sie kommen und dürfen sich als erste eines aussuchen.«

»Oh, danke schön. Das wäre *wunderbar*.«

Wie freundlich von ihm. Oje! Hoffentlich bekam Leila keine Jungen mehr, denn die Eltern würden es bestimmt nicht erlauben, und das wäre entsetzlich unangenehm.

»Warum kommen Sie mit Ihrer Schwester nicht einmal meine Frau besuchen. Nachmittags, egal wann. Sie würde sich wirklich freuen. Es ist hier unten für sie doch einsam – nach all dem, was sie früher gewohnt war – damals in Indien. Sie hat zwar ihre Freundinnen aus der Stadt... zum Bridge... Spielen Sie Bridge?«

»Leider nein.«

»Sie sollten Bridge spielen. Ein feines Spiel. Für Leute mit Köpfchen. Man braucht dabei Verstand. Und davon haben Sie doch reichlich. Bestimmt. Kommen Sie also ruhig zum Tee, und sie wird es Ihnen beibringen.«

»Zu gerne.«

Schande und Verzweiflung, zum wiederholten Male. Obwohl Vater vor Mrs. Skinner seinen Hut mit besonderer Ehrerbietung zog; er sprach sogar augenzwinkernd von ihr als jenem göttlichen Geschöpf; sie war absolut tabu. Sie hatte eine Vergangenheit: war zweimal verheiratet und zweimal geschieden, hatte angeblich Dutzende von Verehrern gehabt; ein Oberleutnant der indischen Armee hatte Selbstmord begangen; sie hatte sich nun schon seit langem aus dem Kampf in jenen armseligen Hafen zurückgezogen, den Major Skinner ihr bot, lebte dort untadelig, sogar, so schien es, treu ergeben, und doch war sie – mit ihrem dichten bernsteinfarbenen Haar, dem bleichgepuderten Gesicht und dem feuerrot geschminkten Mund, kinderlos (nach so vielen Möglichkeiten), wenn sie Zigaretten rauchend mit riesigem Hut und so hohen Absätzen die Straße überquerte – ganz und gar keine achtbare Person. Vielleicht lag es an ihrer Stimme, die rauchig und reif klang, Gin und Tabak hatten sie weich und mürbe gemacht; oder es lag an ihrem Lächeln, so erstaunlich freundlich, freigebig, einladend; das Lächeln machte sie zu einer unsterblichen Schönheit, obwohl ihr Gesicht nun alt und aufgelöst war.

Trotzdem, es war keine Lüge gewesen, daß sie gern käme. Sie und Kate hätten liebend gern mit Mrs. Skinner Freundschaft geschlossen. Nicht daß sie den Lippenstift ganz und gar gutheißen konnten, doch sie konnten darüber hinwegsehen. Womöglich merkte sie in ihrem dunklen kleinen Fachwerkhaus – das Mr. Skinner CHOTA-GHURR getauft hatte – gar nicht, wie stark sie sich schminkte. Das Haus allein war eine Attraktion – ganz anders als bei allen Leuten sonst – überall dicke grüne, blaue und violette Kissen mit Goldborten, leuchtende Schals und Stickereien, große gerahmte Photographien, dazu ein schwerer Duft und Zigarettenrauch: sehr exotisch, fand Kate. Sie war nur unkonventionell, sonst nichts – wahnsinnig nett, sie hätten gern Tee mit ihr getrunken. Aber es hatte keinen Sinn, und Mrs. Skinner wußte das. Man spürte es deutlich an ihrem Verhalten, wenn sie einander trafen. Sie schien jedesmal die Achseln zu zucken, obwohl sie eigentlich nur im Vorbeigehen kurz freundlich, irgendwie ironisch grüßte, sowohl erfreut als auch gönnerhaft ihnen zunickte und schnurstracks weiterging, nicht nur eine leichte Wolke von Kamelienduft hinter sich lassend, sondern etwas Unfaßbares, das sie immer zu umgeben schien, das den anderen neugierig machte: ein Versprechen. Bald würde sie den Kamin anzünden, die Vorhänge zuziehen und sanftes Licht machen, mit dieser besonderen Stimme sagen: Ja. Ja. Ach, wie dumm. Wie schade. Ach, das macht doch nichts. Trink erst einmal. Iß ein wenig. Ruh dich aus. Ich weiß schon... Und alle wirren Gedanken vergehen, alle Sorgen schwinden.

Plötzlich mußte Olivia Major Skinner anlächeln. Sie lächelte ihm mitten ins Gesicht. Es war ihr egal. Sie mochte ihn. Seine Art, seine männliche Art zog sie an – einfach, sinnlich, freundlich, mitfühlend. Er tat ihr leid – denn all seine Angebote waren eigentlich Bitten – zögernd, kleinlaut, einer Absage gewiß, aber niemals unterwürfig. Armer, alter, hilfloser Bittsteller: er wurde wirklich alt, viel Vergnügen blieb ihm nicht. Die netten, frischen, jungen Mädchen mieden ihn, erfanden Ausreden. Mit ihrem Lächeln wollte sie ihn dafür entschädigen, daß sie ihn sonst nicht gut behandelte.

Das Lächeln beeindruckte ihn mehr, als sie gewollt hatte. Der Mund stand ihm staunend offen, er mußte sich räuspern, die Nase putzen, er zog an seiner Pfeife, rief hektisch die Hunde herbei, murmelte etwas Unzusammenhängendes, lüftete seine Sportkappe und trabte von dannen. Noch einmal hielt er inne, stach mit seinem Schirm in einen Pilz am Wegrand, stocherte im dürren Wiesenkerbelkraut. Er holte tief Luft und sagte: »Hm…« Dann sagte er: »Donnerwetter.« Sah sich noch einmal um, ihr Rock, ihre Beine verschwanden gerade um die Ecke.

Olivia ging weiter, den Pfad abwärts, und hatte ein gutes Gefühl. Als sie zum Gatter kam, lachte sie laut. Daß sie ihn so überrascht hatte.

5

Die Kinder des Schornsteinfegers, etwa fünf der eigentlichen acht, hingen dicht aneinandergedrängt am Zaun, lauernd, atemlos, ohne sich zu rühren, drückten ihre schmutzigen Gesichter mit den laufenden Nasen gegen die schmiedeeisernen Stangen.

»Hallo!«

»Hallo!« Einstimmig heiserer Flüsterton.

»Schule schon aus?«

»Jaa.«

»Wie geht's dem Baby?«

Pause –

»Dem alten Baby?«

»Na ja.« Es war wirklich ein sehr altes Baby, dürr, kahlköpfig, blaugefroren, auf wackligen Beinchen. Trotzdem, eine merkwürdige Bezeichnung. Ein Kosename vielleicht wie »altes Haus«.

»Dem geht's schlecht.«

»Was hat es denn?«

»Erkältet.«

»Oje, und ihr anderen auch?«

»Jaa.«

»Alle?«

»Jaa.«

»Ihr seid oft erkältet, nicht wahr?«

»Jaa.«

Pause. Aus allen Gesichtern drängte die Neuigkeit. Sie sprachen:

»Wir haben ein neues Baby.«

»Ein neues... Oh! Tatsächlich?«

»Ja. Gestern abend ist es gekommen.«

»Wie schön.«

»Jaa. Mutter hat gesagt, das nächste schmeißt sie weg.«

Sie waren ungemein ernsthaft, spröde, ständig auf der Hut; ein Häuflein Verlorener aus einer anderen Welt; in ständiger Alarmbereitschaft hielten sie einander fest. Ihr Blick war scharf, hell, hart, Rattenaugen über hohen, hervorstehenden Backenknochen, ihre Lippen waren dünn und fleischlos, ihre Köpfe schmal und eigenartig geformt. Sie hatten keine Ähnlichkeit mit anderer Leute Kinder. Sie hatten kaum Haare und waren viel zu klein, mit ihren kantigen, hochgezogenen Schultern wirkten sie wie verwachsen, ihre Beine waren spindeldürr, und immer trugen sie große, lange, zerlumpte Mäntel, zerfetzte Hosen, komische, viel zu große Schuhe, die, wenn sie liefen, schlappten und klapperten. Regelmäßig einmal im Jahr wurde das neue Baby zum alten Baby. Scheinbar ohne Vorwarnung – es war einfach da – wieder ein winziges, bleiches, faltiges, vollkommen stilles Wurm, das im Triumphzug von allen Geschwistern spazierengefahren wurde, eine Ameisenprozession. Jedes Jahr schien es unvorstellbar, daß das Kind wachsen würde, aber es wuchs. Zäh wie ein Korn auf steinigem Boden wuchs es heran, bis es neben den anderen am Zaun stand. Sie waren die ärgste Familie weit und breit. Ihr Haus war schmutzig, voller Ungeziefer, Glas- und Geschirrscherben lagen herum, Fetzen von Karton und Stoff:

entsetzlich, ein Problem. Mrs. Curtis wusch sich die Hände mit Desinfektionsmittel, wenn sie bei Mrs. Wainwright war, ihr abgetragene Kleidung und guten Rat gebracht hatte; warf der Gemeindeschwester einen sorgenvollen Blick zu, wenn sie mit gedämpfter Stimme jeden Neuankömmling besprach. Konnte man gar nichts tun? Die Wainwrights hatten Familiensinn. Mrs. Wainwright war zwar dürr und hager, krumm und schief, ihr Haar und ihre Zähne in schlimmem Zustand, doch mutlos oder niedergeschlagen war sie keinesfalls. Im Gegenteil, sie verkündete oft genug, sie wolle kein einziges ihrer Kinder missen. Und wenn sie nicht gerade in den Wehen lag, überließ sie ihren Haushalt gelegentlich seinem Schicksal und ging des Nachmittags mit der ganzen Kinderschar spazieren. Dann hörte man den vollgestopften Kinderwagen munter quietschen. Es war ein sehr hoher, enger, speichenrädriger Wagen, ein einzigartiges Modell: vermutlich der erste Kinderwagen überhaupt. Drum herum die ältesten Kinder. Schnellen Schritts ging es die Straße hinauf in den Wald. Kamen sie zurück, wenn es dunkel wurde, dann war der Wagen schwerer geworden. Die Kleinen lagen weicher. Manchmal waren es Hühnerfedern, manchmal ein Kaninchenfell. Die Leute behaupteten auch, Mrs. Wainwright sei eine Zigeunerin.

Olivia wußte nichts mehr zu sagen und ging weiter. Die Kinder lösten sich vom Zaun und liefen ihr bis zur Ecke nach. Kleine stechende Augen bohrten sich in ihren Rükken. Nach ein paar Schritten begannen sie hinter ihr herzurufen.

»Livi – a! Livi – a!«

Dann folgte ein heiserer Gesang:

»Lici Curtis ist ihr Name,
Sie ist eine feine Dame,
Glücklich ist der Mann,
Der ihr Bräutigam.«

Krächzen, Rufen und Heulen verfolgte sie, bis sie außer Sichtweite war.

Was sollte sie davon halten?

6

Sie kam zu den Ulmen und der hölzernen Pforte am unteren Ende des Gartens. Zwischen feuchten Wurzeln und moderndem Laub blühten noch drei Himmelsschlüssel. Sie bückte sich und berührte sie, dann ging sie den Weg zum Küchengarten. Sie bewunderte das Beet mit den Kohlköpfen – sah das eisige Wasserblau und Grün, die riesigen festen Rosetten mit ihren strotzenden Rundungen und den sich kräuselnden Kanten. Auf den abstehenden äußeren Blättern lagen glitzernde Tropfen, und die Ränder warfen violette Schatten. Einem der Köpfe versetzte sie einen Stoß, er krachte sacht, und die schimmernden Wassertropfen stoben wie Quecksilber auseinander. So stolz sie auch aussahen, sie waren für den Kochtopf bestimmt, sollten zerhackt, zerkocht, widerwillig gegessen werden. Welch ein Abstieg... Über das ungerechte Schicksal zu grübeln war sinnlos. Es reichte, daß sie sich um jeden halbverhungerten Hund, jede Katze und jedes Pferd sorgte, die ihr über den Weg liefen; daß sie unglücklich war über jeden Vogel im Käfig, all das Vieh, das zum Markt getrieben wurde. Sie konnte keine Wespe erschlagen, keinen Ohrwurm zerdrücken, jede Blume lag ihr auf der Seele – spürten sie den Schmerz, gepflückt, aus der Mitte ihrer Freunde gerissen zu werden?

Wie könnte ich jemals großes Leid ertragen... Würde ich davonkommen, gab es Hoffnung? – Einen großen Bogen machen und jedes Unglück umgehen? Eine Zeitlang vielleicht; doch nicht für immer. Unwiderruflich ging sie

Orten entgegen, an denen die Menschen starben. Papa! Sie sah ihn vor sich, wie er langsam auf und ab ging, anhielt, um tief durchzuatmen, wie er an Tagen, wenn sein Asthma kam, mit seinem Atem kämpfte. O Papa, ich helfe dir! In fliegender Eile befreite sie ihn aus seiner Falle, gab ihm den gleichmäßigen, unhörbaren Atem zurück... Doch es ging nicht. Sie mußte neben ihm stehen und zuhören. Er sagte lächelnd: »Heute ist es nicht so gut.« Mehr sagte er niemals, klagte nie. In fünf Jahren ist er siebzig: ein alter Mann. In letzter Zeit ist Mr. Curtis sehr gealtert. Alle, die ihn heutzutage sehen, sagen das. Sie seien verflucht, verflucht. Tante Edith hat das letztemal, als sie da war, Onkel Oswald zugeflüstert: »Hat Charles sich nicht sehr verändert?« – wollte weiter darüber flüstern, alles bereden. Aber Onkel Oswald, der Gute, saß mit einemmal ganz aufrecht und war ihr über den Mund gefahren: »Wer ändert sich nicht? Ging ihm nie besser. Keiner von uns wird jünger. *Du* auch nicht.« Er konnte seine Schwester nicht ausstehen. Und außerdem: so viele Leute wurden älter als achtzig, besonders diejenigen, die eigentlich ein Leiden hatten. Es würde noch lange dauern, und bis dahin hätte sie sich verändert, wäre sie stärker.

7

Sie sah zwei Menschen vor sich im Rosengarten – James und Miss Mivart, die von ihrem Ausflug zurückkamen: ein melancholisches Bild. James in seinem braunen Tweedmantel, mit der Mütze, wirkte lustlos. Er stieß mit der Stiefelspitze in den Boden, daß die Blätter auseinanderstoben. An einer Hand hingen die wenigen botanischen Fundstücke. Miss Mivart ging neben ihm her, lang und dünn, wie sie war, trug sie die schwarze Samtkappe, das Persianerbolero, den weiten weinroten Rock mit den schwarzen geflochtenen Borten, die schwarzen Überschuhe: eine phantastische Verkleidung, immer die gleiche, Jahr für Jahr, im Sommer in der Hitze, im Winter in der Kälte; so, wie ihre Nase von schlechter Verdauung zeugte, bekundete ihr Äußeres, daß sie eine Dame in finanziell beschränkten Verhältnissen war. Arme Miss Mivart; noch ärmerer James, erbärmliches kleines Opfer!... Ungleiches Paar, durch Mutters unerbittliche Güte trugen sie das gleiche Joch. Miss Mivart und ihre Freundin Miss Toomer, Überbleibsel einer lang vergangenen Zeit, aus welchen auch immer unvorstellbaren Gründen vereint (vielleicht hatten sie eine ähnliche Vergangenheit, ähnliche Schicksalsschläge erlebt, herbe Enttäuschungen, unglückliche Geldgeschäfte, mißbrauchtes Vertrauen, Fehlschläge, Schlaganfälle, unheilbare Krankheiten, Versiegen der Ersparnisse), wohnten beide in einem Häuschen am Dorfplatz, schlugen sich auf verschiedenste damenhafte Weise kläglich durchs Leben. Miss Toomer braute gesunde Süßigkeiten, Miss Mivart unterrichtete Brandmalerei. Die Süßigkeiten ließen sich, wenn nicht mit Genuß, so doch mit gutem Willen verzehren; doch die Gruppe derer, die lernen wollten, Holz mit glühenden Eisen malerisch zu zieren, schwand schnell dahin, löste sich in Wohlgefallen auf. Kate hatte voller Abneigung schnelle Fortschritte gemacht, Olivia hatte kein Talent bewiesen. Also hatte Mrs. Curtis überlegt, und ihr Blick war auf James gefallen: er liebte die Natur, und Miss Mivart besaß eine Sammlung gepreßter Blumen; seitdem machten sich James und Miss Mivart jeden Donnerstagmorgen gemeinsam auf den Weg. Was ging dabei in James vor? Wie deutlich war sein Protest, war ihm bewußt, daß er Miss Mivart haßte, daß er sie verachtete? Es war klar, daß sie Angst vor ihm hatte. Sie erklärte Miss Toomer, er sei offensichtlich zurückgeblieben: er rede niemals, sage nur ja, nein, oh, ich weiß nicht, auf Wiedersehen... James war fabelhaft, erstaunlich.

Auch andere hatte er schon verunsichert; er musterte sie prüfend mit seinen kühlen blauen Augen. Seine Stärke war, daß er äußerlich so umgänglich schien und dabei innerlich ganz reserviert und frei war. Sie dachte: Ich habe jedenfalls Respekt vor ihm. Heute abend würde sie ihn bitten, einige seiner Gedichte aufzusagen. Wenn er bald zur Schule käme, was würde er dann denken? Niemand wußte es. Dann wird Miss Mivart nicht mehr wie ein Geist im Rosengarten umgehen, nicht mehr in der Auffahrt verweilen, um vielleicht Papa zu sehen. Papa war offensichtlich ihr Held, ihr Traummann, behauptete Kate (beim Mittagessen, als Violet das Gemüse auftrug). Miss Mivart trug ein goldenes Medaillon, und Kate war sicher, daß sein Bild darin war, jenes Bild, das eines Tages geheimnisvollerweise aus dem Wohnzimmer verschwand. Niemand wußte, ob sie recht hatte.

Olivia ging weiter durch den Garten, machte beim Walnußbaum halt und schaukelte ein wenig; ging über den Rasen. Das Wetter schien umzuschlagen. Der Tag hatte seine Farbe verändert, im Westen war ein dünner Schleier aufgezogen, hatte die Sonne verhüllt, das Licht war nun bleiern gelb; ein Wind wehte zögernd, wollte diesen feinen, makellosen Morgen eigentlich nicht stören.

8

Im Flur kam ihr Violet entgegen.

»Bitte, Miss Livia, eine junge Frau möchte Sie sprechen.«

»Mich sprechen?«

»Ja, eine von Ihnen. Ihre Frau Mutter ist ausgegangen, und ich konnte Miss Kate nicht finden. Da sagte sie, sie würde warten.«

»Ist es eins der Martins-Mädchen?«

»O nein, eine junge Frau. Mit einem Koffer. Keine Ahnung, was sie möchte. Ich habe sie zum Dienstbotenflur gebeten. Möchten Sie sie sprechen?«

»Ja, das muß ich wohl. Eigenartig.«

Violet verschwand, kam zurück, sagte kühl: »Bitte hierher.« Verdrießlich wies sie einer kleinen, schmalen Person von vielleicht zwanzig Jahren den Weg. Die junge Frau war bescheiden gekleidet, trug einen rehbraunen Mantel und passenden Hut, hatte einen Koffer bei sich.

»Guten Morgen«, sagte sie. Ihr Tonfall und ihr Lächeln versuchten den erwarteten Widerspruch auszuräumen. Sie war hübsch, etwas blutleer, ihre Figur schmal und ebenmäßig. Das Gesicht war durchscheinend mit blauen Schatten um die Augen herum; sie schaute eindringlich und sanftmütig.

Leicht gereizt sagte Olivia:

»Setzen Sie sich.«

Sie setzte sich auf den Rand eines Stuhles, stellte ihren Koffer ab und begann bescheiden und leise zu sprechen.

»Ich habe hier einiges, was ich Ihnen zeigen möchte – was ich selbst angefertigt habe – ich dachte, es könnte für Sie von Interesse sein. Interessieren Sie sich für Spitzen? – Handgearbeitete Spitzen?« Sie lächelte entgegenkommend.

»Ich fürchte, ich... Da kenne ich mich gar nicht aus.« Olivia schwand der Mut. Sie wurde über und über rot.

»Vielleicht darf ich Ihnen einiges aus meinem Koffer zeigen. Echte Spitzen sind etwas Wundervolles, finden Sie nicht auch? Immer sehen sie gut aus. Und sind heutzutage durchaus selten.«

Sie kniete sich, öffnete den Koffer, ihre kleinen, schmalen Hände fuhren raschelnd durch Schichten von Seidenpapier.

Dies war der Augenblick; jetzt konnte Olivia sagen, es habe leider keinen Zweck, sie brauche keine Spitzen, habe kein Geld. O grausames Schicksal. An jedem anderen Tag wäre es die Wahrheit gewesen. Heute schien Onkel Oswalds Zehnschillingschein hörbar in ihrer Tasche zu knistern, ließ sich um des guten Spenders willen nicht verleugnen.

Dies war der Augenblick, das Mädchen nach seinen Papieren zu befragen. Hilflos machte sie einen Vorstoß:

»Haben Sie alles selbst gemacht?«

»O ja«, sagte das Mädchen mit sanfter Stimme. Sie gewann deutlich an Selbstvertrauen. Nicht oft begann ihr Geschäft unter so günstigen Vorzeichen. »Wissen Sie, ich muß für den Unterhalt meiner Mutter sorgen. Sie ist ans Bett gefesselt, leider – gelähmt. Und weil ich nicht außer Haus arbeiten kann, habe ich begonnen, Spitzen herzustellen. Hier meine größte Arbeit – ein Bettüberwurf.« Sie faltete ihn auseinander, hielt ihn mit beiden Armen hoch. »Sechs Monate habe ich dazu gebraucht.«

»Tatsächlich?«

Und anstatt all diesem nur einen kühlen Blick zu gönnen, ertappte sie sich bei Bewunderung und Mitgefühl.

»Strengt das nicht die Augen an?«

»O doch, sie werden schon arg strapaziert. Das ist das schlimmste daran. Ich habe keine guten Augen, und wenn sie mich eines Tages im Stich lassen – ich weiß nicht, was dann werden soll.« Wieder lächelte sie gewinnend. »Natürlich habe ich meine Stammkunden, aber zu dieser Jahreszeit ziehe ich immer umher, möchte noch etwas dazuverdienen, damit Mutter es zu Weihnachten auch ein wenig schön hat. Ich tue das nur für sie. Es ist nicht sehr angenehm, von Tür zu Tür zu gehen – das können Sie sich bestimmt vorstellen. Man fühlt sich unerwünscht, und – es ist schon eine Plage und ...«

»Das ist es bestimmt.« Sie sah ein hochmütiges Hausmädchen nach dem anderen ihr die Tür vor der Nase zuschlagen. »Wie entsetzlich für Ihre Mutter.«

»Ja, und dabei ist sie so geduldig. Keine Klagen. Wie gefällt Ihnen das Geschirrtuch? Davon kann man nie genug besitzen, oder? Die hier gehören zusammen: eine kleine Tischdecke mit sechs Platzdeckchen. Platzdeckchen sind zur Zeit sehr in Mode, nicht wahr? – Soviel reizvoller als eine große Tischdecke. Eine Hülle für die Nachtwäsche. Ein paar Tablettdeckchen – hübsch. Ein Satz Tellerdeckchen ...«

»Die sind schön ... Aber leider ist das nicht, was ich ... habe ich wenig Verwendung ...«

»Auch nicht als Weihnachtsgeschenke?« Sie war gelinde überrascht.

»Doch, natürlich. Aber an Weihnachten habe ich eigentlich noch gar nicht gedacht.«

»Noch nicht? Ich sage immer, die Weihnachtseinkäufe sollte man frühzeitig hinter sich bringen. Dann hat man eine Sorge weniger.«

Der Koffer war nun beinah leer. Olivia sagte mit einemmal entschieden:

»Ich denke, es ist das beste, wenn Sie später noch einmal vorbeikommen – vielleicht nach dem Mittagessen – wenn meine Mutter da ist. Ich werde es ihr ausrichten. Sie wird sicher gern ... Sie kennt sich besser aus als ich.«

»Das geht leider nicht.« Ihre Stimme klang sanft, aber entschlossen. »Ich habe noch einen weiten Weg vor mir.«

»Ach ja.«

Sie durchschaute das Manöver.

»Oh, dieser Spitzeneinsatz ist etwas für Sie. Für die Unterwäsche. Es gibt ihn in verschiedenen Größen. Die Damen lieben meine Einsätze. Sie sind stabil und doch zart.«

»Ich trage keine Spitze an der Unterwäsche, leider.«

»Tatsächlich nicht?« Sie zog die Augenbrauen hoch, höflich erstaunt, ungläubig.

»Nein, ich mag das nicht.«

Sie wurde immer sicherer. Beide schwiegen sie.

»Ein kleiner Kragen.« Sie nahm das letzte Bündel aus dem Koffer und legte es auf einen Stuhl, zögernd, nun gar nicht mehr so sicher.

Sie schwiegen wieder. Sie kniete am Boden zwischen all dem umherliegenden weißen Papier, der Spitze und dem Leinen, faltete die Hände in ihrem Schoß, ließ den Kopf sinken. Dann begann sie langsam den Bettüberwurf einzupacken, die Tablettdeckchen, die kleine Tischdecke, strich das Seidenpapier glatt, legte alles in den alten Koffer zurück; all ihre unerwünschten Handarbeiten faltete sie zusammen, legte sie still beiseite, ergeben, enttäuscht.

Es war nicht zu ertragen. Olivia griff nach dem Kragen.

»Der ist wirklich *sehr* schön.«

Das Mädchen sah zu ihr hoch.

»Ja, ein hübscher kleiner Kragen. Ganz ungewöhnlich.« Sie packte weiter ein.

»Ich glaube, den... könnte ich gebrauchen. Was kostet er?«

»Der kostet fünfzehn Schilling Sixpence.«

»Fünfzehn Schilling Sixpence! Oh, dann geht es nicht – ich habe nur zehn Schilling – wenigstens im Augenblick.«

Und aus Angst, daß man ihr wieder nicht glauben würde, zog sie schnell ihr Portemonnaie aus der Tasche, öffnete es, hielt es dem Mädchen unter die Nase und entnahm ihm seinen einzigen Inhalt – den Zehnschillingschein.

»In diesem Kragen steckt viel Arbeit. Das sehen Sie selbst.«

»Ich weiß.« Hoffnung überkam sie noch einmal. Ihr Angebot würde abgelehnt werden. »Es tut mir leid. Ich kann... nicht...«

Nachdenklich fuhr das Mädchen fort:

»Ich könnte Ihnen – vielleicht – einen Sonderpreis machen – weil Sie eine neue Kundin sind. Ich lasse Ihnen den Kragen für zehn Schilling.«

»Oh, wirklich? Ach, vielen Dank. Das ist prächtig.«

Das Mädchen nahm den Geldschein, steckte ihn in eine große schwarze Handtasche, dankte höflich, ohne Herzlichkeit und packte weiter zusammen. Plötzlich sagte sie entschlossen:

»Mir hätte gefallen, wenn Sie das Geschirrtuch genommen hätten, von denen kann man nicht genug haben. Im Laden kostet es das Doppelte.«

»Nein, danke, das kann ich nicht. Es tut mir leid, ich muß jetzt fort.«

Zu spät fühlte sie sich stark.

Das Mädchen schloß den Koffer, schnallte die Lederriemen fest, stand auf und hob ihr Gepäck mit einiger Mühe.

»Hoffentlich ist es nicht zu schwer für Sie.«

»Es ist schon ein wenig schwer.«

Und vielleicht am Ende des Tages um nichts leichter... Spätabends kam sie todmüde nach Hause... Aus den Kissen eine schwache Stimme, die hauchte besorgt: Nun?... Und die traurige Antwort: Nur ein Kragen...

»Hier geht es hinaus.«

Sie öffnete die Haustür. Zaghaft lächelten sie sich an. Reserviert sagte das Mädchen:

»Vielen Dank.«

»Ich hoffe, Sie können Ihrer Mutter – reichlichen Trost verschaffen.«

»Ja. Danke.«

Wie immer dieser Trost aussah, zehn Schilling konnten sicherlich dazu beitragen.

»Auf Wiedersehen.«

»Guten Morgen.«

Sie ging die Stufen hinunter, die Ausfahrt entlang, stakste auf beängstigend dünnen Beinen, eine Schulter von der Last des Koffers herabgezogen.

Olivia schloß die Tür. Sie ging nach oben und fand Kate im Schulzimmer; über den Tisch gebeugt, hielt sie lauter

Stecknadeln zwischen den Lippen und schnitt eine Hemdhose aus blaßlila Georgette zu. Spitz fragte sie durch die Stecknadeln hindurch:

»Na, wozu hast du dich entschlossen?«

»Wozu?... Ach so –« Das Kleid schien in weiter Ferne. »Irgendwie gerafft und... Das Oberteil liegt ganz eng an. Es wird wunderhübsch.« Aber ohne silberne Rose.

»Hm. Sei vorsichtig. Denk daran, was mit dem Kordsamtkleid passiert ist. Ich hätte mitkommen sollen. Sie hat vom Anpassen genauso wenig Ahnung wie du.«

Olivia sagte nichts. Kate sah hoch und hatte das Gefühl, daß ihre Schwester schmollte. Also sagte sie nach einiger Zeit, überzeugt, diese Tatsache erfordere Betonung, freundlich, aber bestimmt:

»Du hast doch wirklich keine Ahnung, oder?«

»Willst du sehen, was ich für meine zehn Schilling gekauft habe?« rief Olivia und warf den Kragen auf den Tisch.

»Großer Gott, was ist das denn?« Kate hielt ihn an einer Ecke hoch.

»Ist er nicht hübsch?«

»Wo, um *Himmels* willen –?«

Es blieb ihr nichts anderes übrig, als die ganze Geschichte zu erzählen.

»O nein!« sagte Kate. »Deshalb kam mich die furchtbare Violet suchen. Ich habe mich versteckt.«

Sie breitete den Kragen auf dem Tisch aus und betrachtete ihn genau.

»Findest du ihn nicht ganz nett?«

Er sah mit einemmal nach gar nichts aus: so als ob er ins Feuer gehöre.

»Wieviel hat sie dir abgeknöpft?«

»Zehn Schilling.«

»Das ganze Geld?«

»Ja. Sie hat ihn mir billiger gelassen.«

Kate dachte nach und fragte dann:

»Was wirst du mit ihm machen?«

»Oh, ich nähe ihn wohl an ein Kleid. Irgendwo wird er schon passen. Schließlich macht echte Spitze immer etwas her.«

Kates Nasenflügel weiteten sich, aber sie sagte nichts. Diese Geschichte war eher Pech als schlichte Dummheit, und sie empfand Mitleid mit Olivia. Die aber spürte, wie ihre Ausreden sich in nichts auflösten, jetzt, da Kate unerbittlich ihren spitzen Finger in Richtung Wahrheit wies. Mit einemmal sagte sie: »Erzähl Mutter nichts davon.«

»Natürlich nicht.«

»Mein ganzes schönes Geld ist futsch.«

Kate nickte:

»Zum Übelwerden.«

»Ich werde ihn Nannie zu Weihnachten schenken. Er wird ihr gefallen.« Sie kicherte, drückte eine Träne fort. »Keine Ahnung wird sie haben, was er mich gekostet hat. Sie wird denken, er kommt aus Evans Laden: drei für einen Schilling elf.«

»Vielleicht kommt er wirklich dort her«, sagte Kate, die weiter mit Schnittmuster und Stecknadeln beschäftigt war.

»Mach keine Witze. Er ist Handarbeit. Das sieht man doch... Siehst du?«

»Ich weiß von nichts.«

»Woran sieht man es eigentlich?«

Ihre mühsamen Rechtfertigungen brachen endgültig zusammen. Sie ergab sich, ging zu Boden.

»Meinst du –«, Kate zögerte, »sie war womöglich eine Betrügerin?«

»*Natürlich* nicht. Sie war unglaublich von oben herab. Und diese Geschichte mit ihrer Mutter. Die kann sie doch nicht erfunden haben?«

»Vermutlich nicht«, pflichtete Kate ihr bei und begann mit dem Zuschneiden.

Olivia setzte sich und dachte über den Handel nach. Noch nie war mir jemand so unangenehm, dachte sie. Am schlimmsten war, daß sie überhaupt nicht dankbar gewesen war. Hatte die zehn Schilling einfach an sich genommen, in ihre schwarze Tasche gestopft; wie eine Spinne hatte sie gierig lauernd dagesessen und hatte dann noch *um mehr* gebeten. Nein, sie war nicht bedauernswert. Sie war hinterlistig.

Sie nahm den Kragen und warf ihn in die Ecke.

»So schlecht ist er nun auch wieder nicht«, sagte Kate.

Olivia gähnte.

»Ich bin vielleicht hungrig. Heute morgen ist viel geschehen.«

9

Nach dem Tee im Eßzimmer, nach dem rosa-weißen Geburtstagskuchen mit seinen silbrigen Verzierungen gingen sie wieder ins Schulzimmer, zogen die roten Vorhänge zu. Die Vorhänge waren dunkel und rauh, aus dickem, schwerem Stoff, in den Falten verschossen, hatten eine Fransenkante; sie waren geheimnisvoll, stumme Zeugen, waren lieb und teuer; sie hatten Charakter. Wenn sie an Winterabenden vor dem Fenster hingen, drang aus ihren Falten ein Echo, ein Hauch, eine Ahnung ihrer alten, mächtigen Vergangenheit. Dann und wann schienen hinter ihnen immer noch die magischen, erstaunlichen Kindheitsbilder verborgen – der Schnee, der über Nacht gefallen war, der lautlos gegen das Fenster wirbelte, tanzte; der Vollmond, der seinen Schatten auf den Rasen warf; der Weihnachtsschlitten und die Rentiere am Himmel. Manchmal, wenn man sie leise streifte, wenn sie sich heimlich bewegten, wurden sie wieder zu jenen Verstecken, in denen das Kind, sicher gehüllt, in Dunkelheit bangend stand. Für immer, für alle Zeiten würden sie Schutz bedeuten, hielten den klagenden Wind fern und alle bösen Geister der Nacht.

Sie zogen die Lampe hinunter, soweit die Schnur reichte, und das Licht, das der flache weiße Glasschirm nicht dämpfte, fiel auf ihr schimmerndes Haar – Kates blondes und Olivias braunes Haar –, beleuchtete auch ihre glatte junge Haut. Beide saßen sie tief in alten abgewetzten Korbsesseln. Kate nähte, ihr vollgestopfter Handarbeitskorb stand auf dem grünen Filztischtuch neben ihr. Olivia las. Das durchgesessene Korbgeflecht knarrte leise bei jeder Bewegung.

Um sie herum standen die schäbigen nützlichen Dinge, die sie von Kind auf kannten. Vor dem Fenster die Schulbänke – voller Tintenflecken, mit den eingeritzten Initialen zweier Generationen, um die Astlöcher im Holz waren Zylinderhüte, Gesichter, Schnurrbärte gemalt, verzerrte Körper, Beine. Jungen und Mädchen hatten auf dem abgetretenen Teppich Tinte vergossen, Welpen hatten gelbliche Flecken hinterlassen. An einer Wand stand ein riesiger Schrank, ein ebenso riesiges Regal an der anderen. Auf dem gewichtigen Kaminsims gab es Porzellantiere, Postkarten, Familienphotos. Großeltern, Tanten, Vettern und Cousinen; Mr. Curtis als Student in seinem Blazer, die Haare zur Tolle gekämmt, die Arme gekreuzt, sah er mit großen Augen in die Kamera; Mrs. Curtis im Brautkleid, mit der bauschigen Hochfrisur, der geschnürten Taille, sie blickte ernst, von der Seite, glich dabei Kate, ein zierliches, aber entschlossenes Gesicht, Kates Blick, sanft und ernst, kühl herausfordernd – eine Schönheit, die sie ihrer Tochter vererbt hatte. Kinderphotographien von Kate, Olivia und James in verschiedenen Posen. An den ockerfarbenen Wänden hingen die Bilder, Allegorien: *Würde und Impertinenz; Der Herr des Glen*; Engelsköpfe; die Madonna von Raffael mit ihrem Kind; ein Bild mit dem Titel: *Wann hast du zuletzt deinen Vater gesehen; Hoffnung* auf ihrem apfelsinenfarbenen Sonnenball; alles nebeneinander. Dazu ein Druck, auf dem am Weihnachtsabend im Schneesturm eine Kutsche vor einem Gasthaus hält; ein kolorierter Stich der seligen Jungfrau – Olivias Lieblingsbild – und ein Stechpalmenzweig, den Kate in Wasserfarben gemalt hatte.

Es war alles schäbig, abgenutzt, zusammengewürfelt; doch die Jahre hatten das ursprüngliche Chaos zu einer Einheit zusammenwachsen lassen; und jene ehrliche, zuverlässige Ausstrahlung, die der Raum hatte – sein allmählich gereifter, empfindlicher Gehalt (seit Generationen hortete er junge Gefühle), – hatte, entgegen allen vordergründigen Regeln des guten Geschmacks, etwas vollbracht, das wirklich Schönheit bedeutete: Schönheit wie die einer alten Kinderfrau in ihrer großen weißen Schürze, mit ihrem faltigen Gesicht.

Aufgelöst, begeistert, hingerissen las Olivia zum fünften Mal *David Copperfield*. Ihr Hals schmerzte vor Tränen. Sie schniefte laut. Da lag sie, tot, seine Mutter: so schön, so mädchenhaft, in ihren Armen lag der tote Säugling. Peggotty hatte ihm ihre letzten Worte erzählt. Und nun war er ganz allein auf der Welt – gebrochenen Herzens, hilflos, mißverstanden; nein, schlimmer als allein – in den unbarmherzigen Fängen seiner Widersacher. Oh, diese Murdstones, diese Murdstones!... Oh, elendes Leid. Und nur elender sollte es noch kommen. Peggotty, die einzige Stütze, die ihm geblieben war, sollte ihm bald genommen werden. Heiße Tränen rollten über ihren Pullover, auf das Buch. Sie brauchte ein Taschentuch. Aufhören, aufhören. Doch sie konnte nicht aufhören. Sie mußte weiterlesen. Sie las. Ihre Qualen wandelten sich. Dann die Erlösung. Endlich vorbei. Keine Katastrophen mehr, bis Dora stirbt.

»Geht es dir gut?« sagte Kate.

»Mm.« Sie legte das Buch beiseite und schnaubte sich die Nase.

»Oje! Ob ich mit siebzig immer noch über dieses Buch weinen werde?« Sie seufzte, war mit einemmal vergnügt. »Zeig mal.«

Kate hielt die Hemdhose hoch.

»Fabelhaft. Paß auf, daß Mutter sie nicht zu Gesicht bekommt. Sie wird verrückt.«

»Warum? Sie braucht sie doch nicht anzuziehen.«

Bei diesem Gedanken mußte Olivia kichern.

»Ich muß schon sagen, mir wäre sie reichlich luftig.«

»Sei bloß nicht spießig. Was soll ich deiner Ansicht nach unter dem Ballkleid tragen? Ein Wolleibchen, das oben Beulen wirft? Etty trägt praktisch gar nichts unter Abendkleidern – nur ihren Hüftgürtel und einen Schlüpfer. Sie sagt, niemand trägt mehr, nicht im Traum.«

»Oh, wenn Etty uns besuchen würde...«

»Wenn wir doch selbst einen Ball geben könnten – sie aus London Männer mitbrächte – wenn gleichzeitig die Heriots hier wären. Warum eigentlich nicht? Warum? Warum sollen wir eigentlich niemals unseren Spaß haben?«

»Ach, reg dich nicht auf. Denk an die kommende Woche. Denk an Paris.«

Kate dachte an die kommende Woche. Ob Tony Heriot da sein würde? Und wenn ja, würde er sie um einen Tanz bitten? Bleiern lagen ihr die Fragen auf der Seele. Sie versuchte, sich gut zuzureden, doch es schien sinnlos, ihn aus ihren Gedanken verbannen zu wollen. Das Gelingen des Abends, Glanz und Elend lagen in seiner Hand. Er geht mir nicht aus dem Kopf. Welche Dummheit, wo sie ihm doch nur zwei- oder dreimal begegnet war – als er noch zur Schule ging und nicht so vornehm war. Das letztemal auf einem Kostümfest in Tulverton vor drei Jahren; er war ein schwarz verkleideter Pierrot gewesen und sie eine schöne Griechin. Sie hatten den ganzen Abend zusammen getanzt. Sie erinnerte sich, wie er seine Halskrause abgenommen und gesagt hatte: »Gräßlich heiß, dieses Ding hier. Ich könnte eine kalte Dusche vertragen.« Dann hatte er sie ehrlich bewundernd betrachtet und gemeint: »Du siehst nicht so aus, als ob du jemals schwitzen würdest – verzeih mir den Ausdruck.« Und auf ihre Frage, welches der Kostüme im Saal er am schönsten finde, hatte er gesagt: »Also, deins gefällt mir schon gut. Steht dir.« Er hatte ihr auch empfohlen, Salmiakgeist ins Wasser zu schütten, wenn sie nach der Jagd badete. Es war sehr vertraulich gewesen, wie sie so übers Baden gesprochen hatten. Er war damals im Stimmbruch, und alles, was er sagte – und besonders sein Lachen –, klang darum lustig und bezaubernd zugleich. Doch er hatte sie nicht nach ihrem Namen gefragt. Und am Ende hatte er nur auf Wiedersehen gesagt – einfach so, gedankenlos lächelnd, war, ohne sich noch einmal umzudrehen, gegangen, um seinen Mantel anzuziehen.

Würde er sich überhaupt an sie erinnern? Zum hundertsten Mal malte sie sich die Szene aus... Natürlich habe ich dich nicht vergessen. Ist das die Möglichkeit? Warum haben wir uns so lange nicht gesehen? Wie viele Tänze hast du für mich noch übrig? Vier? Fünf? Keine Zugaben mehr? Mit ihm zu tanzen, wieder und wieder, sein Arm um ihre Taille. Oh, Glückseligkeit!... Aufhören! *So geht es nicht.* Das bringt Unglück.

Ich werde beten. Gebete haben schon manches bewirkt... Sie vergewisserte sich, daß Olivia tief in ihr Buch versunken war, und schloß die Augen... Sie bat um nichts Bestimmtes oder Dringendes – kein Handel; wenigstens nicht mehr, als nötig war.

Herr, wenn es dir gefällt, so unwürdig ich auch bin – laß es geschehen. Eigensüchtig, übellaunig, neidisch, wie ich bin, hänge ich an den Dingen dieser Welt, unzufrieden mit dem, was ich habe. Doch wenn du mir das gewährst, werde ich mich bessern und dir in all meinem Tun zu gefallen suchen. Durch Jesus Christus...

Oh, nie mehr Unmut und Neid!

10

Olivia ging an ihren Schreibtisch, öffnete die Schublade und nahm ihr neues Tagebuch heraus. Sie kaute kurz an ihrem Federhalter, dann schrieb sie:

»Mein siebzehnter Geburtstag. Ich habe mich entschlossen, Buch zu führen über meine innersten Gedanken. Vielleicht hilft mir das, herauszufinden, wer ich wirklich bin: Ich bin schrecklich, ich weiß, eigennützig, eitel und genußsüchtig. Zum Beispiel mußte ich in letzter Zeit, immer wenn ich mich auf etwas Ernstes, Schönes konzentrieren wollte, statt dessen an den Ball bei den Spencers in der kommenden Woche denken. Ich schäme mich, daß ich so nichtig bin. Ich werde versuchen, mich in diesem neuen Lebensjahr zu bessern – mehr an mir zu arbeiten und nicht nur ans Vergnügen zu denken. Ich war immer so glücklich, ich habe große Angst vor Kummer und Enttäuschung, doch die würden mir guttun. *Aber ich will sie nicht.* In dieses Tagebuch werde ich alle Gedichte eintragen, die mir gefallen – auch alle Gedichte von mir selbst. Vielleicht auch meine Träume, die wirklich sehr eigenartig sind.«

Sie besann sich, fuhr fort:

»*David Copperfield* – welch ein Buch! Es ist entsetzlich, beim geringsten Anlaß in Tränen auszubrechen. Wenn ich daran denke, wie ich im vergangenen Schuljahr wegen Algebra geweint habe, am liebsten würde ich im Erdboden versinken oder in Ohnmacht fallen. Ich verstehe es einfach nicht, werde es niemals verstehen – und der gehässige, spöttische Mr. Blenkinsop hatte darauf schneidend kühl gesagt: Sie begreifen die Grundregeln nie, Miss Curtis. Vielleicht verschwende ich Ihre kostbare Zeit. Kate weint auch bei manchen Büchern, obwohl sie einen festen Charakter hat, viel fester als ich. Heute hat Reginald Kershaw ihr geschrieben, daß er zum Ball kommt. Er studiert in Oxford. Ich bin gespannt, wie er ist. Kate und ich haben da ganz unterschiedliche Vorstellungen. Mal sehen.«

Und später schrieb sie:

»Ich bin gespannt, ob ich dieses Tagebuch regelmäßig führe.«

Und noch etwas später:

»*Ratschlag an junge Tagebuchschreiber*. Sei nachsichtig mit dir selbst. Verbirg deine schlimmsten Fehler, deine schändlichsten Gedanken, Handlungen und Versuchungen. Gib dir all die guten und interessanten Eigenschaften, die du gern hättest. Stell dir vor, du stirbst jung und deine Angehörigen erfahren die Wahrheit über dich und müssen sagen: Wir haben kein Juwel verloren, sondern ein elendes Geschmeiß.«

Sie verschloß das Tagebuch, legte es zurück in den Schreibtisch, ging dann in ihr Schlafzimmer und versteckte den Schlüssel unten in ihrem Schmuckkästchen.

In der Abenddämmerung hatte es angefangen, leicht zu schneien; sie hob den Vorhang, um zu sehen, was die Nacht brachte. Zu ihrer Überraschung war der Fenstersims bereits von einer schimmernden, lockeren Wehe bedeckt, und große Flocken trieben in Schwärmen aus dem Nichts schwerelos schaukelnd der Fensterscheibe entgegen. Der Mond hoch am Himmel hielt sich verborgen, doch auf der Taxushecke und den Lorbeerbüschen waren Schneehauben auszumachen und Schneeschlangen auf den Ästen des Walnußbaums.

Dezember und der erste Schnee. Wochen, Wochen,

lange Winterwochen lagen vor ihnen, bis die längeren Tage jenen Schnee brachten, der schließlich Veränderung versprach: als ob der kommende Frühling seine schützende Hülle abgeworfen hätte; an ihrer Stelle sanfte Sonne und Vogelgesang; der Schnee schmilzt und hinterläßt in den feuchten Wäldern und Gärten zwischen Eisenhut, Schneeglöckchen und Krokussen zarte Gebilde, die selbst wie Blumen scheinen.

Der Schnee heute war traurig, finster, brachte den Tod; erstickte das letzte Leben am Boden. Er war das Leichentuch.

Schnee an meinem Geburtstag... Das hat es noch nie gegeben. Sicher war es ein Zeichen, daß sie erwachsen wurde: sie liebte den Schnee nicht mehr, wollte nicht mehr im Sturmschritt hinaus, mit Händen und Füßen in den Schnee. Morgen würde James begeistert über den Rasen toben, unter Stöhnen seinen riesigen Schneeball wälzen, und nur Simpkin würde wirklich Anteil daran nehmen.

Morgen wachen wir auf, und die Welt ist weiß. So hieß es in einem alten Kindervers. Ich werde James sagen, daß morgen nach dem Aufwachen die Welt weiß sein wird.

Sie ging über den Flur ins Kinderzimmer. James hatte sein Bett ans Fenster geschoben, er saß auf den Kissen und hatte sich in seine Decke gewickelt.

»Hallo, James.«

»Hallo.«

»Soll ich das Licht anknipsen?«

»Wenn du möchtest«, sagte er höflich. »Ich habe es ausgemacht, damit ich besser sehe.«

»Was machst du gerade?«

»Ich schaue mir den Schnee an.«

»Hast du das Bett vors Fenster geschoben?«

»Ja.«

Eingehüllt in die große Steppdecke sah er eigenartig würdevoll und einsam aus, kleiner, als er war. Sie sah sein ernstes, bewegtes Gesicht und war gerührt, versuchte sich sein geheimnisvolles Tun vorzustellen: wie er auf die Idee gekommen war, sein Bett zu verschieben, wie er sich vorsichtshalber in die Decke gewickelt hatte.

»Morgen, wenn wir erwachen, ist die Welt weiß.«

»Hm.«

Er hatte wenig Sinn für romantische Ideen. Er war vermutlich innerlich mit unglaublichen mathematischen Berechnungen beschäftigt, die den Schneeball betrafen. Weder Billionen noch Trillionen konnten ihn schrecken. Er würde zweifellos einmal ein Genie. Das sagten alle. Sie hatte das Gefühl, sich wegen der Störung bei ihm entschuldigen zu müssen.

Er sagte:

»Vor kurzem hat es geblitzt. Hast du das gesehen?«

»Nein.«

»Und gedonnert. Vielleicht gibt es ein richtiges Gewitter.«

Sie spürte, wie sie innerlich zusammenzuckte. Das Wort ›Gewitter‹ weckte Erinnerungen an alte Ängste in ihr, halbvergessene Drohungen, die wieder ins Gedächtnis kamen, eigentlich keine Macht mehr hatten, doch immer noch übel klangen.

»Als kleines Mädchen hatte ich große Angst vor Gewittern.«

»Wirklich?«

»Dann haben wir im Kinderzimmer die Vorhänge zugezogen, haben überall das Licht angemacht und sind ganz laut umhergetanzt.«

»Wirklich? Du und Kate, ihr habt getanzt! Ha! Ha! Sehr komisch. Ihr wart sicher komische Mädchen.« Die Vorstellung, daß seine Schwestern einmal klein waren, gefiel ihm. »Warum habt ihr Angst gehabt? Hat euch der Blitz getroffen?«

»Nein. Ich mochte den Lärm nicht.«

»Ich mag den Lärm. Ich würde gern einmal sehen, wie jemand vom Blitz getroffen wird.«

»Aber James, bloß nicht.«

»Na, dann ein Baum. Es soll nicht weh tun, weißt du?«

»Ich habe einmal gedacht, mich hätte der Blitz getroffen. Ich wusch mich gerade im Badezimmer, vor dem Nachmittagstee, und da blitzte es überall um meine Hände herum. Also bin ich wie verrückt ins Spielzimmer gerannt, an meinen Händen war noch lauter Schaum, und ich habe gebrüllt: Uh, uh! Mich hat der Blitz getroffen. Uh, uh!« Sie machte ihm vor, wie es gewesen war, zog ein wildes Gesicht und wedelte mit den Armen.

»Dabei stimmte das gar nicht?«

»Ganz und gar nicht. Ich habe das nur gedacht.«

Er hüpfte vor Begeisterung in seinem Bett umher, strahlte vor Vergnügen.

»Und was hat Kate gemacht?«

»Sie hat Mutter geholt.«

»Und was hat Mutter gemacht?«

»Gesagt, ich soll aufhören, verrückt zu spielen.«

Seine Begeisterung schwand. Das war nur zu wahrscheinlich – ein Dämpfer. Er war still.

»Hast du dir wieder ein neues Gedicht ausgedacht, James?«

»Ja.«

»Darf ich es hören?«

»Eins ist mir heute morgen auf meinem Ausflug eingefallen.«

Er sagte es hastig und leiernd, daß es wie ein monotoner Singsang klang:

»O Natur, Natur, mit all deiner Macht,
was treibst du in eisiger Wintersnacht?
Dich lieb' ich, Natur, so süß und so mild.
Überlebst du den Winter, kalt und wild?«

»Das gefällt mir sehr gut.«

Ohne innezuhalten, fuhr er fort:

»Mit zu vielen Dingen plagen wir uns,
Zu viele Dinge versagen wir uns.

Das ist auch eins.«

»Und was für eins.«

Wirklich – es war tatsächlich erstaunlich, wie einfach und selbstverständlich die Verse aus ihm herauskamen. Wie er die Dinge auf einen Nenner brachte. Eigentlich hatte er es nur des Reimes wegen so gesagt... Hatte er das? Wenn man den unergründlichen Ausdruck in seinem Gesicht sah, war man nicht sicher.

»Du mußt sie alle aufschreiben, damit du sie nicht vergißt. Ich gebe dir ein Heft.«

»O gut. Dann kann ich mit meinem neuen Kinderfüller schreiben.«

»Nannie kommt sicher gleich. Wäre es nicht besser, du legtest dich schlafen?«

»Mach' ich.«

Sie wickelte ihn aus seiner Umhüllung. Er legte sich brav hin, und sie schob sein Bett an den alten Platz und gab ihm einen Kuß.

»Gute Nacht.«

»Gute Nacht.«

Als sie in der Tür stand, sagte er mit einemmal:

»Hat dir mein Geschenk gefallen?«

»Ich fand es fabelhaft.«

Sie hatte Gewissensbisse. Was habe ich mit dem Geschenk gemacht?

»Es steht im Schrank in der Diele, nicht wahr? Ich hab' es da gesehen.« Er klang wachsam, aber nicht verletzt oder vorwurfsvoll.

»O ja. Da habe ich die Vase hingestellt, damit ihr nichts passiert. Ich hatte solche Angst, jemand könnte sie zerbrechen. Ich werde sie gleich holen und auf den Kamin in mein Zimmer stellen. Morgen kommst du schauen, wie es aussieht.«

Die Falschheit schien ihr offensichtlich. Bestimmt konnte sie ihm nichts vormachen: er würde ihr nie mehr vertrauen. Doch er sagte gelassen:

»In Ordnung. Rate mal, was sie gekostet hat?«

»Eine ganze Menge vermutlich. Einen Sixpence?«

»Zehn Pence und einen halben Penny!«

Er merkte auch nicht, daß ihre Ungläubigkeit gespielt war. Er strahlte begeistert übers ganze Gesicht.

Erleichtert dachte sie, daß er doch noch klein sei: leicht zu durchschauen und leicht zu täuschen.

11

Nach dem Abendessen saßen sie alle im Wohnzimmer. Das Feuer flackerte im Kamin, und das Licht der drei Messingstehlampen mit den weißseidenen Schirmen schien hell und klar. Vor dem Kamin lag ein zotteliger weißer Läufer – Mrs. Curtis hatte ihn selbst geknüpft. Der Teppich war blaßblau, und auf dem weißgrundigen Chintz waren aufgeblühte rosarote Rosen mit grünen Blättern und blauen Schleifen. Auf kleinen Tischchen standen Figuren und Photographien, es gab einen japanischen Kaminschirm, eine Vitrine aus Ebenholz voller Porzellan und einen Flügel mit einer italienischen Decke, auf dem weitere Photographien standen, dazu indische Messingschalen und Tabletts, die Mrs. Curtis geerbt hatte. An den Wänden hingen in vergoldeten Rahmen die Aquarelle der Tanten und Großtanten, darunter Haus- und Gartenansichten. Sie waren sehr exakt ausgeführt, alles war genau zu erkennen.

Mr. Curtis trug seine Kordpantoffeln und hatte die Brille auf der Nase, er las den *Spectator*. Er atmete hörbar, und von Zeit zu Zeit mußte er husten, unterbrach jedoch dabei seine Lektüre nicht. Er saß schief und ein wenig unbequem, weil Simpkin den Sessel mit ihm teilte.

Onkel Oswald hatte die Hände über seinem Bauch gefaltet und war im Begriff einzuschlafen. In Abständen schnarchte er laut, dann schreckte er auf, starrte eine seiner Nichten an und döste weiter.

Kate und Olivia trugen die Kordsamtkleider mit den langen Ärmeln – Kates war porzellanblau, Olivias kastanienbraun. Kates Kleid hatte einen eckigen Halsausschnitt, Olivias Kleid war rund ausgeschnitten. Kate trug ein rosaschillerndes Kristallherz an einer goldenen Kette, und Olivia hatte ihre Bernsteinkette angezogen. Sie saßen auf dem Sofa und spielten ›Mensch ärgere dich nicht‹, stießen gelegentlich Laute der Empörung oder Begeisterung aus. Der Würfel rappelte hohl, immer wieder, die Spielsteine klapperten auf dem Spielbrett hastig auf und ab. Kate fluchte, und Mrs. Curtis warf ihr einen Blick zu, sagte aber nichts.

Mrs. Curtis trug über ihrem schwarzen Kleid einen schwarzen Chiffonschal, der mit goldenen Pailletten bestickt war. Sie strickte. Heute abend waren es Strümpfe für James. Morgen abend würde andere Wolle gewickelt, ein anderes Werk in Angriff genommen. Ab und zu sanken ihr die Hände in den Schoß, und sie seufzte – seufzte lange, unbewußt, tief; und jedesmal hörten ihre Töchter es und waren betroffen, fragten sich, aus welchem Abgrund dieser Laut kam, der so im Widerspruch zu ihrem Wesen schien. Zwar erklärten sie sich, dies Stöhnen sei nur eine lästige Gewohnheit, doch es klang jedesmal so entsetzlich, wie aus tiefster Not, als ob ein geheimes Wissen schwer auf ihrer Seele lastete. Auch wenn die Welt sie äußerlich nicht beeindrucken konnte, in ihrem Innersten fühlte sie sich angegriffen; als ob sie doch nicht majestätisch, unantastbar, unsterblich sei, sondern vergänglich, bald kranken Herzens sterben müsse. Bis dahin würde sie ihre Pflicht erfüllen, schweigend leiden, solange es ginge, ihren Lieben den Kummer ersparen.

Die Uhr schlug zehn. Kate hatte gewonnen, stand auf, gähnte.

»Ich bade noch, solange das Wasser warm ist. Nacht, ihr Lieben.«

Sie beugte sich hinunter, schon schläfrig, ließ sich von den Eltern küssen und ging aus dem Zimmer.

Eine halbe Stunde später war es für alle Zeit, ins Bett zu gehen. Onkel Oswald wurde geweckt, Simpkin durch die Verandatür ins Freie gelassen, bellend stand er auf der Stufe. Mr. Curtis legte seinen Wollschal um, nahm die kleine Taschenlampe und verschwand im Garten. Da und dort strahlte die Lampe auf, mahnend und lockend machte Mr. Curtis seinen Gang am Haus entlang; und als Simpkin dreimal das Bein gehoben hatte, lobte er ihn und führte ihn ins Haus zurück, sah zu, wie der Hund sich gemutlich im Sessel zusammenrollte.

Nicht zum erstenmal sagte Mrs. Curtis:

»Warum läßt du das nicht eins der Mädchen tun?«

Sie bekam keine Antwort.

Sie knipsten das Licht überall aus und gingen nach oben. Vor ihrer Schlafzimmertür küßte Mrs. Curtis Olivia und nahm sie in den Arm.

»Gute Nacht, mein großes Mädchen.«

Der Geburtstag, der seinem Ende zuging, war noch einmal gegenwärtig, einen Augenblick lang, dann war er vorbei.

Schnell zog Olivia sich aus, eine halbe Stunde lang würde sie in ihrem Bett noch lesen. Sie zog das Nachthemd an, bürstete ihr Haar, da sah sie auf dem Kopfkissen einen Briefumschlag, beschrieben in Kates schwungvoller Schrift. Als sie ihn öffnete, hörte sie Münzen aneinanderklicken. Sie faltete den Briefbogen auseinander und fand zwei Halbkronenstücke. Auf dem Papier stand geschrieben:

»Wir können ihn uns auch teilen.
Der armen Idiotin alles Liebe.«

O Kate!

Ihr wurde ums Herz herum so warm, daß sie einen feuerroten Kopf bekam.

Lauf sofort zu ihr und bedank dich. O Dankbarkeit – niemals weiß ich, wie... Was soll ich sagen, tun... Komm, schnell. Sei nicht feige.

Sie rannte über den Flur, öffnete die Tür zu Kates Zimmer. Es war ganz dunkel. Leise rief sie ihren Namen. Aber Kate lag da, mucksmäuschenstill, schien zu schlafen.

Teil zwei

I

Die Zeit kroch dahin, doch schließlich kam der große Tag.

An jenem Morgen sagte Mrs. Curtis zur Kinderfrau:

»Nannie, Sie helfen den Mädchen beim Anziehen, nicht wahr?« Und die Vorbereitungen nahmen ihren fesselnden Lauf. So wichtig und echt hatte das geklungen, als ob sie wirklich Debütantinnen seien und wie Marigold ein eigenes Mädchen hätten, das ihnen die Kleider zurechtlegte, hinter ihnen aufräumte.

Die Kleider lagen auf dem Bett. Heute morgen hatte Miss Robinson Olivias Kleid gebracht, ein Briefchen mit einer Nachricht war daran festgesteckt gewesen. *Wünsche einen schönen Abend, E. Robinson.* Die Unterwäsche lag auch da, die neuen Satinschuhe, die langen Handschuhe aus Glacéleder, die Mutter ihnen geliehen hatte. Nannie war über sich hinausgewachsen, hatte ihnen das Badewasser einlaufen lassen, die Handtücher über dem Stuhl ausgebreitet. Kate gab ein Päckchen Rosenknospenbadesalz in die Wanne, dann mußten sie nur noch ins Wasser steigen, die eine am Kopf- und die andere am Fußende. Selbst das Kinderbadezimmer mit seinen weißgetünchten, abgegriffenen Wänden, dem roten Vorhang, den Emaillebechern voll borstiger Zahnbürsten, all den vielbenutzten Utensilien, den Schwämmen, Seiftüchern, Nagelbürsten und Bimssteinen, dem harten, einfachen Seifenstück, der verblichenen achtzehn Jahre alten Badematte mit den aufgedruckten Tieren – selbst das Kinderbadezimmer schien heute in neuem Glanz; war nicht mehr einfach ein Ort robuster Säuberung; war statt dessen in ungewohnte Duftwolken gehüllt, ein Ort des Luxus und der Verschönerung, jungen Damen angemessen.

»Welch ein Aufwand«, sagte Kate, »und am Ende sehen wir aus wie immer.«

»Riechen auch wie immer. Nach einiger Zeit wenigstens.«

Kate dachte nach, dann drückte sie den Schwamm über ihrem Rücken aus:

»Ich glaube, er würde gar nicht merken, wenn wir in Unterhosen kämen und nach Zwiebeln stänken. Bis jetzt hat er uns noch kein einziges Mal angeschaut – oder? Sicher ist er ein Frauenfeind.«

»Vermutlich ist er furchtbar schüchtern. Hast du gesehen, was er für lange Wimpern hat? Es fällt einem nur nicht auf, weil sie so hell sind. Eigentlich sieht er nicht schlecht aus – von dem Kneifer auf der Nase einmal abgesehen.«

Kate lächelte bedauernd. Der Kneifer war ein harter Schlag gewesen, hatte ihre finstersten Vorhersagen erfüllt.

Olivia fügte hinzu:

»Vielleicht setzt er ihn zum Ball nicht auf.«

Kate schluckte die Antwort hinunter, die sie auf der Zunge hatte: »Und stolpert blind durch den Saal...«; sie wollte sich diesmal von Olivias unbegründetem Optimismus anstecken lassen; gottergeben sagte sie:

»Meinst du wirklich?«

Sie versuchte das deprimierende Bild aus ihrem Gedächtnis zu vertreiben, wie er um fünf Uhr angekommen war, in seinem triefnassen Regenmantel, den durchgeweichten Koffer in der Hand; er hatte das Dorftaxi verpaßt, das Mrs. Curtis extra geschickt hatte, und war die Meile vom Bahnhof her zu Fuß gekommen. Also hatte er im Flur gestanden, seine Brille geputzt, seinen nassen Hals abgewischt, das regenmantelfarbene Haar und hatte lauthals immer wieder beteuert, es habe ihm wirklich nichts ausgemacht, es sei doch nicht der Rede wert, keine Ursache – dabei hatte er sein Mißgeschick eher gesteigert, anstatt darüber zu lachen oder sogar seinen Spaß daran zu haben wie ein richtiger junger Mann (Tony Heriot zum Beispiel). Wie sehr hatte Kate sich da gewünscht, ihm auf der Stelle ein Schildchen ›Nicht geeignet‹ aufzukleben und ihn zurückzuschicken. Vielleicht, hatte er gesagt, sei es besser, sich sofort umzukleiden, er sei nämlich sehr empfindlich, was Erkältungen angehe: ob er sich trockene Sachen borgen könnte? Also wurde der Tee um eine halbe Stunde verschoben, während der er ein Bad nahm und danach ein Flanellhemd und eine graue Flanellhose aus der Garderobe seines Gastgebers anzog. Dann beim Tee –, nachdem sie ihn gefragt hatten, ob er oft zum Ball gehe, und er »nein« geantwortet hatte, als sie sich erkundigt hatten, ob er gern tanze, und sie vernommen hatten, er tanze leidlich gern – gab es nichts mehr zu tun, als dazusitzen und zuzuschauen, wie er gierig die Butterbrote mit Honig aß; zuzuhören, wie er Mrs. Curtis erzählte, daß seine Mutter an den Augen operiert werden würde.

Kate und Olivia konnten ihn mit melancholischer Hingabe eingehend betrachten, sie brauchten nicht einmal bescheiden und höflich ihren Blick abzuwenden, denn weder sah er sie an, noch schien er sich im geringsten ihrer Blicke bewußt. Er saß da, den Kopf auf seinem kurzen Hals zwischen runden Schultern hervorgestreckt. Seine Haut war glatt, rosig, glänzte leicht, nicht gesund und blank, sondern eher unangenehm. Sein Mund glich zwei aufeinandergeklappten Brötchenhälften, voll und blaß. Seine Augen waren undurchsichtig, hatten die gleiche Farbe wie das Haar auf seinem großflächigen Kopf. Direkt häßlich war er nicht, dachten sie, doch man könnte zehn Jahre lang allein mit ihm auf einer einsamen Insel sein, ohne ihn auch nur einmal küssen zu wollen.

Nach dem Tee ging Mrs. Curtis, um ihre Post zu erledigen; ihr Blick sagte: Nun, ihr Mädchen, kümmert euch um euren Gast. Sie nahmen ihn mit ins Wohnzimmer und legten eine Schallplatte auf, Jazzmusik. Dann spielten sie *Frühlingserwachen*, für den Fall, daß er klassische Musik vorzöge. Doch er schien gar nicht hinzuhören. Er saß mit übergeschlagenen Beinen im besten Sessel und besah sich seine abgestoßenen schwarzen Schuhspitzen, spielte im Takt mit seiner Haarlocke.

»Mögen Sie Musik?« fragte Kate.

»Verzeihung?«

Sie wiederholte laut und deutlich:

»Mögen Sie Musik?«

»Oh. Also eigentlich mache ich mir nichts aus Grammophonmusik. Aber spielen Sie ruhig weiter, wenn Ihnen etwas daran liegt.«

»Oh, ich denke nicht im Traum daran. Wir kennen alle unsere Schallplatten auswendig. Wir legen sie nur für Sie auf.«

Sie schloß den Grammophondeckel mit einem Knall und warf ihm einen vernichtenden Blick zu. Dann öffnete sie die neue Schachtel Abdullah-Zigaretten, die ihm zu Ehren gekauft worden waren.

»Zigarette?«

»Danke, nein. Ich rauche nicht.«

Dann war es halb sieben, und sie gaben ihm einen Jahrgang *Punch* zum Ansehen, ließen ihn allein und gingen nach oben, um sich eine gute halbe Stunde früher als nötig anzuziehen.

»Vielleicht hätten wir mit ihm ›Mensch ärgere dich nicht‹ oder Karten spielen sollen«, sagte Olivia auf der Treppe.

»Das hätte auch keinen Sinn gehabt: Danke, nein. Eigentlich bin ich kein Freund von Spielen. Ich hör' ihn förmlich.«

Olivia kicherte. »Das war frech, wie du das mit dem Grammophon gesagt hast.«

»Das war aber auch der Gipfel... Solche eingebildeten Idioten kann ich nicht ausstehen. Hattest du nicht einen wohlproportionierten Fußballspieler angekündigt?«

Nun aber, nachdem sie ihn eine ganze Stunde lang nicht mehr gesehen hatten, waren sie hoffnungsvoller. Immerhin, sie hatten einen Tanzpartner. Zwar ohne besondere Reize, doch vorzeigbar. Vielleicht würde er noch aus sich herausgehen und einen guten Tänzer abgeben. Wenigstens war er größer als sie beide. Und wenigstens hatte er nicht gesagt, daß er nicht tanzen könne, es noch nie versucht habe, aber er sehe da keine Schwierigkeit, durch den Saal gehen könne doch jeder.

Sie seufzten, räkelten sich, bis das Wasser kleine Wellen schlug. Die Wanne war nicht groß, und sie mußten sich schmal machen. Sie hatten lange, wohlgeformte Arme und Beine und kleine, runde Brüste.

»Dreh das warme Wasser auf«, sagte Olivia. »Hier unten ist es kühl. Du hast nicht richtig gemischt.«

»Nein. Ich steige jetzt aus. Du besser auch. Du warst schon vor mir drin. Wenn du nicht aufpaßt, ist dein Gesicht beim Abendessen wieder krebsrot.«

Sie turnte gelenkig aus der Wanne, landete auf der Badematte. Olivia ließ heißes Wasser nachlaufen und lehnte sich noch einmal zurück. Kate puderte sich über und über (Duftnote: Süße Geranie), rieb dann den Puder in die Haut ein. Sie stand in einer nebligen Wolke.

»Leih mir auch etwas«, sagte Olivia.

»Warum kannst du dir nicht selbst welchen kaufen? Du bist so träge, nie besorgst du selbst etwas. Willst du durchs Leben gehen und mich immer nur nachmachen? Hast du nicht den Artikel im *Daily Mirror* gelesen: Der Duft und die Farben, die man trägt, sollen zur Persönlichkeit passen.«

Ergeben sagte Olivia:

»Ich weiß. Aber ich bin bankrott. Ich habe doch noch den Schmuck gekauft.«

»Hm. Den stecke ich dir nachher am besten fest.«

»Nein, danke, Gnädigste. Ich bin durchaus in der Lage, mir meine Blume selbst am Gürtel festzumachen.«

»Hm. Bist du sicher?«

Kate stieg in ihre Hemdhose. Sie hatte sich Träger aus glitzerndem Band genäht und auf die Beine blaßblaue Schmetterlinge geheftet.

»Oh, du siehst genauso aus wie das Bild in der französischen Modezeitung, die Etty mitgebracht hat – wie hieß das Heft noch? – *La Vie Parisienne*. Schade, daß du nicht so gehen kannst. Du siehst phantastisch aus.«

Kate sah zufrieden an sich hinunter.

»Kannst du dir vorstellen, was er für ein Gesicht machen würde?«

Sie streckte die Arme aus, machte einige Tanzschritte, sagte flehentlich mit zärtlicher Stimme: »Tanz mit mir, Reggie...«

Olivia kicherte.

Kate drückte eine doppelte Portion Zahnpasta aus der Tube und nahm beherzt ihre Zähne in Angriff.

»Ich muß schon sagen, du gehst vielleicht ran«, sagte Olivia, die immer noch in der Wanne lag.

»Ein junges Mädchen sollte makellos sein, innen und außen.«

Da beschloß Olivia, es Kate nachzutun, und stieg aus der Wanne, wickelte sich in ein Handtuch, setzte sich auf den Wannenrand.

Kate untersuchte ihr Gesicht in der Spiegeltür des Arzneischränkchens an der Wand.

»Ich bin froh, daß ich mein Haar schon gewaschen habe. Die Wellen sind so gerade richtig.« Sie untersuchte ihre Wimpern und seufzte. »Diese Wimperncreme ist purer

Betrug. Sie sind keine Spur gewachsen. All die Sachen, die man per Post bestellen kann, taugen nichts. Etty kannte ein Mädchen, das hatte ständig eine rote Nase. Sie las in einer Annonce, daß eine Dame von Rang für fünf Schilling ein sicheres Mittel zu bieten hätte. Also hat sie die fünf Schilling eingeschickt, und was, glaubst du, hat sie dafür bekommen: einen Zettel, auf dem stand mit der Schreibmaschine geschrieben *Trink, bis sie blau ist*... Livia, jetzt reiß dich aber zusammen. Es ist schädlich für die Haut, wenn man so lange in der Wanne weicht und sich dann nicht richtig abtrocknet.«

Sie zog ihren Morgenmantel über und verschwand.

Allein gelassen erwachte Olivia mit einemmal, trocknete sich ab, puderte sich, putzte die Zähne. Sie besah sich ihre Fingernägel: sie waren sauber, aber mehr auch nicht. Kate hatte ihre Nägel eine Stunde lang manikürt. All diese Verrichtungen wirkten bei Kate ganz natürlich; wenn Olivia sie machte, dagegen unwirklich, wie eine auswendig gelernte Lektion, die sie eigentlich nicht verstanden hatte. Etwas in ihr war und blieb wirr, nicht harmonisch, schien sich zu wehren.

Plötzlich war sie niedergeschlagen, mutlos; dachte, ahnte, daß sie noch nicht sie selbst... noch nicht im reinen mit sich war... sein konnte, nicht aus einem Guß. In einem verrückten Augenblick hatte sie begierig, aufgeregt eine Einladung zum Ball angenommen. Nun, zurückgekehrt auf den Boden der Tatsachen, begriff sie, worauf sie sich eingelassen hatte.

Warum dorthin gehen? Es war undenkbar. Warum so sehr leiden? Verloren, auf schwankendem Boden; vernachlässigt, unbeachtet; man würde sie neugierig mustern, ohne Partner würde sie zuschauen, wie Kate heiter von einem Tänzer zum anderen wechselte; würde so tun, als ob sie es nicht merkte; nicht merkte, wie die Gastgeberin sich Gedanken machte: mußte sie sich schon wieder um dieses Mädchen kümmern (man kann sie doch nicht immer wieder jemandem vorstellen); so tun, als ob einem alles egal sei, sich unbemerkt zur Garderobe zurückziehen, dort unnötigerweise mit Haarnadeln und Puder hantieren, angestrengt lauschen, ob der Tanz vorbei sei; wieder allein am Rande der Tanzfläche und hinter der scheinbar ungerührt lächelnden Maske hin- und hergerissen zwischen Hoffnung und Verzweiflung... Die Kapelle beginnt zu spielen, das erste Paar gleitet Arm in Arm davon. Kate segelt wieder vorbei... Zurück zur Garderobe, die Frisur richten, und das zuständige Mädchen wirft einen kühlen Blick oder – schlimmer – verwickelt sie in ein mitleidiges Gespräch.

O Schreckensbilder! Einsam in der Menge! Ein Fest, von dem sie als einzige heimkehren wird, ohne mitgemacht zu haben!

Sie dachte an ein Kinderfest bei den Spencers vor vielen Jahren; wie sie sich Hals über Kopf in einen wunderschönen zehnjährigen Jungen namens Archie verliebt hatte, einen Cousin von Marigold. Sie hatte mit ihm die Babypolka getanzt; hingerissen seine dichten blonden Locken und blauen Engelsaugen bestaunt. Nach jedem Tanz hatte er einen großen Besen ergriffen, der in dem Zimmer in der Ecke stand, und hatte den Boden gekehrt. (Warum hatte er das getan?) Als sie ihn zum vierten Mal zum Tanz aufforderte, hatte er, während er mit dem Besen mitten auf der Tanzfläche hantierte, mit seinem hohen klaren Stimmchen munter und höflich geantwortet: »Noch einmal? O gern! Wir haben ganz schön oft miteinander getanzt, nicht wahr?« Und alle Erwachsenen hatten schallend gelacht; ein Geräusch wie einstürzende Häuser. Damals hatte sie ihre Unbefangenheit verloren, ihr kindliches Selbstvertrauen. Eines Tages schreibe ich darüber eine Geschichte.

Sie zog ihre Strümpfe an, bedauerte, daß sie oben aus Baumwolle waren. Wenn sie aufpaßte, würde man es nicht sehen. Trotzdem, in Strümpfen mit verstärkten Knien konnte man sich nicht ungezwungen bewegen. Wie schaffte Kate es, daß sie immer ein Paar Seidenstrümpfe in Reserve hatte? Denk beim Anziehen daran, du könntest überfahren werden, war Kates stete Rede.

Nun also; wieviel, wie wenig Unterwäsche... Sie zog drei Schichten an, zog eine wieder aus. Es wirkte immer noch plump, unförmig. Oh, daß Kate ein so federleichtes Nichts tragen konnte, mutig, wie sie war.

»Was ist das?« Mutter hatte die Hemdhose mit spitzen Fingern hochgehoben. »Ein Taschentuch?«

»Nein.« Kate zog sie ihr aus der Hand, lächelte dabei. »Dreimal darfst du raten.«

Mutter hatte es längst erraten. Aus der folgenden Auseinandersetzung ging Kate unerschüttert hervor – obwohl sie danach verlegen vor sich hin pfiff, dabei des kategorischen *Ich verbiete dir* spottete, des Vorwurfs, sie sei unanständig.

Sie sammelte die Kleidungsstücke ein und ging zurück in ihr Zimmer. Dort auf dem Bett lag das rote Kleid, weich, einladend, leuchtend, gebügelt von Nannie und bis jetzt noch nicht anprobiert.

Vorher das Haar. Die ganze vergangene Woche lang hatte sie allabendlich geübt: nun kam die Vorstellung. Mittelscheitel, zwei Zöpfe, zu Schnecken über die Ohren gesteckt wie bei einem deutschen Mädchen. Kates Idee. Heute abend gehorchte ihr das Haar, ließ sich leicht und schnell flechten. Sie drehte die Zöpfe ganz symmetrisch, steckte die Enden ordentlich nach innen, steckte sie mit Dutzenden und Aberdutzenden von Haarklammern fest. Geschafft. Die Frisur saß unerschütterlich. Auch der wildeste Tanz würde sie nicht aus der Façon bringen. Sie ließ die Hände sinken und starrte in den Spiegel.

Ja, das steht mir. Macht eine gute Kopfform und sieht hübsch aus, dort direkt unter dem Ohr, wo das Kinn in einer sanften Kurve den Hals trifft. Ein einzelnes Haar ziepte irgendwo außerhalb ihrer Reichweite. Das mußte sie ertragen. Mademoiselle sagte früher, wenn sie mit dem Kamm ihr Haar entwirrte, immer *Il faut souffrir pour être belle*.

Nun das Kleid.

Vielleicht werde ich auf dem Ball doch mein Vergnügen haben.

Eine Viertelstunde verging.

Kate schaute ins Zimmer herein.

»Fertig?«

Olivia stand regungslos, wie angewurzelt vor dem Spiegel. Ein Blick, und Kate sah, daß etwas nicht stimmte.

»Hier. Du hast es verdreht.« Mit Schwung zog sie den Rock in der Taille herum. Zögernd sagte sie:

»Sieht gut aus. Nett.«

Aber es stimmte nicht. In der Stille wurde die Wahrheit offensichtlich, eine bleierne Gewißheit, die nicht aus der Welt zu schaffen war.

Der Saum war schief, die Armlöcher zu eng und die Falten – wenn Olivia die ungeschickten, plump und sinnlos gerafften Falten sah, schnürte ihr ein stechender Schmerz die Kehle, stieg von der Brust zum Kopf, nahm ihr die Luft.

»Es sitzt einfach nirgends…« Sie konnte kaum sprechen. »Es ist das häßlichste – ach, es hat keinen Sinn. Ich gehe so nicht. Ich zerreiß' es, ich werfe es ins Feuer, ich gehe nicht zum Ball.« Sie zerrte an dem Kleid, als wolle sie es sich vom Leib reißen.

Da schrie Kate:

»Du hast es verkehrt herum an.«

Olivia ließ die Hände sinken.

»Meinst du?« sagte sie hoffnungsvoll.

»Ich glaube, ja.« Erleichtert zog Kate ihr das Kleid über den Kopf, drehte es und steckte ihr wieder die Arme durch die Ärmel. »Laß mal sehen. Hm. Jetzt ist es natürlich hinten zu lang.«

Olivia drehte dem Spiegel den Rücken zu, während Kate Häkchen schloß, an ihr herumzog, das Kleid in Form brachte. Es war tröstlich, einfach eine Zeitlang in den Raum zu schauen, bevor sie sich erneut und unwiderruflich ihrem sicherlich kaum verbesserten Bild stellen mußte.

»Die Ärmel spannen.« Voller Genugtuung beugte sie die Arme, bis die Nähte sich dehnten und knackten.

»Hör sofort auf, Livia. Das mußt du ertragen. Warum hat sie das Kleid nicht richtig zugeschnitten? Hast du ihr denn gar nicht auf die Finger gesehen? Mit deinen Kleidern ist es immer dasselbe. Mit Miss Robinson bist du noch nie fertig geworden.«

»Ich weiß. Ich mache ihr anscheinend immer nur gute Laune.«

Olivia seufzte. Sie dachte daran, wie Miss Robinson bei jeder Anprobe euphorischer geworden war – ihre Schere immer gewagter, ihr Klavierspiel übermütiger, hingebungsvoller.

»Sie ist verrückt«, sagte Kate aus vollem Herzen, zog ein letztes Mal an Olivias Rock, fügte hinzu: »Und ich glaube, du auch. Verwechselst hinten und vorn. Was soll bloß aus dir werden? Hm?... So, fertig.«

Jetzt muß ich hinsehen.

Sie betrachtete sich.

Es war nicht so schlecht. Es war hinten zu lang, und in der Taille gab es eine seltsame Stelle, wo etwas im Schnitt nicht stimmte, wo Miss Robinson das Ganze hinmodeln mußte, wie sie es selbst nannte. Aber immerhin, immerhin... wenn man es nicht so genau nahm, war es in Ordnung. Jedenfalls stand ihr die Farbe.

Der Verzweiflung entronnen, war sie wieder das Mädchen in seinem ersten Ballkleid und keine Karikatur – sie konnte sich sehen lassen. Jetzt sah sie auch Kate, nahm sie bewußt wahr und rief begeistert:

»Oh, du siehst phantastisch aus.«

Das luftige apfelgrüne Kleid, das Kate selbst genäht hatte, lag leicht am Körper, bauschte um die Beine. Um die Schultern hatte es eine kleine Pelerine, verziert mit winzigen bunten Blumen, Knospen, Blättern. Dazu trug sie grüne Strümpfe und silberne Schuhe. Gegen das Grün wirkte ihre Haut wie weiße Korallen. Ihr Haar schimmerte blaßblond.

»Du siehst aus wie das Titelmädchen eines Frühjahrsmodeheftes.«

Kate drehte sich, um ihre Pelerine zu betrachten, und sagte gelassen:

»Das Kleid ist direkt aus *Vogue*.«

Sie standen Seite an Seite und sahen sich im Spiegel. Nach einer Weile meinte Kate:

»Wenigstens sehen wir nicht gleich aus, Gott sei Dank.«

Olivia wagte hinzuzufügen:

»Wir heben uns gut voneinander ab, findest du nicht auch?« Sie dachte: Die Jüngere in ihrem Zigeunerrot bietet der schönen, zarten Schwester einen angemessenen Hintergrund.

»Deine Frisur steht dir gut«, sagte Kate versonnen.

»Sie macht mich leider taub.«

Kate erwachte, energisch sagte sie: »Ich muß Mutter das Kleid zuknöpfen« und verschwand.

Olivia holte eine silberne Stoffblume aus der Schublade – eine Seerose mit Blättern – und steckte sie sich an den Gürtel, genau auf Miss Robinsons anmutige Schleife. Hinten aus der Schublade holte sie eine Puderdose hervor, nahm die Quaste aus Schwanenpelz und puderte sich ihr Kinn. Der Puder war rosig. Das Kinn glänzte danach nicht mehr, doch die Farbe paßte nicht zu ihrer Haut. Sie wischte den Puder ein wenig fort. Würde Mutter das merken, und wenn ja, würde sie vor allen Leuten ihren Kommentar abgeben?

Nun zur Krönung des Ganzen: ein wenig Parfum ins Haar, das bezauberte jeden Partner. Die Idee stammte aus dem Fortsetzungsroman des *Daily Mirror*, in dem das Haar der Heldin von Natur aus nach Veilchen roch. Dieser Duft war noch besser: Maiglöckchen. Sie öffnete die winzige Flasche – ein Geburtstagsgeschenk der Kinderfrau – und schüttete etwas vom Inhalt auf ihren Scheitel. Sofort umgab sie ein süßlich bitterer Geruch. Es roch nicht richtig nach Maiglöckchen, es roch eher nach Maiglöckchen und Haar. Na ja... In zwei Stunden würde es schwach, doch köstlich duften. Oder...

Sie öffnete das Fenster und hielt ihren Kopf in den Abendwind.

2

Als sie über den Flur ging, kam Onkel Oswald aus seinem Zimmer. Ohne etwas zu sagen, trat er neben sie.

»Hallo, Onkel Oswald.«

Er sah sie mit großen Augen an, und sie bemerkte seinen trüben, verschleierten Blick. Wie er so aus seinem dunklen Zimmer kam, leise, allein, in zerrissenen, abgetretenen Lederpantoffeln, die Haare ordentlich gebürstet, sie so ansah, zum Abendessen hinunterging – machte er sie betroffen... Als hätte sie ihn heimlich beobachtet, und er hätte ihr gezeigt, wie er wirklich war. Sein Bild beeindruckte sie, doch sie konnte es nicht vollständig erklären. Im nächsten Augenblick zwinkerte er ihr zu; sie lächelte.

»Aha!« Er betrachtete sie eingehend. Sein Atem ging gemächlich.

»Oh... Gefällt es dir? Ich –« Sie griff nach ihrer Schneckenfrisur, sah zu Boden, spürte, wie sie rot wurde.

»Entzückend«, flüsterte er. »*Siebzehn Jahre alt!* Auf dem Weg zu ihrem ersten Ball. Ach!«

Aufgeregt sagte sie:

»Oh... Alles ist falsch – ich weiß es...«

Sie seufzte. Sie fühlte, wie der Stoff ihr in die Achselhöhlen schnitt, wie ihre Haare ziepten; sie fühlte sich wieder so ungeschickt. Und wieder schien der Abend bedroht.

»Ich schaffe es nie. Ich weiß nicht...«, brach es aus ihr heraus. Was sage ich da – ausgerechnet ihm? Hilflos starrte sie ihm in sein unbekanntes, vertrautes Gesicht.

Er nickte und flüsterte beruhigend:

»Mach dir nichts draus. Du mußt noch warten. Zehn Jahre vielleicht.«

»Zehn Jahre?«

»Ungefähr.«

»Oh... Aber dann bin ich alt. Siebenundzwanzig.«

»Sagen wir dreißig. Dann bist du richtig.«

Entrüstet rief sie:

»So lange?«

Ein Lächeln huschte ihm übers Gesicht.

»Es wird dir nicht so vorkommen. Es geht erstaunlich schnell vorbei – selbst die schlimmsten Zeiten. Und es kann schlimm werden – wirklich sehr schlimm.« Er hielt inne; dann sagte er langsam, ernst – gefühlvoll, so, wie sie es nie von ihm gehört hatte: »Alles beruhigt sich. Ja. Wird besser. Sorg dich nicht. Am Ende ist alles in Ordnung. Vermutlich.«

Er sah ihr prüfend ins Gesicht.

Sie sagte, ohne nachzudenken, um seinen Blick abzulenken:

»Die Frage ist, woher weiß man, ob alles in Ordnung ist.«

Er wartete, griff nach seiner Uhrkette. Stockend redete sie weiter.

»Ich meine – Kate sagt, man müsse es immer gleich wissen – ich meine, was richtig ist und was falsch. Mir scheint es manchmal, als ob diese Begriffe gar keinen Sinn hätten. Sicher bin ich unmoralisch. Ich mache mir schreckliche Gedanken...« Verzweifelt dachte sie: Ich gehe zu weit, viel zu weit. Jetzt gibt es kein Zurück.

Er sagte ganz ruhig, immer noch in diesem ungewohnten, erwachsenen Ton:

»Das brauchst du nicht. Du bist schon richtig. Es bedeutet wohl nur – du versuchst so zu sein, wie die anderen es gern hätten. Du bist ziemlich nachgiebig, nicht wahr? Selbstlos.«

Sie stotterte:

»Ich weiß nicht. Bin ich das? Ich dachte immer, nein.« Sie wurde flammendrot.

»Mach dir nichts daraus«, sagte er daraufhin sanft. »Du schaffst es. Aber hüte dich vor ihnen. Wenn du nicht weißt, was richtig ist, die anderen wissen es immer. Und sagen es dir. Nur aus den edelsten Motiven – und ganz in deinem Interesse. Sie wissen alles immer am besten.« Seine Stimme klang mit einemmal aufgebracht. Er schwieg; verzog seinen Mund; fügte dann sachlich hinzu: »Wenigstens war es so, als ich jung war. Und ich glaube, es hat sich nicht viel geändert.«

Sie stand da, ohne etwas zu sagen. Er hatte sich beinah in einen richtigen Onkel verwandelt, weise, freundlich, voll guter Ratschläge. Fast, aber nicht ganz. An der Art, wie er geredet hatte, war nichts Onkelhaftes gewesen. Sie hatte Angst, sah die Zukunft dunkel und geheimnisvoll. Siebenundzwanzig, dreißig. Warum, dann wäre sie nicht mehr jung. Unvorstellbar. Was hatte er damit gemeint? Trotz seiner vagen, vieldeutigen Sätze spürte sie den verborgenen Sinn; Ankündigung von Veränderungen; Fehler, Alleinsein und Unglück, Härte und Leid. Sie sagte versöhnlich:

»Du verstehst die Menschen, nicht wahr, Onkel Oswald?«

»Ganz und gar nicht. Ganz und gar nicht.« Er hob seine speckige kleine Hand.

Sie zögerte:

»Ging es dir – früher – manchmal – wie mir jetzt, Onkel Oswald?«

Er tat so, als habe er sie nicht gehört. Er zog seine Uhr und schaute nach der Zeit; ohne sie noch einmal anzusehen, trottete er um die Ecke zur Treppe.

Ich werde über alles nachdenken, irgendwann später. Es ist sicher wichtig, außerordentlich, verwirrend. Jetzt habe ich keine Zeit. Ich gehe zum Ball. Vergiß, was er gesagt hat.

Sie hörte James aus dem Kinderschlafzimmer rufen: »Mädchen! Mädchen!«, sah, wie Kate aus Mutters Zimmer kam und heiter und strahlend wie ein Engel seine Tür öffnete. Olivia lief zu ihnen über den Flur, als ob sie, einer drohenden Gefahr entronnen, nun in Sicherheit sei.

3

James saß aufrecht im Bett und strickte. Einen scharlachroten Wollschal für den Vater zu Weihnachten. Dreißig Zentimeter beinah war er lang und wurde nun Reihe für Reihe schmaler; in der Mitte gab es einen eigenartigen Buckel. James legte sein Strickzeug auf den Stuhl neben seinem Bett, oben auf die neueste Nummer von *The Rainbow.*[8]

»Laßt euch anschauen.«

Er stützte seinen Kopf in beide Hände, beugte sich vor und betrachtete sie.

»Sehen wir schön aus?«

»Gefallen dir unsere Kleider?«

Sie tanzten vor ihm her, drehten sich im Kreis, knicksten tief.

»Livias Farbe gefällt mir am besten. Das Rot ist schön. Aber Kates Kleid mag ich am meisten. Und ihre Schuhe.«

»Meinst du, wir können so gehen?« sagte Kate und ging wie ein Mannequin auf und ab. »Sei ehrlich, sind wir nicht die hübschesten Mädchen, die du kennst?«

»Ich kenne ja keine anderen. Ha! Ha! Ha!« Er lachte schallend über den gelungenen Witz. Als er sich wieder beruhigt hatte, fügte er ernsthaft hinzu: »Nannie hat gesagt, ihr kommt morgen nicht vor zehn zum Frühstück.«

»Nein, nicht vor zehn.«

»Wie werdet ihr das aushalten? Bis zehn. Was macht ihr denn bis dahin. Ich werde um zehn im Garten Fahrrad fahren.« In Gedanken sah er sich tollkühn vor dem Eßzimmerfenster hin- und herfahren. Sie würden ihn beobachten, wie er die schwierige Kurve nahm, ohne umzukippen. »Wird dieser Mann noch dasein?«

»Ja.«

»Warum tanzt er mit euch?«

»Weil er mehr Glück hat als wir«, sagte Kate.

»Er tanzt leidlich gern mit Mädchen.«

»Woher weißt du das?«

»Ich habe mit ihm gesprochen, als ihr oben wart, und er hat es mir gesagt.«

»Hm.« Kate bekam einen schmalen Mund, ihre Nasenflügel bebten. »Ich werde ihn schon leidlich...« Sie schaute finster.

Der Gong schlug, und sie erschraken, beugten sich eilig und gaben James einen Gutenachtkuß.

Er sah sie davonwirbeln – strahlend, glitzernd, ungewohnt – und richtete sich in seinem Bett auf, rief ihnen nach:

»JA, IHR SEID!...«

»Was?«

Sie blieben in der Tür stehen, lachten ihm zu. Aber er sagte nichts.

Sie hatten keine Zeit mehr, mußten gehen.

Er warf sich in die Kissen, steckte den Kopf unter die Decke und flüsterte:

»Schön.«

4

Das Abendessen war vorüber, wieder saßen sie im Wohnzimmer. Mußten noch eine halbe Stunde überstehen, bis hoffentlich Walkers Taxi die Auffahrt entlanggefahren kam, sie aufstehen und ihre Capes umlegen konnten.

Das Abendessen war in jeder Hinsicht fein gewesen. Auf dem Tisch hinter kleinen blumenbemalten Schirmen hatten Kerzen gestanden; in Silberschalen lag Konfekt; das gute Geschirr; in der Kartoffelcremesuppe Croutons, gebratener Fasan, zum Nachtisch ein Kirschsahnepudding mit kandierten Früchten, der deutlich nach Sherry schmeckte. Mrs. Curtis sah stattlich aus in ihrem schwarzen Samtkleid mit den durchscheinenden Ärmeln, dem Diamantcollier und den schönen alten Ringen. Und obwohl Mr. Curtis es unglückseligerweise nicht für nötig gehalten hatte, sich umzuziehen, wie üblich seinen dunkelgrauen Tweedanzug trug, hatte er sich doch eindrucksvoll benommen, hatte Weißwein oder Whisky mit Soda angeboten, Portwein gereicht. Er hatte keine eigenartigen Bemerkungen gemacht, kaum Simpkin erwähnt, hauptsächlich über Oxford geredet und den Gast mit »Kershaw« angesprochen. Nur gegen Ende des Abendessens schien seine gute Laune abzunehmen; sonst hatte er sich tadellos aufgeführt.

Onkel Oswald sagte keinen Ton, doch nach zwei Gläsern Wein und zwei Gläschen Port begann er freundlich zu lächeln, und als Mrs. Curtis nach dem Kaffee aufstand, hielt er ihr die Tür auf. Zwar stolperte er über den Teppich, doch seine altmodische Höflichkeit, seine tiefe Verbeugung, als sie davonging, waren ein Vergnügen und eine Überraschung gewesen.

Beide Mädchen hatten gespürt, wieviel Mühe sich die Eltern gegeben hatten, den Abend für sie feierlich zu begehen. Kleider und Frisuren wurden gebührend bewundert. Mutter hatte sich zurückgehalten und ihre gepuderten Nasen stillschweigend hingenommen; Vater hatte ihnen beiden ein halbes Glas Portwein eingeschenkt und mit ihnen angestoßen. Doch etwas hatte gefehlt. Dort, wo das Gefühl dicht und üppig hätte sein sollen, war es hohl und leer, nicht entspannt, sondern angespannt. Reggie trank seinen Wein, nahm reichlich von Hauptgang und Nachtisch, erzählte mehrere lange Geschichten, fühlte sich eindeutig wohl; doch die festliche Stimmung blieb aus. Er griff ihr Entgegenkommen nicht auf, machte nicht mit.

Die Männer blieben nach dem Essen nicht lange sitzen. Mr. Curtis erhob sich, als seine Frau aufstand, verzog sich eilig ins Herrenzimmer, gab deutlich zu verstehen, daß er seine Schuldigkeit getan hatte. Für ihn war die Angelegenheit erledigt; er hatte den Mädchen zuliebe mitgemacht; daß er für Kershaw eine Flasche seines besten Portweins geöffnet hatte, war schiere Dummheit und Vergeudung gewesen. Was hatte sich Ethel dabei gedacht... warum um Himmels willen... sollten von nun an grünschnäblige Jünglinge seiner Töchter wegen das Haus bevölkern? Als er jung war, brauchten die Mädchen keine Männer auszuführen, um sicherzustellen, daß man mit ihnen tanzte. Aber wenn sie sich schon zu so etwas herabließen, dann sollten sie wenigstens eine gute Wahl treffen – nicht so eine, sondern einen Kerl – einen Mann. Mit einem solchen Bürschchen konnte Sir John bestimmt nichts anfangen.

Zwanzig Minuten lang machte er sich Sorgen um seine

Töchter, die offensichtlich erwachsen wurden – hübsche Mädchen obendrein. Unerwünschte junge Männer würden eines Tages daherkommen, ihn um die Hand seiner Tochter bitten. Also Geld hatte er keines, das er ihnen mitgeben konnte – gar keines ... Muß mit Ethel darüber sprechen.

Sie saßen im Wohnzimmer: die Mädchen auf dem Hocker vor dem Kamin, Mrs. Curtis mit ihrem Strickzeug aufrecht auf dem Sofa. Reggie lag zurückgelehnt im besten Sessel, hatte die Beine übergeschlagen, wippte mit dem Fuß, spielte mit seiner Haarlocke. Er redete und redete in einem fort, erzählte Mrs. Curtis in aller Ausführlichkeit von einer Wanderung durch Wales, nannte die Orte, die Gasthöfe, gab seinen Kommentar zur walisischen Sprache ab. Der Wein floß ihm warm durch die Adern. Er fand, er zeigte sich von seiner besten Seite. Vernünftige Frau, Mrs. Curtis.

Nachdem das Thema Wales erschöpfend abgehandelt worden war, fragte Mrs. Curtis freundlich interessiert:

»Und hast du dich schon für einen Beruf entschieden, Reggie?«

Es gab eine Pause, dann sagte er laut und vernehmlich:

»Ich habe mich für den geistlichen Stand entschieden.«

Mrs. Curtis zählte die Maschen. Dann sagte sie behutsam:

»Das ist ein vortrefflicher Entschluß.«

Schweigen. Er sagte:

»Meine Mutter ist von meiner Entscheidung sehr angetan.«

»Ich bin sicher, daß sie das ist.«

Wieder Schweigen. Die Mädchen starrten wie vom Schlag getroffen auf den Teppich.

Jetzt verstanden sie, warum er sie nicht ansehen wollte. Kate mit dem klaren, herausfordernd schönen Blick, Olivia sanft, entgegenkommend, sie sollten ihn nicht von seinen frommen Gedanken abbringen, von seinem Entschluß. Jetzt verstanden sie, warum er leidlich gern tanzte: er hatte dem weltlichen Vergnügen entsagt; zwar war er tolerant und verdammte sie nicht, zwar gesellte er sich zu den weltlichen Schwelgern, doch er gehörte nicht zu ihnen. Und ach! dachten sie, und es sank ihnen der Mut, was könnten sie überhaupt miteinander reden in den kommenden Stunden, während er leidlich gern und in Maßen mit ihnen tanzen würde. Es ist sinnlos, dachte Olivia, ihn mit ernsten Fragen und hingebungsvoll reinem Blick für sich gewinnen zu wollen, als ob man insgeheim im Einklang mit dem Unermeßlichen sei: er würde darauf nicht reagieren; und außerdem war er viel zu langweilig. Für Kate war das Ganze noch schlimmer; Kate war fromm und mußte seinen zukünftigen Stand respektieren, konnte ihm nicht einfach ihre Meinung sagen. Er war berufen: war ihr überlegen, stand nicht unter ihr ... Natürlich war das ein vorzüglicher Entschluß. Nein, überhaupt nicht; es war ein dummer, empörender Entschluß. Typisch für uns, einfach Pech... Etty würde fürchterlich lachen, wenn sie das wüßte. Wir nehmen auf unseren ersten Ball einen Pfarrer mit.

Jetzt sahen sie ihn deutlich, in seiner fremden Welt – mit Stehkragen, breitkrempigem Hut, im schwarzen Anzug. Sie gaben ihn ganz und gar auf, ließen die letzte schwache Hoffnung dahingehen; stießen ihn so endgültig aus ihrem Innern, daß sie nicht einmal ihr Elend besprachen, als sie nach oben gingen, ihre Capes zu holen. Er war nun nur noch ein sie begleitender Gegenstand. Sie waren voller Erwartung, vor ihnen lag das Unbekannte, es hatte mit ihm nichts mehr zu tun, er konnte nichts dazu beitragen.

Sie wuschen sich die Hände, richteten ihr Haar, packten ihre Abendtäschchen. Kate hatte eine Puderdose in ein grünes Chiffontaschentuch gewickelt. Olivia steckte ein Dutzend Haarnadeln ein. Sie trugen jede ein üppiges Cape ihrer Mutter, das leicht nach Kampfer roch: Kates war blau und chinesisch bestickt, Olivias aus schwarzem Samt. Nannie kam aus dem Kinderzimmer und flüsterte überdeutlich durch den Flur: »Viel Vergnügen!« Die Köchin (seit zwanzig Jahren im Haus) stand auf der Hintertreppe, um sie zu bewundern. Dann gingen sie wieder nach unten.

»Ich zerfließe«, sagte Olivia leise.

»Sch! Still! Denk nicht daran.«

Reggie stand an der Haustür. Als sie ihm, Seite an Seite, entgegenkamen, zutiefst ernst, lächelnd, gönnte er ihnen doch einen einzigen Blick. Er stand da, die Hände in den Hosentaschen, fremd, übertrieben feierlich, fernab von Jugend und Vergnügen. Seine leicht hervortretenden Augen – Augen wie Murmeln – betrachteten sie glanzlos und ohne Neugier. Es war ihm alles einerlei, sagte der Blick. Er fühlte sich überall wohl, ihn konnte nichts erschüttern. Wenn diese jungen Damen seine Begleitung wünschten, machte ihm das auch nichts aus.

Sie liefen und sagten ihrem Vater gute Nacht. Er küßte sie liebevoll. So hübsche junge Mädchen. Er war unzufrieden. Sie schienen ihm mit einemmal so ausgeliefert, schutzbedürftig.

»Ich stelle euch eine Thermoskanne mit Kakao auf den Tisch im Flur«, sagte Mrs. Curtis, »und Kekse. Den Schlüssel lege ich unter die Fußmatte. Vergeßt nicht, wieder abzuschließen. Und macht alle Lichter aus. Ich bin bis höchstens ein Uhr wach. Gute Nacht, Reggie.« Sie gab ihm die Hand, sah dabei jedoch an ihm vorbei, so daß die Mädchen merkten, sie mochte ihn auch nicht. Sie umarmte beide Töchter auf einmal und sagte aufmunternd: »Viel Vergnügen. Morgen müßt ihr mir alles erzählen. Und grüßt Lady Spencer ganz herzlich von mir.«

Ihre Stimme klang auffallend leutselig und förmlich zugleich: sie und Lady Spencer waren gemeinsam im Vorstand vieler Vereine und Gesellschaften; sie gestalteten ihre Beziehung zueinander mit viel Fingerspitzengefühl.

Sie gingen hinaus in die feuchte, sternenlose Nacht, machten in ihren neuen Schuhen behutsame Schritte. Dann umgab sie der altvertraute Benzingeruch von Walkers Taxi. Sie ließen sich in kratzende Decken packen, und das Licht im Innern des Wagens ging aus.

Zuletzt sahen sie ihre Mutter schemenhaft in der Dunkelheit; sie rief, Walker solle vorsichtig fahren und an die Kurve denken.

Dann sahen sie für die nächste halbe Stunde nur noch den breiten, unbewegten Rücken des Fahrers vor sich; das Armaturenbrett leuchtete schwach, und Reggie erzählte von dem gebrauchten Morris-Cowley seiner Mutter.

Teil drei

I

Das sanft beleuchtete Schlafzimmer mit seinen dicken Teppichen bot ihnen letzte Zuflucht. Stimmen flüsterten, auf dem großen alten Bett lagen die Capes aus Samt, Pelz, Brokat. Halt! Halt! – wollten sie rufen; sie wünschten sich fort; am liebsten hätten sie sich versteckt; dann wollten sie sich nur noch kopfüber ins Geschehen stürzen, schnell, in der Menge untertauchen. Eine Gruppe fremder Mädchen stand lachend zusammen auf der Treppe; mißtrauisch gingen sie vorbei, hielten sich am Geländer, gingen hinunter, schienen taumelnd der großen Halle entgegenzufallen. Von der Decke hingen zwei gewaltige zinnerne Kronleuchter. Wie eine gelbe, glatte Eisfläche dehnte sich das Parkett unendlich. Um die Sockel der schweren grünlichen Marmorsäulen standen Kübel praller Chrysanthemen, schneeweiß, langstielig, scheinbar überdimensional zwischen all den Grünpflanzen und den flammendroten Weihnachtssternen mit ihren sichelförmigen Blättern. Aus der Eingangshalle strömten ihnen die Neuankömmlinge entgegen. Fixe blitzblanke Hausburschen – grüne Eidechsen mit goldknöpfigen Schuppen – wußten gleich, was zu tun, führten die Damen und Herren zu den Garderobenräumen.

Sie waren wie geblendet; die Blumen in ihrer Größe, Dichte, ihrem Glanz und Überfluß verwirrten sie, schienen Teil einer großartigen Traumszenerie; und sie darin ganz allein – umgeben von fremden Klängen, leichten Schritten, schwebenden Gestalten. Als sie Reggie sahen, erwachten sie. Er stand unter der Geweihgalerie, hatte die Hände in den Hosentaschen und betrachtete die Jagdtrophäen mit Kennerblick. Sein Anzug saß schlecht, schien zu groß, vielleicht hatte er seinem verstorbenen Vater gehört. Selbst die Handschuhe waren um Nummern zu reichlich, glichen Clownshandschuhen. Gleichgültig gesellte er sich zu ihnen, gemeinsam trieben sie im Strom der Gäste, gelangten an eine Tür, die offenstand. In einem Raum voller Möbel, Teppiche und Blumen, Wandschirme, Figuren aus Glas und Porzellan standen Sir John und Lady Spencer am Kamin. Der Ballsaal lag dahinter, strahlend hell. Eingeschüchtert vertrauten sie dem Butler ihre Namen an; laut wurden sie angekündigt, angestrengt lächelnd traten sie vor.

Lady Spencer war schöner noch als Queen Mary, hatte die gleiche imposante Figur, doch ihre Züge waren klassischer. Ein Abendkleid aus silbernem Brokat brachte ihre üppigen, wohleingedämmten Formen zur Geltung; ein Collier aus Diamanten und Saphiren unterstrich ihren stattlichen Busen, und ein Diadem glitzerte in ihrem wie gemeißelt ondulierten grauen Haar. Die Mädchen fanden sie hinreißend, bewunderten die solide Pracht, die erhabenen Prinzipien, die sie verkörperte, die gebieterische Güte, liebevolle Tyrannei. Sie fürchteten ihren Blick, der unnachgiebig jeden Makel entdeckte, ihre Zunge, die keinen Missetäter schonte. Sie hatte immer recht. Das wußte sie. Jeder bangte um ihre Gunst; die hatte sie ihnen bisher gewährt. Jetzt strahlte sie die Mädchen gnädig an und sagte mit ihrer warmen, volltönenden Stimme:

»Ich freue mich, euch zu sehen, meine Lieben. Wie hübsch ihr seid. Jack, das sind die Curtis-Mädchen, erinnerst du dich?«

»Hm? Ach... Ja, natürlich. Guten Abend.«

Sir John gab ihnen die Hand, daß es schmerzte. Ein

dichter Schnauzbart verdeckte den Großteil seines Gesichts. Trotzdem schien sein Blick gütig, freundlich, als nähme eine große Dogge gönnerhaft ein Hundejunges in Augenschein.

»Wir haben Mr. Kershaw mitgebracht«, sagte Kate mit leiser Stimme, lächelnd.

»Guten Abend. Schön, daß Sie gekommen sind.«

Lady Spencer sah ihn mit einem Blick. Unbedeutend; wenigstens nicht herausgeputzt. Saubere Fingernägel. Einziger Sohn aus einer Landpfarrei? Kein Benehmen. Aber zuverlässig. Schwerfällig. Hält sich schlecht (liest zuviel?). Man kann nie wissen. Passabel. Sie hatte ihn bereits vergessen.

»Geht doch durch zum Saal, Kate, mein Kind, Olivia... Marigold ist dort auch. Ich muß noch... Rollo ist in letzter Minute mit einem Schwarm von Offizierskameraden angekommen. Also gibt es reichlich junge Männer. Ihr trefft hier sicherlich eine Reihe Bekannter... O Mrs. Bailey, *wie* schön, daß Sie gekommen sind... *und* Mr. Bailey.«

Sie ließ sie stehen. Ihrer schützenden Nähe beraubt, gingen die Mädchen zögernd vorwärts, traten in den Saal. Die Kapelle hatte gerade aufgehört zu spielen. Gruppen von Menschen, unter ihnen junge Männer in Jagduniformen, standen herum. Und Marigold war da, lief ihnen entgegen; trug einen Korb voller Tanzkarten, an denen seidene Schnüre und winzige Bleistifte in verschiedenen Farben hingen. Ihr Kleid war außergewöhnlich, eindrucksvoll, aus getupftem cremefarbenem Tüll, knöchellang mit hochangesetzter Taille und kleinen Puffärmeln; der Rock war über und über gerüscht, und eine meergrüne Schärpe wurde im Rücken zur Schleife gebunden. Marigold trug einen Kranz aus Immergrün in ihren blonden Locken; und ihr Gesicht, sonst zart gezeichnet, leuchtete heute abend – ihre Wangen schimmerten rosig, die Augen waren tiefblau und groß.

»Hallo!« Ihre Stimme klang hell, anders als die ihrer Mutter, doch ebenso volltönend. »Hier, nehmt eine Tanzkarte.« Sie schüttelte den Korb, daß all die rosafarbenen, blauen, grünen, gelben Stifte durcheinanderfuhren. »Hier – Grün für Kate, Gelb für Olivia. Gefällt es euch? Fabelhaft, nicht wahr? Rollo ist auch gekommen. Ist das nicht phantastisch?«

Sie stimmten ihr zu, blickten schüchtern zum Flügel hinüber, an dem ihr Bruder inmitten einer Gruppe lachender Gäste auf den Tasten klimperte und mit dem Pianisten witzelte. Rollo war unerreichbar.

»Dein Kleid ist göttlich, Marigold!«

»Oh, gefällt es euch? Meine Patentante hat es aus Paris geschickt. Es ist mir ganz ungewohnt in soviel mädchenhaftem Weiß. In solch einem Kleid muß man eigentlich scheu zu Boden blicken und Gänseblümchen schnuppern. Immerhin, wenn man solche Elefantenbeine hat wie ich, kann man sie getrost verbergen.«

»Du hast keine Elefantenbeine.«

»Doch, *allerdings.*« Sie hob ihren Rock und zeigte ihre Beine bis zum Knie. Sie waren gerade und kräftig, vielleicht ein wenig breit. »Einfach gewaltig. Wie Mutters. Wenn man auf solchen Beinen durchs Leben geht, muß man sie auf Schritt und Tritt tarnen.«

Ihre Redeweise war wie alles an ihr ausgefallen, vieldeutig, kapriziös, spielerisch und glatt. Die Erziehung, die Lady Spencer ihr hatte angedeihen lassen, hatte ihr auch die englische Muttersprache nahegebracht, die vielen, vielen Worte, die schwierigen und die langen, dabei jedoch nicht immer deren Bedeutung, Schreibweise und Aussprache. Und nun, da ihre schulische Bildung für immer hinter ihr lag, blieben ihr diese Worte wie alles an ihr als Überraschung, Maskerade, Vergnügen, lebenslänglich.

Kate tat wieder ihre Pflicht:

»Das ist Mr. Kershaw.«

»Hallo! Nehmen Sie eine Tanzkarte.«

Es schien Verschwendung, ihn dermaßen anzulächeln. Doch Marigold achtete auch den geringsten der Männer. Ohne Rücksicht auf die äußere Erscheinung war sie bereit, sie alle zu mögen.

»Darf ich Sie um einen Tanz bitten?« brach es aus Reggie heraus.

Die Mädchen hörten und sahen ihn mit Staunen. Er war ganz anders. Seine plumpe Selbstgefälligkeit war sturer Hartnäckigkeit gewichen. Marigold hatte in zwei Minuten geschafft, was ihnen nicht geglückt war. Er hatte den geistlichen Stand vergessen.

»Mit Vergnügen!« rief sie gutgelaunt. »Leider bin ich völlig ausgebucht.« Sie untersuchte ihre Tanzkarte. »Besetzt bis zur dritten Zugabe. Wie schade!«

Aus schmalen, feuchten Augen warf sie ihm einen schmelzenden, da kurzsichtigen Blick zu.

Beharrlich sagte Reggie:

»Dann die vierte Zugabe.«

»O ja. Gern. Hoffentlich ist das nicht die Hymne. Wie war noch der Name? Egal. Namen sind Schall und Rauch. Ich vergesse es bestimmt nicht.«

Sie kritzelte ein kaum leserliches Wort auf ihre Tanzkarte. Die Worte waren: Billardkugel.

Er trug mit seiner peniblen Handschrift »Miss Marigold Spencer« auf seiner Karte ein und steckte sie dann in die Tasche. Sie waren beunruhigt. Vielleicht glaubte er, es sei genug, daß er mit ihnen zu Abend gegessen und sie hierhin begleitet hatte – er könne sich nun umsehen und nach Höherem streben... Nicht, daß sie seine Dienste wünschten... Aber es schienen nur fremde Leute im Saal. Bis zur vierten Zugabe waren es dreiundzwanzig Tänze. Dreiundzwanzig fehlende Tanzpartner. Bis zum Ende müßten sie nun bleiben. Er wäre sicher dagegen, wenn sie, bevor er am Ziel war, nach Hause wollten.

»Oh, da sind Wie-heißen-sie-noch? Ich muß mich beeilen. Seid ihr gut versorgt? Sicherlich. Wenn nicht, sagt Bescheid. Rollo ist da. Habe ich das schon erzählt? Habt ihr ihn gesehen? Tanzt doch mit ihm. Er langweilt sich zu Tode, weil er nur die Hausgesellschaft kennt.«

Sie winkte ihnen im Fortgehen zu, die luftigen Röcke umflatterten sie, als sie, aufgeregt wie ein Kind auf seinem ersten Fest, davonlief.

Während sie ihr nachsahen, bis sie verschwunden war, erstarb ihr Lächeln schmerzhaft. Sie schauten zu, wie sie ihnen fortlief, fort aus ihrem Leben, sorglos, aus ihrem gemeinsamen Unterricht – keine Einladungen mehr zum Tee im Schulzimmer, nie mehr gemeinsame Späße und Vertraulichkeiten, nie mehr glückliche Langeweile, geschäftige Leere, Melancholie, träumerischer Glückszustand ihrer gemeinsamen Jugend. Sie lief in eine andere Welt, in die sie ihr nicht folgen konnten. Die Freunde, denen sie nun entgegeneilte, waren keine gemeinsamen Freunde. Es waren diejenigen, die mit ihr den wohlhabenden, abgezirkelten Weg in die große Welt gingen, deren Geheimnisse und Verlockungen nun zu ihrem Alltag gehören würden. Tanzt mit Rollo!... Rollo, vornehm in seiner Uniform, groß, kräftig, mit kastanienbraunem Haar, ein Anführer umgeben von Kameraden, jeder Zoll ganz Sohn des Hauses... Und doch war es betörend. Sie sprach mit solch überzeugender Herzlichkeit, solch anscheinender Ernsthaftigkeit – ihr lächelndes Gesicht war eine Maske, in der sich engelhafte Tugend mit einer Eigenschaft mischte, die vielleicht ganz das Gegenteil war: womöglich die Falschheit selbst.

Die Kapelle begann einen lauten Foxtrott zu spielen. Mehrere Paare bewegten sich zur Mitte des Saales und fingen an zu tanzen. Sie schienen zur Hausgesellschaft zu gehören. Besonders hübsch oder gut gekleidet waren sie nicht. Die Mädchen sahen alle mehr oder weniger gleich aus – ziemlich blond, ziemlich hübsch, mittelgroß, rundlich bis schmal, alle in den gleichen blaßfarbenen Kleidern, alle hatten sie einen Seitenscheitel und Wellen im Haar. Alle außer einer. Allein kam sie durch die seitliche Tür herein, und sie sahen, wie sie einen Augenblick lang neben Rollo stand, beinah gleich groß, eine schmale Gestalt in weißem Satin mit geraden Schultern, auf dem anmutigen, zerbrechlich wirkenden Hals ein wohlgeformter, kleiner Kopf; ihr schwarzes Haar war in der Mitte gescheitelt und hinter den Ohren zu einem tiefen seidigen Knoten zusammengesteckt. Sie bewegte sich langsam, schaute im Saal umher. Sie glaubten ein Gesicht von unerhörter Schönheit zu sehen, blaß und bisher nicht im Traum vorgestellt. Ein neues Gesicht. Sie sah in eine andere Richtung, ging mit Rollo davon.

Sie lehnten an der Wand, standen Seite an Seite, sahen den sich drehenden Paaren mit großen Augen angestrengt zu. Sie waren unzertrennbar, bis jemand kam, sie zu trennen; doch sie haßten sich in diesem Augenblick. Reggie stand in einiger Entfernung, betrachtete die Tänzer mit ähnlich offenbarem Wohlwollen. Die Kapelle spielte, und er sah zu. Schließlich legte er lässig den Arm um die Taille derjenigen, die ihm am nächsten war, und sagte, indem er über sie hinwegsah:

»Tanzen Sie?«

Es war Olivia. Erleichtert, betrübt, errötend mied sie den Blick der Schwester, fügte sich seinem lockeren, sachlichen Griff. Seine Schritte waren nüchtern und einfallslos. Und Kate war es, die allein stand.

2

Der Schmerz, den sie spürte, war nicht zu ertragen.

Doch dann kam Mr. Campbell auf sie zu, Sir Johns Verwalter; ein einnehmender Junggeselle in mittleren Jahren. Er buchte Nummer sechs und Nummer fünfzehn. Und gleich darauf kam Dr. Parkes, Tulvertons beliebter neuer junger Doktor, verheiratet zwar, doch deshalb kaum weniger interessant; seine Frau war ein unscheinbares, stilles Mädchen, eher häuslich, half ihm in der Praxis; und zur Freude seiner Verehrerinnen begleitete sie ihn selten bei offiziellen Anlässen; sie war ans Haus gebunden, ein Kind lag noch in der Wiege, das nächste war unterwegs. Er hatte im letzten Frühjahr Kates Mandelentzündung behandelt, und sein tägliches Erscheinen, sein klares Gesicht, sein unwiderstehlich sezierender Blick, die blauen Augen, makellosen Zähne, seine frische Gesichtsfarbe und die tiefe, einnehmende Stimme hatten der Krankheit einen höchst romantischen Zug verliehen; der Handspiegel wurde zur unerläßlichen Requisite, gepflegtes Aussehen war auch noch zwingend, als das Thermometer neununddreißig zeigte. Die Stimme, die damals – wie peinlich – routiniert gefragt hatte: Wie steht es mit der Verdauung?, bat sie nun um einen Tanz – zwei Tänze. Nummer elf und Nummer siebzehn. Ihm auf den Fersen folgte Jim Thomson, Sohn des nachbarlichen Guts; er hatte Urlaub von seinem Regiment in Indien, zwar kein kluger Kopf, was er erzählte, war uninteressant; doch er war groß und wendig und tanzte vorzüglich. Nummer acht und Nummer neun. Nicht schlecht. Jetzt war es leichter, den anderen zuzuschauen. Und Reggie müßte sie anstandshalber auch um einige Tänze bitten, so daß ihr die äußerste Demütigung erspart bliebe. Wann jedoch... werde ich glücklich sein? Gab es denn niemanden, ganz und gar niemanden, mit dem sie gern tanzen würde? Dr. Parkes war ein Lichtblick; doch irgendwie war er, trotz seines Charmes, nicht ganz der Richtige – vom freundschaftlichen Standpunkt aus betrachtet. Jene Kameraden, die Rollo mitgebracht hatte – sicher würde wenigstens einer von ihnen gern ihre Bekanntschaft machen. Drei lehnten lässig gegen den Kamin, lachten, kümmerten sich keinen Deut ums Tanzen; und mehrere weibliche Wesen standen allein und verloren am Rande der Tanzfläche... Und ich bin die Hübscheste von allen... Wie unerzogen sie waren. Wenn Lady Spencer doch aus dem Empfangssalon auftauchen würde. Und wo nur, wo waren die Heriots? Ach! Sie würden, wie üblich, zu spät kommen, wenn alle Langweiler ihre Tanzkarte bereits blockiert hätten. Endlich würden sie dann auftauchen, unbekümmert um einen Tanz bitten, fröhlich grinsen und sich entschuldigen und nach erfüllter Pflicht wieder zu ihrem eigenen Fest eilen. Würde es wirklich so sein? Geschähe denn niemals, wovon sie träumte: daß Tony erklärte: Ach, Unsinn! Du *mußt* einfach mit mir tanzen! Dabei striche er all die bedeutungslosen Namen auf ihrer Tanzkarte einfach aus und trüge nur sich ein.

Sie sah, wie Olivia und Reggie lustlos ihre Runden durch den Saal drehten. Olivias Gesicht war gerötet, sie wirkte angespannt, als ränge sie um Beherrschung. War sie unglücklich, oder versuchte sie, mit Reggie Takt zu halten? Seine Hand griff ihr ins Kreuz. Der Stoff ihres Kleides würde schließlich dort feucht und kraus sein. Einen Augenblick lang fühlte Kate Mitleid mit ihrer Schwester. Es war eine Schande, daß sie ihren ersten Tanz nicht genießen konnte. Wenn Reggie ihr wenigstens ein Quentchen Aufmerksamkeit schenken würde, wäre alles gut: sie würde ihm verzeihen, wie er sich bisher benommen hatte, und alles von der heiteren Seite nehmen. Sie dagegen...

Die Martins waren da; und Mary Cooper mit ihrem Bruder... alle auf der Tanzfläche: die Martins-Mädchen in den gleichen giftgrünen Satinkleidern. Welch ein Fehlgriff. Ein Fehlgriff wirklich auch, daß sie ihre Brillen nicht trugen, sie wirkten dermaßen blind. Alle Nachbarn schienen allein gelassen und hilflos, waren sich wohl bewußt, daß sie nicht zur eigentlichen Hausgesellschaft gehörten, sondern außerhalb blieben. Sie waren wie die Obststeine im Kompott, hinzugetan, damit es nach mehr aussah. Wenn Lady Spencer kommt, wird sie für Ordnung sorgen. Ob sie sich im Salon zeigen sollte, um die Lage zu verdeutlichen? Dicht an der Wand entlang ging sie zur Tür, doch sie kam nicht weit, eine Gruppe junger Leute versperrte ihr den Weg. Es waren Tony Heriot, seine Zwillingsbrüder David und Bill und mehrere Mädchen. Tony stand beinah neben ihr, aber er sah sie nicht. Er knöpfte gerade seine Handschuhe zu und beugte sich, wie üblich lächelnd, zu einem schwarzgekleideten Mädchen hinab, wollte mit ihr sprechen. Das Mädchen hatte dichtes kupferfarbenes Haar, kunstvoll onduliert, beinah zu schwer für ihre zarte Figur. Das Haar gehörte doch zu... Natürlich. Etty.

Kate war vor Überraschung und Verwirrung sprachlos, stand nur da, starrte ihre Kusine an. Schließlich fiel Ettys Blick auf sie, einen Augenblick lang offensichtlich hin- und hergerissen und schließlich begeistert.

»Meine Liebe!«

»Etty! Wo kommst du denn her? Ich wußte ja gar nicht – warum hast du nichts gesagt?«

»Meine Süße, *niemand* wundert sich mehr als ich.« Sie griff Kate bei der Hand, zog sie beiseite. »Ich erkläre dir alles, du Engel. Ich hätte *natürlich* geschrieben, wenn ich Bescheid gewußt hätte. In der vergangenen Woche habe ich Tony zufällig in einem Nachtclub getroffen, und er hat mich zur Jagd und zum Ball zu sich nach Haus eingeladen; und ich hatte *total* vergessen, wo er eigentlich wohnte und wer seine Eltern sind – du weißt ja, wie vergeßlich ich bin –, und da Podge auch eingeladen war, bin ich gestern einfach mitgefahren; und das nächste war, daß wir durch diese Stadt kamen, und ich frage, wo wir sind, und Podge sagt: in Tulverton – da habe ich es natürlich gemerkt. Ich habe, als ich ankam, sofort zu Tony gesagt: Mein Lieber, ich hoffe, du weißt, daß ich hier, keine zehn Kilometer entfernt, zwei fabelhafte Kusinen habe – besonders die *eine*.« Sie drückte Kates Hand. »Und er behauptete, er kenne dich kaum. Also dem müssen wir abhelfen, sage ich. Morgen früh hätte ich dich als erstes angerufen, wenn ich dich heute abend nicht getroffen hätte. Also daß du in die Gesellschaft eingeführt bist, will mir nicht in den Kopf. Ich fühle mich absolut *passée*. Hat Tante Ethel sich damit abgefunden? Welch erfreuliche Neuigkeit. Hast du dich jetzt Weltlichem zugewandt?«

»Dazu habe ich wenig Chancen.«

Kate versuchte Etty zu glauben. Es war einigermaßen offensichtlich, daß sie ihre Kusinen – die beiden Landmäuse – auf solch einem großartigen Fest nicht vermutet hatte. Immerhin, ihr Erscheinen hatte etwas Gutes. Sie fuhr fort:

»Daß du bei den Heriots wohnst! Du hast mir niemals erzählt, daß du sie kennst.«

»Ach mein Lämmchen, ich kannte sie ja auch gar nicht bis vor ein paar Monaten. Da waren wir zusammen auf einem Fest eingeladen, zur Pferdeschau in Newmarket, und du weißt ja, wie es in London ist – immer wieder laufen einem dieselben Leute über den Weg. Er ist ein unschuldiges Schäfchen, nicht wahr? Für mich natürlich viel zu jung. Ich sage immer, ich bin seine Gouvernante. Für dich wäre er absolut richtig – du Liebe – auch noch Nachbarschaft – das *muß* doch etwas werden. Also ich hoffe, du nimmst ihn mir ab, sonst zeigt mir mein armer alter Podge die Zähne. Völlig idiotisch, wegen eines Säuglings wie Tony und dieser ahnungslosen Zwillinge so eifersüchtig zu sein – aber er kann wohl nicht anders.«

»Wer ist Podge?«

»Ach du Liebe, habe ich dir nicht von Podge erzählt?«

»Kein Wort. Eine Neuerrungenschaft?«

»O Hilfe, nein. Ich kenne ihn seit Menschengedenken. Leider läßt er nicht locker. Da drüben, der mit dem Puddinggesicht. Aber eigentlich ist er reizend. Nur langweilig.«

»Ist er sehr verliebt in dich?«

Kate betrachtete eingehend den jungen Mann mit dem feierlichen Gesicht, der im Eingang stand. Seine Kinnpartie war ausgeprägt, und er sah wie in Zeitlupe um sich. Zum ersten Mal stand einer von Ettys Verehrern leibhaftig vor ihr. Ziemlich enttäuschend – wirklich, nicht annähernd so aufregend wie in Ettys zahlreichen Berichten. Eigentlich wirkte er unbedarft, eher stur, als ob er sagen wollte: Ich warte.

»Na ja, sagen wir, er hängt an mir. Ich erkläre ihm wenigstens einmal im Monat: Selbst wenn er der letzte und einzige wäre, den ich im Leben noch zu erwarten hätte... Aber es ändert nichts. Er gehört zu denen, die glauben, sie müßten nur lange genug durchhalten, dann bekämen sie dich am Ende doch. Trotzdem, eigentlich ist er reizend und wirklich nützlich. Weißt du was – wir lassen nachher einen Tanz aus, dann tratschen wir. Du siehst *einfach* fabelhaft aus. Du machst mich ganz neidisch. Olivia ist nicht da?«

»Doch, sie tanzt gerade. Wir haben auch jemanden mitgebracht.«

»Einen Tanzpartner? *Du Liebe*, ihr werdet wirklich flügge. Also, *wer* ist es? Sieht er gut aus?«

»O *nein!* Er ist Mutters Patenkind. Wir kennen ihn gar nicht. Er will Pfarrer werden.«

Etty stieß den vorhergesagten Schrei aus.

»Ist das *göttlich!* Du mußt mich unbedingt bekannt machen. Meinst du, er betet mit mir, wenn ich ihn darum bitte? Meine erste Liebe war der Vikar, zu dem ich in den Konfirmandenunterricht ging. Ich habe ihn *angebetet*. Aber wie schwierig für euch. Ach, mach dir nichts draus.« Sie drehte sich um und gab Tony ein Zeichen, sah ihn fragend an und lächelte spitzbübisch. »Ich glaube, Tony will uns trennen. Tony!« Ihre funkelnden hellbraunen Augen strahlten ihn unter dichten schwarzen Wimpern an, lokkend und herausfordernd. »Wir haben gerade von dir gesprochen.«

»Tatsächlich?« Er lächelte verlegen, freundlich, wie es für ihn typisch war. »Na ja, ich glaube es ist Zeit, daß ihr aufhört.«

»Also dies ist meine Kusine Kate Curtis«, sagte Etty siegessicher. »Falls du sie noch nicht kennen solltest.«

»Guten Abend. Ich habe das Gefühl, wir kennen uns doch.« Sein Lächeln überzog verlegen sein ganzes Gesicht.

»Ich glaube auch«, sagte Kate.

Etty warf ihr einen aufmunternden Blick zu, rollte mit den Augen und verschwand. Sie sahen, wie sie auf Podge zuhuschte und ihm schmeichelnd eine Hand aufs Revers legte. Im nächsten Moment schmiegte sie sich an ihn, und sie tanzten.

Einen Augenblick lang war es still. Dann sagte Tony: »Ich habe dich seit ewigen Zeiten nicht gesehen.«

»Ich weiß.«

»Warst du fort?«

»O nein. Wir verreisen niemals. Du – bist nicht oft hiergewesen, oder?«

»Dann und wann schon. Nicht schrecklich oft. Zur Schnepfenjagd im Oktober.«

»O ja. Wir hören es manchmal – hören es schießen.« Sie zögerte, fügte dann schüchtern hinzu: »Wir können dich auch sehen, von unserem Garten aus, wenn du in dem großen Rübenfeld bist.«

»Tatsächlich.« Angestrengt dachte er nach, wo sie wohnte. »Stimmt, wahrscheinlich kannst du mich von da aus sehen.«

Etwas kam ihm in den Sinn, und lächelnd sah er sie an: »Warum hast du mir nicht gewinkt?«

Er sagte es leicht, lustig, direkt – es klang freundlich. Sie fühlte, wie sie lächelte. Aber es fiel ihr nichts ein, was sie sagen konnte. Am Ende sah sie ihn an und meinte:

»Du hast ja auch nie zu uns hingesehen.«

»Nächstes Mal bestimmt, also vergiß es nicht.«

»In Ordnung.«

Sie strahlten einander an.

»Übrigens«, sagte sie, »ich bin nicht mehr lange zu Hause. Ich gehe nach Paris.«

»O tatsächlich. Was machst du denn da?«

»Französisch lernen vermutlich.«

»Du doch nicht! Du läßt es dir sicher nur gutgehen. Was in diesen Pensionaten geschieht, weiß ich. Da haben sie es faustdick hinter den Ohren.«

»Oh, ich werde sicherlich arbeiten müssen.«

Doch er lachte sie nur aus. Es war zwecklos, ihm zu erzählen, daß sie bei einer Professorenfamilie wohnen würde. Es hörte sich völlig verstaubt an. Er würde es vielleicht unmöglich finden.

»Hast du noch Tänze frei?« fragte er.

»Ich glaube schon.« Sie hielt ihre Tanzkarte so, daß er sie nicht einsehen konnte. Er wartete mit gezücktem Bleistift.

»Tatsächlich«, sagte sie, »dieser Tanz ist noch frei.«

»Gut. Bei mir auch. Ich muß nur sehen –«, er schaute sich suchend um, »oh, alles in Ordnung. Die Zwillinge tun ihre Pflicht.«

Die Zwillinge waren auf der Tanzfläche, jeder führte ein Mädchen mit Bubikopf. Sie tanzten tapfer komplizierte Figuren. Offensichtlich hatten sie Tanzstunden gehabt.

Sie drehten sich, schwankten, blieben stocksteif stehen, glitten seitwärts, kreuzten, hielten brav die großen Füße und schlenkernden Gelenke unter Kontrolle; hatten die Haare ölig angeklebt, und ihre Zwillingsgesichter blickten erstaunt, konzentriert ins Nichts.

»Also tanzen wir?« sagte er.

Sie begannen zu tanzen.

»Na, schau sie dir an.« Amüsiert betrachtete er seine Brüder. »Das ist ihre neueste Leidenschaft. Sie haben ein Grammophon im Schlafzimmer und eins im Bad, und gleich nach dem Aufstehen geht es rund.« Stolz fügte er hinzu: »Aber sie sind wirklich gut, nicht wahr?«

»Sicher üben sie immer mit der gleichen Partnerin.«

Ein Grammophon im Bad, welch ein verrückter Luxus.

»Wahrscheinlich. Keine Ahnung. Ich sehe sie selten... Den ganzen Tag haben sie mit diesen Mädchen geübt. Keiner redet ein Wort dabei. Vom Tanzen wird man ein bißchen dumm, findest du nicht auch?«

Sie waren also nicht seine Mädchen. Er fand sie offensichtlich langweilig.

»Es ist sicherlich nur eine Phase«, sagte sie.

»O ja. So etwas machen wir alle durch, nicht wahr? Ich hatte im vergangenen Jahr übrigens eine Anti-Tanz-Phase.«

»Wirklich? Hast du die immer noch?« Sie sah zu ihm hoch. Ihre Augen, fand er, waren grün wie das Wasser, klar und erfrischend.

»Also ich glaube, sie ist so gut wie vorüber. Heute abend jedenfalls.« Er lachte ein wenig. »Aber weißt du, manchmal reicht es einfach.«

»Ja, ich weiß. Wenn man etwas zu häufig getan hat...«

»Außerdem – nun, ich weiß nicht. Vermutlich wird man einfach älter.«

»Das ist es wohl.«

»Aber du«, sagte er nach einer Weile, »scheinst nicht aus der Übung zu sein.«

»Nein? Danke für das Kompliment. Bei der letzten Mode muß ich leider passen. Doch mit dir tanzt es sich beängstigend leicht.«

Er drückte sie sacht und drehte sich mit ihr.

»Findest du. Das freut mich. Gehst du auch auf den Jagdball?«

»Nein.«

»Bist du verreist?«

»O nein. Ich gehe nur nicht hin.«

»Wie schade.«

Sie tanzten wieder schweigend.

Er sagte:

»Ich wußte gar nicht, daß Etty deine Kusine ist.«

»O ja. Zweiten Grades.« Offensichtlich erhöhte diese Tatsache ihr Prestige. Gedehnt fügte sie hinzu: »Sie ist auch eine gute Freundin von mir.«

»Tatsächlich. Sie ist wirklich nett. Lustig.«

»O ja. Etty ist nett.«

»Sie sieht so zierlich und zerbrechlich aus, aber sie ist für jeden Spaß zu haben.«

»Ich weiß.« Sie wünschte, daß sie auch zierlich wäre. Sie konnte nicht umhin zu erklären: »Sie ist nicht so zerbrechlich, wie sie aussieht. Sie ist stark wie ein Pferd.«

»Vermutlich«, fügte er gleichgültig hinzu; so gleichgültig, daß sie ihren Verrat bedauerte.

»Gehst du noch auf die Jagd?«

»Jagd? Meistens. Wenigstens wenn ich die Zeit habe. Jetzt in London habe ich natürlich wenig Gelegenheit dazu. Höchstens jedes zweite Wochenende.«

»Wie schade. Was machst du in London?«

»Na, arbeiten. Von neun Uhr dreißig bis sechs, jeden lieben langen Tag. Die reine Sklaverei.«

»O *ja.*«

»Die Kapelle ist fabelhaft.«

Er drückte sie an sich und drehte sich mit ihr.

3

Die Kapelle hörte auf zu spielen. Olivia war erleichtert, niemand klatschte für eine Zugabe. Die Tanzfläche leerte sich, und Reggie blieb neben ihr stehen, die Hände in den Hosentaschen, machte keinerlei Anstalten, sich fortzubewegen. Ihr war warm, sie fühlte sich erhitzt und aufgelöst. Ihr Herz klopfte ihr bis zum Hals. Sie waren ganz und gar kein anmutiges Paar gewesen. Jedesmal, wenn sie gestolpert waren, hatte sie sich entschuldigt. Niemals hatte er geantwortet: Ganz meinerseits, so daß sie zunehmend davon überzeugt war, sie sei ungeschickt und plump. Eine gute Tänzerin kann sich jedem Partner anpassen. Bisher war das Tanzen nur Kampf und Unbehagen gewesen. Entsetzt dachte sie: Ich glaube, ich kann es gar nicht.

»Schöner Raum.« Er musterte den Saal mit Kennermiene. »Ordentliche Proportionen.«

»Ja, ist er nicht wunderschön?«

Sie sah sich und Reggie in einem der riesigen Wandspiegel; entweder verzerrt der Spiegel, oder ich sehe besonders dick und breit aus, über und über rot.

»Ich glaube, ich könnte eine Limonade gebrauchen«, sagte sie. »Ich bin entsetzlich durstig.«

»Keine schlechte Idee.«

Es klang ganz gönnerhaft, und sie schöpfte neuen Mut, ging voran zum Speisesaal. Dort war niemand außer einer Reihe stummer, schwarzgekleideter Diener, die regungslos hinter dem Buffet standen. Sie schienen sich zu wundern, und derjenige, der die Limonade ausschenkte, tat es scheinbar grollend, als ob er sagen wolle: Eigentlich ist es noch ziemlich früh.

»Haben Sie Bowle?« fragte Reggie, der gierig das überreiche Angebot an Köstlichkeiten in Augenschein nahm, hier ein Geflügelleberbrötchen griff, dort ein Schokoladenéclair.

»Ja, mein Herr.«

Der Ober war entsetzt. Aus einem großartigen Krug schüttete er ein Glas ein, in dem viel Obst schwamm, und überreichte es Reggie kühl.

»Danke... Die Tiere sind noch nicht an den Trögen?«

Der Ober sagte nichts. Vielleicht hatte er es nicht gehört, vielleicht wünschte er keinerlei anbiedernde Unterhaltung. Angesichts Lady Spencers und der anderen würdigen Damen klang es auch ziemlich fehl am Platze...

Eine Platte mit Petits fours zog Olivia unwiderstehlich an. Nachdem sie die Törtchen eine Weile betrachtet hatte, nahm sie verstohlen eins. Es war köstlich. Sie nahm noch eins; leerte dann ihre Limonade. Doch ihre heißen Wangen wurden davon nicht kühler.

»Versuchen Sie die hier mal«, sagte Reggie mit vollem Mund. »Die sind verflixt gut.«

»Nein, danke.«

Sie sehnte sich nach einer Abkühlung. Die nackte weibliche Marmorfigur an der Tür schien ihr genau das Richtige. Sie ging und lehnte ihre Wange an den steinernen Oberschenkel. Reggie blieb in der Nähe des Buffets. Er war ein Vielfraß... Oh, noch Stunden und Stunden... Sie hatte bei diesem Gedanken das Gefühl, in einem dunklen, aufgewühlten Meer dahinzutreiben, ohne Boden unter den Füßen: unvorstellbare Panik. Ruhig bleiben. Mut. So an die Statue gelehnt, deren Kühle spürend, sammelte sie sich. Ich bin noch da. Ihr Herz klopfte wieder langsamer.

Mit einemmal kicherte es überall. Sie drehte sich zur Tür und sah die Martins, Phyl und Dolly, und bei ihnen einen jungen Mann in Marineuniform. Das muß der Vetter zur See sein, von dem sie so oft erzählt haben. Die guten

Martins. Auch wenn sonst alles verloren war, auf sie konnte man am Buffet immer zählen.

»Wie immer die ersten!« rief Phyl. »O nein, jemand ist uns tatsächlich zuvorgekommen. Ach, Olivia. Hallo, hallo, hallo! Was machst *du* denn hier?«

Sie kamen in ihren drallen, steifen grünen Kleidern auf sie zu, starrten sie an und begannen schallend zu lachen.

»Was hast du denn gemacht? ... Dein Gesicht ...«

»Was hab' ich? Was?«

Sie war einer Ohnmacht nahe. Es war sicher ihr Puder, der in der Hitze völlig zerlaufen war. Kein Wunder, daß ich mich so ungut fühle. Reggie hat sich vor allen Leuten geschämt, daß er mit mir tanzen mußte.

»Ein Fleck ... ein *breiter* schwarzer Streifen ... quer durch dein Gesicht ... was hast du angestellt ...« Sie wußten sich keinen Rat.

»Hier«, sagte der junge Mann sehr ruhig und höflich, aber augenzwinkernd und reichte ihr ein sauberes weißes Taschentuch. »Es geht sicherlich ab.«

»Schau doch.« Dolly wischte sich die Lachtränen aus den Augen und hielt ihr einen Taschenspiegel vors Gesicht. »Du hast dich irgendwo angelehnt.«

Olivia besah sich im Spiegel. Auf ihrer rechten Wange war ein dicker Staubstreifen.

»Oh! Gütiger Gott!« Sie rieb verzweifelt. Der Fleck verschwand. »Das war die Statue.« Sie deutete auf die rundliche unbekleidete, doch sittsame Figur auf dem Sockel. »Ich bin – ich habe mich an sie gelehnt.«

»*An sie gelehnt?* Um Himmels willen, warum denn? Ich glaube, du spinnst.« Sie waren wieder in Hochform, lauter denn je.

»Um mich abzukühlen.«

Das Gesicht des rothaarigen jungen Mannes schien spitzbübisch, voller Humor; doch er lachte nicht. Er betrachtete die Statue und zog ein Gesicht, sagte freundlich:

»Keine schlechte Idee.«

»Du hattest immer schon die ausgefallensten Ideen, du armes Kind«, seufzte Dolly und fächelte mit ihrer Tanzkarte. »Ich mache mir Sorgen um dich... Tja«, fuhr sie fort und schubste ihre Schwester. »Es spricht allerdings nicht für das Personal der Gnädigsten, oder?«

»Nee, man sollte doch annehmen, wenigstens die Arme und Beine würden saubergemacht, wenn die Gäste kommen. Daß sie sich an die Mitte nicht rantrauen, kann ich ja verstehen. Ich habe mal die Bekanntschaft der Dritten Zofe einer Herzogin gemacht. Glaube mir oder nicht: Sie hatten eigens Bedienstete nur für die Statuen – Diener für die männlichen und Mädchen für die weiblichen.«

Sie kicherten alle. Die Martins waren ein Segen. Sie behaupteten sich angenehm in dieser fremden Umgebung, ungeachtet jeglicher Mißbilligung der Ober bildeten sie ihren eigenen, kreuznormalen, handfesten Kreis, egal, wo sie waren. So nahm alles wieder seine eigentlichen Dimensionen an.

»Dies ist Vetter Maurice«, sagte Phyl und gab dem jungen Mann einen Klaps auf sein Hinterteil. »Im Volksmund Tomate genannt, weil er so schön rot ist. Du würdest uns einen Gefallen tun, wenn du ihn uns ein bißchen abnähmest.«

»Darf ich um einen Tanz bitten?« sagte Maurice höflich und aufmerksam.

Sofort wußte sie, daß er sie mochte. Sie war kein bißchen schüchtern oder ängstlich.

»Liebend gern. Wie wäre es mit dem nächsten?«

»Hervorragend. Besten Dank.«

»Ich glaube, die Musik fängt gerade an.«

»Oh, dann aber los. Mein Lieblingswalzer. Tanzen Sie gern Walzer?«

»Am allerliebsten. Viel lieber als Foxtrott.«

»Schade, daß ihr euch so beißt«, sagte Dolly. »Dein

Kleid und sein Haar... Aber macht euch nichts draus... Oh, Verzeihung.« Sie hatte einen Schritt zurück gemacht und war Reggie, der sich unbemerkt zu ihnen gesellt hatte, auf den Fuß getreten.

»Oh!« Olivia hatte ihn völlig vergessen. »Darf ich vorstellen – Mr. Kershaw.«

Die Martins waren schlicht entzückt, ihn kennenzulernen. Sie schienen ihn zu umringen, über ihn herzufallen, ihn in ihrem Überschwang schier zu überwältigen. Er war bei ihnen bestimmt gut aufgehoben. Hinterher würden sie sagen, wie nett er doch sei; und wenn nicht, würden sie ihn einfach auslachen und zum Schreien finden.

»Also ich brauche jetzt ein Eis«, rief Phyl.

»Das kann ich empfehlen«, sagte Reggie jungenhaft bemüht.

Er kehrte mit ihnen zum Buffet zurück; wie er so zwischen ihnen ging, wirkte er wie ein kleiner schwarzer Kater in einem üppig grünen Melonenbeet.

Sie würden eine Weile dort bleiben, ohne Rücksicht darauf, was die Ober von ihnen dachten.

»Ist mein Gesicht jetzt sauber?«

Sie schaute zu ihm hoch, er sollte sie ansehen.

»Doch. Vollkommen.«

»Was für ein Glück, daß ich Sie alle getroffen habe! Tut mir leid, daß ich Ihr Taschentuch schmutzig gemacht habe.«

Jetzt konnte sie lachen.

Sie liefen zum Ballsaal.

Er war ein flinker Tänzer. Er tanzte auf den Zehenspitzen und sprang wie ein Grashüpfer. Bei seinem Haarschopf und den Sommersprossen wirkte das auffallend komisch. Er war keine romantische Figur: er wirkte eher ein wenig wie ein Vogel, ein Gockel oder ein Truthahn. Doch er war wirklich nett. Seine fabelhaften Manieren und sein aufmerksames, offenes Gesicht hatten etwas Beruhigendes, Ermutigendes. Nachdem sie ihre Schritte den seinen angepaßt hatte, war es ihr leichter, schnell zu tanzen als langsam. Es war ein ausgesprochenes Vergnügen, mit ihm wirbelnd durch den Raum zu schwingen.

Sie tanzten zwei Tänze miteinander. Beim zweiten sah sie Kate, zum ersten Mal seit ihrer Trennung, und sie konnte ihr fröhlich zuwinken. Kate tanzte mit keinem anderen als Tony Heriot – also war alles in bester Ordnung. Sie strahlte begeistert.

Nach dem zweiten Tanz setzten sie sich auf die Treppe.

Er sagte:

»Waren Sie in letzter Zeit in London im Theater?«

»Nein, in letzter Zeit nicht«, sagte sie vergnügt. »Waren Sie?«

»Ich habe vergangene Woche ›Der Liebe oder des Geldes wegen‹ gesehen. Großartiges Stück. Fay Monkton[9] ist hinreißend. Das müssen Sie sehen.«

»Ich werde es versuchen.« Nun mußte sie ihm gestehen: »Eigentlich komme ich selten nach London. So gut wie nie.«

Danach sagte er:

»Sind Sie schon einmal von hier aus nach Brooklands[10] hinübergefahren?«

»Nein«, sagte sie vorsichtig, um nicht zugeben zu müssen, daß sie keine Ahnung hatte, was er meinte. »Nein, noch nie.«

»Für dieses Jahr ist es natürlich zu spät. Sie müssen im kommenden Frühjahr einmal hinfahren, wenn etwas Besonderes los ist. Das heißt, wenn Sie so etwas interessiert.«

»O doch, natürlich. Da muß ich hin.« Etwas Besonderes in Brooklands?... Ein wenig später sagte sie:

»Gehen Sie auf viele Weihnachtsbälle in diesem Jahr?«

»Ich denke, ein paar werden es schon sein. Bei Ihnen auch?«

»Nicht sehr viele, wahrscheinlich.«

»Waren Sie schon einmal zum Ball auf einem Kriegsschiff?«

»O nein, nie im Leben.«

»Im vergangenen Jahr haben wir während der Marinewoche einen Ball gegeben.« Und liebenswürdig fügte er hinzu: »Das nächste Mal sollten Sie auch kommen.«

»Oh, das wäre himmlisch!«

Sie glühte vor Begeisterung, dachte: So muß es sein im Leben, ohne eigenes Dazutun fällt einem der Erfolg in den Schoß.

»Dolly oder Phyl sollen Sie mitnehmen.«

Dabei beließ er es. Es klang nicht besonders konkret – nicht so, als ob wirklich etwas daraus würde.

Man sollte ihn über die Marine ausfragen. Sie fragte, in welchem Schiff er stationiert sei, und er antwortete, nicht in, sondern auf; sie fragte, ob er seekrank würde, wie lange er Urlaub habe, ob er schon in China gewesen sei. Dann gab es nichts mehr zu sagen, oder sie hätte ihre abgrundtiefe Unwissenheit eingestehen müssen. Also schwieg sie, und er schwieg auch. Doch es war ein freundliches Schweigen. Er war nicht anspruchsvoll. Er betrachtete seine Umgebung ohne Argwohn aus hellblauen Augen. Er wollte nicht nur sie allein sehen. Das war ein wenig enttäuschend.

Viele Paare saßen auf der Treppe, und unten in der Halle raufte sich Rollo mit einem anderen jungen Mann.

Sie sagte: »Das ist Rollo Spencer.«

»Aha?« sagte er liebenswürdig. »Seine Schwester ist ein hübsches Mädchen, nicht wahr?«

»Ja, Marigold ist sehr hübsch.«

»Können Sie sie mir zeigen?«

»Im Augenblick sehe ich sie nirgendwo.«

»Macht nichts. Heute abend sind so viele hübsche Mädchen hier.«

»Ja, das stimmt.«

»Könnten Sie mich dem Mädchen drüben in dem rosafarbenen Kleid vorstellen?« Er deutete zum Treppengeländer. Dort saß ein Wesen in Rüschen mit Kindergesicht.

Bedauernd sagte sie:

»Tut mir leid, aber ich kenne sie gar nicht.«

»Macht nichts.«

Die Kapelle begann wieder zu spielen. Es war erstaunlich, wie die Musik in jeden Winkel des Hauses drang. Nirgends konnte man ihr entgehen. Nehmt eure Partner, dröhnte sie. Verlaßt den einen. Weiter zum nächsten... Meine Tanzkarte ist leer.

Sie standen auf und machten dem Schwarm derer Platz, die zur Tanzfläche wollten. Fort ist er. Er wird mich nicht noch einmal auffordern... Sie spürte, wie ihr Lächeln zur Grimasse erstarrte. Doch dann sagte er:

»Hätten Sie später noch einen Tanz für mich?«

»O ja, gerne. Danke.«

Er buchte Tanz Nummer fünfzehn, dankte ihr und verließ sie; ging leichten Schrittes durch die Menge, offen, selbstsicher, fest entschlossen, sich einen schönen Abend zu machen.

4

Wieder war sie allein. Sie suchte sich einen Platz am Rande der Tanzfläche. Aus dem kleinen Salon segelte Lady Spencer herbei, streifte Olivia.

»Ach, Olivia, mein Kind...« Sie hielt inne, dachte nach, legte Olivia eine Hand auf die Schulter. »Ich möchte dir jemand Interessanten vorstellen. Komm doch einmal mit.« Sie nahm sie leicht am Arm und ging mit ihr zurück in den kleinen Salon. »Der Sohn eines neuen Nachbarn...

Ganz reizend … sehr klug. Ein *Dichter*. Er scheint hier nicht viele Leute zu kennen … also, sei nett zu ihm.«

Sie gingen auf einen jungen Mann zu, der finster und trotzig mitten auf dem Läufer vor dem Kamin stand. Als erstes fiel sein Haar auf. Er trug es in schrägen Ponyfransen über der Stirn.

Lady Spencer, die Güte selbst, sagte:

»Olivia, mein Kind, dies ist Mr. Jenkin – Peter Jenkin, von dem ich dir schon erzählt habe. Mr. Jenkin, Miss Olivia Curtis.«

Er machte eine tiefe Verbeugung, schwieg. Er sah sie abweisend an, geradezu feindselig.

»Ich glaube, Sie beide finden viele gemeinsame Themen.«

Sie segelte davon, majestätisch und siegesgewiß, hinterließ ein Vakuum. Es gab einfach gar nichts, was Mr. Jenkin zu sagen hatte. Verlegen griff sie nach ihrer Tanzkarte.

Er sagte:

»Ich tanze nicht.«

Einen Augenblick lang war sie fassungslos, doch war sie mutig genug zu fragen:

»Warum sind Sie dann gekommen?« Sie war nicht mutig genug und wurde rot.

Er zuckte die Achseln.

»Nun – die Häuser der Großen und Reichen. Einmal Zaungast der feinen Lebensart, da kann doch keiner widerstehen. Ich hatte bisher nicht das Vergnügen.«

Wie sarkastisch er klang … Er bewegte beim Reden seine Lippen nicht, und seine Stimme kam hoch oben aus seinem Mund, klang hohl, abgebrochen, näselnd, war schwierig zu verstehen.

»Für mich ist es auch der erste Ball.«

Zum erstenmal schaute er sie an – argwöhnisch. Er hatte merkwürdige Augen – grünlich braun, stechend, tiefliegend; als ob er schielte. Er kniff seine Augen zusammen, zwinkerte nervös; gleichzeitig bewegte er ruckartig den Kopf. Er sagte:

»Um ehrlich zu sein, sie hat mich wieder einmal unter Druck gesetzt. Geh, mir zuliebe! Warum tust du mir niemals einen Gefallen – und so weiter. Sie weiß, dagegen bin ich machtlos.«

»Wer?«

»Meine Mutter«, sagte er bockig, unterdrückte ungeduldig ein »natürlich«. Wieder blinzelte und zuckte er. »Sie ist die widerwärtigste Frau der Welt. Alles, was sie sagt, mache ich.«

»Oje...«

»Manchmal bin ich kurz davor, den Kampf einfach aufzugeben. Einzugestehen, daß sie mein Leben ruiniert hat...«

»Haben Sie – haben Sie denn keinen Vater?«

»Meinen Vater verabscheue ich.« Er blinzelte und zuckte. »Ich verachte ihn geradezu. Aber er tut mir leid, mein Gott – und wie.« Er nickte düster. »Sie hat ihn auf dem Gewissen.«

Welche Offenbarung... Welch ein Schock. Leben, wie es wirklich war. Und einer völlig Fremden anvertraut. Kein Wunder, daß er so eigenartig aussah. Die häuslichen Zustände hatten seine Nerven zerrüttet. Dieser nervöse Tick, diese Augen... und diese Ausdrücke. Freundliche Anteilnahme war bestimmt das beste, nur kein Erstaunen oder gar Entsetzen.

»Wie unangenehm für Sie. Es muß entsetzlich sein, solche – sich nicht mit seinen Eltern zu verstehen.«

»Ach, na ja, der gute alte Ödipus. An dem kommt keiner vorbei, oder? Eine Analyse wäre sicherlich das beste.«

Er zuckte die Achseln.

Nun sprach er vollkommen in Rätseln. Vielleicht war er tatsächlich ein wenig verrückt.

»Ihr Geschlechtsleben war natürlich ausgesprochen unbefriedigend – für eine Frau mit einem solchen Temperament. Das hat sie eindeutig hysterisch gemacht. Und ich bin ihr einziger Sohn. Also ...« Er zwinkerte und zuckte. »Natürlich bin ich ebenfalls besitzergreifend – und zwar gewaltig. Ich schlage ihr nach. Sie ist eine fabelhafte Person – bildschön – die angenehmste Gesellschaft, die man sich denken kann. Meine Kreativität habe ich von ihr. Wir haben russisches Blut.« Mit schmaler, zarter Hand fuhr er sich durch seine Stirnfransen.

Sicherlich lag es an seinem russischen Blut, daß er eine so ungesunde Hautfarbe, einen so großflächigen, flachen Kopf hatte. Er hatte breite Lippen, hervortretende Bakkenknochen und eine eigenartige Statur – kräftig um die Schultern herum, lange Arme, kurze Beine.

»Ich habe auch fremdländisches Blut in mir«, sagte sie; »eine meiner Urgroßmütter war Französin.«

Er nahm von dieser Bemerkung keine Notiz.

Schüchtern nahm sie wieder einen Anlauf:

»Sie schreiben, nicht wahr?«

»Ja.« Es klang wieder beleidigt.

»Wie aufregend.« Lieber nicht erzählen, daß sie ebenfalls schrieb. »Gedichte oder Prosa?«

»Beides. Aber meine Gedichte sind bekannter.«

Begeistert sagte sie:

»Ich würde sie gern einmal lesen.«

Er sah sie an, immer noch schmollend, doch ein wenig gnädiger.

»Ist Ihnen *Die Attacke* ein Begriff?«

»Nein, leider –«

»Wir haben im vergangenen Semester ein Magazin ins Leben gerufen – Brian Carruthers und ich.« Er zwinkerte und zuckte. »Carruthers ist der Herausgeber, ich sein Stellvertreter. Wilkes gehört auch dazu – Wilkes vom O.U.D.S.[11], wissen Sie – der Bühnenbildner.« (Wilkes wovon? Es klang wie Ouds.) »Unser Ziel ist es, eine neue, gänzlich moderne Ästhetik zu schaffen – neue Formen zu etablieren.« Er zwinkerte und zuckte, diesmal besonders heftig. »Wir brechen mit jeglicher Tradition. Cambridge hat natürlich nichts Vergleichbares...« Er sagte dies alles in rechthaberischem, überheblichem Ton, als sei es eigentlich zuviel verlangt, daß er darüber redete. Er fuhr jedoch fort: »Ich habe Beckett Adye – dem Kritiker – ein Exemplar der ersten Ausgabe geschickt. Er fand den Standard erstaunlich hoch. Meine Gedichte gefielen ihm besonders.«

Wieder warf er einen Blick in ihr aufmerksames Gesicht und fügte, fast freundlich, hinzu:

»Wenn es Sie interessiert, schicke ich Ihnen ein Exemplar. Wenn Sie mir Ihre Adresse geben.«

»Oh, vielen Dank, das wäre phantastisch.«

Wie aufregend... Neue Welten taten sich auf. Sicherlich war er entsetzlich klug. Und ich habe mich nicht blamiert. Er mag mich offensichtlich, wenn er mir ein Exemplar seiner Zeitung überlassen will.

»Lesen Sie zuerst Carruthers, dann mich. Ich ergänze ihn ästhetisch – und psychologisch. Vielleicht kennen Sie sein Werk.«

»Leider nicht.«

»Im vergangenen Jahr hat er drei Gedichte in einer limitierten Ausgabe veröffentlicht. Schwieriges Zeug, aber – doch – wirklich großartig. Hat die Literatur ganz schön durcheinandergebracht.« Er verzog das Gesicht, zynisch triumphierend. »Seine letzten Werke gehen noch tiefer. Sind noch bedeutender. Vielleicht ein wenig dunkel in ihrer Aussage, wenn man mit seiner äußerst subtilen Art nicht vertraut ist... er nähert sich den Bereichen des Unbewußten...« Er hielt inne und bedachte, was er gesagt hatte, nickte dann zustimmend und fügte vertraulich hinzu: »Mein Gott, er bringt wirklich etwas zustande. Ich schicke Ihnen ein Exemplar. Versuchen Sie nicht, ihn zu verstehen. Lassen Sie ihn auf sich wirken. Was er schreibt, ist Autobiographie. Unvollendet jedoch.«

»Wann wird es fertig?«

»Das ist die Frage. Manchmal ist er monatelang nicht kreativ. Neurotisch, wie er ist. Er hätte eine Analyse nötig.«

»Er muß ein sehr interessanter Mensch sein.«

»Das Problem bei Carruthers ist, daß er keinerlei Vorbilder hat. Was er will und was er bezweckt, kommt nur aus ihm selbst. Ich dagegen muß zugeben, daß ich nicht unbeeinflußt bin. Meine frühen Arbeiten erinnern an Blakeney, das ist mir klar. Aber ich bin darüber hinweg. Meine beiden letzten Gedichte sind sehr gut. Ich schicke sie Ihnen. Wie ist noch Ihr Name? Berenice[12]?«

»Nein. Wie kommen Sie darauf?«

»Warum nicht? Sicherlich heißen Sie Ivy oder Joyce oder Betty. Ich will es gar nicht wissen. Ich gebe meinen Freunden gern selbst Namen.«

»Wie nennen Sie Carruthers?« (Er bezeichnet mich als Freund... Hätte ich Mr. Carruthers sagen müssen?...)

»Dimitri.« Zwinkern, Zucken. Beleidigter Tonfall. »Er ist der pure Dostojewski.«

Was meinte er damit?... Etwas Schmeichelhaftes und Außergewöhnliches. Daß er Carruthers und dessen Gedichte dermaßen bewunderte, war schrecklich nett von ihm. Berenice war ebenfalls ein ungewöhnlicher Name. Sollte es ein Kompliment sein? Hoffentlich.

Aus einem schwarz-emaillierten Etui nahm er eine gelbe Zigarette und zündete sie an. Er schien jetzt besser gelaunt, und seit einigen Minuten hatte er auch nicht mehr gezwinkert. Durch die geöffnete Tür schaute er in den Tanzsaal, verächtlich verzog er den Mund.

»Welch ein Theater!« Er schnaubte. »Zum Übelwerden.«

Was war nun schon wieder nicht in Ordnung? Sie wagte

ihn nicht zu fragen. Sie schwieg und schaute auch, sah eine Menschenmenge gutgelaunt, doch maßvoll den Foxtrott tanzen. Er dagegen sah etwas, das ihm den Magen umdrehte.

»Vollkommen unwirklich!« Er stieß ein unerwartet schrilles Lachen aus. »Mein Gott, aber es hat auch etwas Komisches. Diese – wie heißt sie noch – vollbusige, gepanzerte Matrone mit ihrer überquellenden Leutseligkeit...« Er hielt inne, offensichtlich angetan von seinen Worten. »All diese seichten Mädchen – unerträglich gesund und zum Einschlafen langweilig. Sie sind wirklich zum Piepen.« Wieder lachte er schrill. »Und diese unglaubliche Ansammlung animalischer Einzelteile! Stoßzähne, Tatzen, Köpfe, Schwänze, Hörner, Schädel und was nicht noch alles. Bewundernswert. Die Bilder genauso – Ahnen mit Pferdegesichtern und Pferde mit Ahnenpaß – ach, wie interessant. Dazu die Diener in Livree, ich bin *begeistert.*«

Sie konnte sich ein Lächeln nicht verkneifen, doch sie war verunsichert. Seine Ansichten waren unerhört, beunruhigend, subversiv. *Gepanzerte Matrone*... Meinte er wirklich...? Er meinte. Er schien jetzt durchaus angeregt.

»Da drüben ist meine Schwester, in dem grünen Kleid mit der Pelerine.« Seine sarkastischen Verallgemeinerungen trafen sicherlich nicht auf Kate zu. Sie tanzte mit Dr. Parkes. Er musterte sie mit scharfem, kühlem Blick.

»Hm. Sieht so keusch aus. Wie eine Nymphe. Eine Nymphe in Selterswasser. Mit der sexuellen Ausstrahlung in diesem Saal kann man höchstens einen Kanarienvogel zum Trillern bringen. Was ist bloß mit euch englischen Jungfrauen los?« Er wandte sich zu ihr und sah ihr in die Augen. »Wie alt sind Sie?«

»Siebzehn.«

Er zog an seiner Zigarette, blies den Rauch durch seine

Nasenlöcher – glich dabei einem Satyr. Er betrachtete sie eingehend.

»Aus Ihnen könnte man etwas machen. Warum schminken Sie sich nicht? Wenn es auf der Welt etwas gibt, das mich fertigmacht, dann diese blanken Schulmädchengesichter. Sie sollten bei meiner Freundin Inez in die Lehre gehen. Gott, die hat Stil. Ich suche ihre Kleider aus. Sie müssen sie unbedingt kennenlernen.«

Sie schwieg, dachte, daß sie es vorzöge, nicht die Bekanntschaft von Inez zu machen.

»Was haben Sie bloß für ein Kleid an«, sagte er. »Unmöglich. Ehrlich...«

Sie versuchte ein Lächeln, doch es mißlang ihr.

»Es sitzt leider nicht richtig.«

Er fuhr fort:

»Und dann diese Farbe. *Vulgär.* Inez darf abends nur Schwarz tragen. Gelegentlich Weiß.«

»Ich mag Schwarz nicht«, sagte sie mit hoher, dünner Stimme trotzig. Er überhörte ihren Einwand und fuhr ungerührt fort:

»Sie können nichts dafür. Es hat Ihnen ja niemand beigebracht. Nur ein Mann kann einer Frau zeigen, was ihr steht. Die meisten haben keinen Sinn dafür, was sie tragen können. Sie müssen erst einmal einen Liebhaber haben. Vorher haben Frauen auch kein Gesicht. Unter fünfundzwanzig braucht man sie gar nicht anzusehen.«

Er musterte sie nicht mehr – immerhin ein Trost. Oh, am liebsten würde sie sich ihr flammendrotes Kleid vom Leib reißen und im Erdboden versinken! Absurd, daß sie ihn ernst nahm. Was verstand ein Mann wie er schon von Kleidern? Kate hätte ihm mit einer einzigen Bemerkung seine Grenzen gezeigt. Doch ich kann so etwas nicht. Ich bin nicht einmal beleidigt über soviel Frechheit... Kalt und gnadenlos suchte er ihre schwachen Stellen: und sie konnte ihn nur gewähren lassen. Sie war sein erwähltes –

und letztlich williges Opfer. Sie mußte ihn anhören, erdulden, denn er war so sicher. Und ich bin niemals sicher. Das war die Wahrheit. So war es mit ihrem Kleid und – mit allem übrigen auch: ich bin eine lächerliche, hilflose Stümperin. Den wirklichen Könnern kann ich nicht das Wasser reichen.

Daran war nichts zu ändern. Ein Schlag gegen die Eitelkeit. Ich muß einfach… Ich habe meine eigene Welt: zu Hause; und meine Hyazinthen; Weihnachten werden sie blühen; Bücher; Monsieur Berton, der sagt: meine Lieblingsschülerin; und meine Gedichte…

Ihr Selbstgefühl hatte einen Schlag erhalten. Sie spürte es: ein Leck, durch das ihre guten Eigenschaften versikkerten. Tu so, als wäre nichts! Sie fühlte, wie sie ruhiger wurde, unnatürlich ruhig, wenigstens oberflächlich.

Die Kapelle hatte aufgehört zu spielen, Paare kamen, besetzten Sessel und Sofas. Er betrachtete die Menschen, runzelte die Stirn, bewegte sich dann zur Tür und sagte laut:

»Vermutlich gibt es in diesem Haus auch etwas zu trinken.«

Sie stellte fest, daß er hinkte, ein Bein nachzog. Armer Kerl, kein Wunder, daß er nicht tanzte. Bestimmt war er verbittert wie Byron. Das entschuldigte alles.

Im beinah verlassenen Ballsaal galoppierten junge Männer, die vermutlich zu Rollos Kameraden gehörten; sie warfen die Beine in die Luft und stießen wilde Schreie aus. »Ein echter Engländer ist ein Rauhbein!« Er zuckte verächtlich die Achseln, stieß ein gekünsteltes Lachen aus. »Verdammte Draufgänger! Bald gibt es sicher eine Saalschlacht. Natürlich nur zum Spaß.«

Vielleicht war es wirklich abstoßend: laut und dumm. Trotzdem, ohne ihn hätte sie es lustig gefunden. Seine Kommentare hatten ihr das Lächeln ausgetrieben, das sie diesem Treiben bereitwillig gegönnt hätte. Bei klugen

Leuten mußte man unentwegt auf der Hut sein. Sonst hatte man im Handumdrehn seinen schlechten Geschmack bewiesen.

Er hinkte übers Parkett, streifte verächtlich ein Paar, das nun mitten auf der Tanzfläche einen Steptanz vollführte. Als sie den Saal beinah durchquert hatten, erschien Lady Spencer, vom Lärm herbeigerufen, bereit einzugreifen, stattlich und mit entschlossener Miene.

»Tante Sibyl!« Einer der Tänzer hüpfte auf sie zu, streckte ihr die Arme entgegen. »Auf dich habe ich gewartet.«

»Archie, was soll der Lärm?«

Ihre Stimme klang streng, doch ihre Miene entspannte sich. Sie gönnte ihm einen gnädigen Blick. Als sie Olivia sah, legte sie ihr freundlich die Hand auf die Schulter und hielt sie zurück. Mr. Jenkin dagegen ging, ohne sich umzudrehen, weiter durch die Tür.

»Alles in Ordnung, Tante Sibyl, ich schwöre es. Komm, du siehst aus, als sei dir eine Laus über deine vornehme Leber gelaufen. Du siehst betörend aus in deinem Silbergewand – weißt du das? Wer kann es schon mit dir aufnehmen? – Keiner. Komm, du Engel, und zeig diesen Ahnungslosen, daß du schottisches Blut hast.«

»Du alberner Junge.« Sie lächelte, runzelte die Stirn, zögerte, protestierte und ließ sich zur Tanzfläche führen. »Du kommst auf Ideen.«

»Ach komm, mir zuliebe.«

Er stellte sich ihr gegenüber, lachte übers ganze Gesicht, schelmisch, strahlte, unwiderstehlich, und bekam alles: einen Blick, ein Lächeln, seinen Willen. »Eins – zwei – drei!«

Und tatsächlich – tatsächlich tanzte Lady Spencer, die Hände auf den Hüften hüpfte sie flott, leichtfüßig und gekonnt vor ihrem Gegenüber, bewahrte dabei durchaus Haltung, lachenden Auges.

»Aufhören! Aufhören!« Sie hielt inne, ein wenig keuchend, und schüttelte den Kopf, als alle klatschten. »Archie, du bist ein *schrecklicher* Junge. Wie konntest du! Daß ich mich so vergessen habe! Seit Jahren habe ich nicht mehr getanzt.«

»Dann war es ja Zeit.«

»Oje! – Früher habe ich gern getanzt.«

»Das tust du doch immer noch. Du tanzt fabelhaft. Wir werden für den Rest des Abends zusammen tanzen.«

Mit einemmal sagte sie entschieden:

»Jetzt sei still! Keinen Unfug mehr. Du tust hier gar nicht deine Pflicht, und ich bin nicht zufrieden mit dir.«

»O Liebste!« Er rang die Hände, schaute sie mit gespielter Verzweiflung an. »Lege ich mich nicht genug ins Zeug?«

»Also ich habe dich nicht eingeladen, damit du den ganzen Abend hier herumtobst. Du weißt, was ich meine. Du benimmst dich wie ein Schuljunge. Warum tanzt du nicht mit einem dieser entzückenden Mädchen?«

»Oh, sofort! Sofort! Vergebung! Sie sind so entzükkend. Mit allen muß ich tanzen.«

»Und für George gilt das auch. Ihr solltet euch schämen.«

»Es tut mir leid, Lady Spencer.«

George war verdattert. Er war ein ziemlich farbloser, ziemlich großer, ganz und gar durchschnittlicher junger Mann mit einem Schnäuzer, der einer Zahnbürste glich.

»Kommt ihr beiden, das hier ist eine reizende Freundin unserer Familie, Olivia Curtis.«

»Guten Abend. Guten Abend. Angenehm.«

Archie verbeugte sich formvollendet, seine glänzenden Augen blickten ungewiß, zweifelnd, spöttisch, irgendwie abwesend. Drängend sagte er:

»Neunzehn. Nummer neunzehn. Meine Glückszahl.« Er lachte.

Sie strahlte. Denn obwohl er sich verändert hatte, sie hatte ihn sofort erkannt: Archie mit dem Besen. Er hat mich natürlich vergessen. Ich werde ihn erst erinnern, wenn wir tanzen.

»Vielen Dank – vielen *herzlichen* Dank.«

Doch er trug es nicht ein. Er schien keine Tanzkarte zu besitzen. Er strich sich übers Haar, fächelte sich mit dem Taschentuch Kühlung zu und warf Lady Spencer einen herausfordernden Blick zu.

»Darf ich um den nächsten Tanz bitten?« fragte George formvollendet.

»Ja, gern.«

Es schien fast ein Wunder. Der hübscheste Mann im ganzen Saal, genau der, auf den ihre eigene Wahl gefallen wäre, überall, jederzeit, den zu erhoffen sie niemals gewagt hätte... Und George ebenfalls – nicht so eindrucksvoll, aber immerhin wohlerzogen und vornehm... Kate wird neidisch sein. Dankbar lächelte sie Lady Spencer zu. Vollbusige gepanzerte... wie konnte er! Sie sah ihn hinten im Gang stehen, steif gegen die Wand gelehnt, mürrisch und einsam. Egal. Was kümmert es mich. Er ist entsetzlich.

Lady Spencer sagte sehr ruhig, so daß es nicht zu überhören war:

»Archie, du wirst dich benehmen, nicht wahr?« Sie sah ihm prüfend ins Gesicht. Laut antwortete er:

»Ja, Tante Sibyl, das werde ich.«

Es klang ein wenig verdattert, ungeduldig. Er drehte sich weg.

»Alles in Ordnung, mein Kind?« Sie gab Olivia einen Klaps. »Gefällt es dir?«

»O ja, danke schön.«

Wenn man ihr Böses gewollt hätte, hätte man denken können, daß Lady Spencer eher eine Feststellung machte, als daß sie eine ernsthafte Frage stellte; die begeisterte Antwort des Gastes setzte sie voraus. Aber warum bösartig sein? Sie war so fein, alles, was sie tat, war angemessen und richtig. Sie konnte sogar von ihrem Thron steigen und steptanzen. Jung und lustig hatte sie ausgesehen, fast kokett und verschmitzt. Und doch fiel sie niemals aus der Rolle – sie war bewundernswert.

»Hast du dich mit Mr. Jenkin –?«

Sie schaute wohlwollend, suchend in die Runde, sah seine schiefe, verkrampfte, trotzige Rückansicht, wie er den Gang hinunterging und verschwand. (Eigenartig: er hinkte nicht mehr.) Sie hielt inne; schaute einen Augenblick lang abwesend und nachdenklich, lächelte dann, nickte und segelte – davon, hin zu einer großen grauhaarigen, würdigen Dame in Schwarz, deren Aussehen deutliche Familienähnlichkeit zeigte. Sie nahm sie beim Arm:

»Blanchie, dein ungezogener Sohn...«

Sie gingen außer Hörweite, bewegten sich heiter, unangreifbar an diesem ihrem Ort, einem Ort, an dem Mr. Jenkin, ohne sein Wissen, gerade lautlos und ohne Aufhebens fallengelassen worden war – einem Ort, an dem ein Sohn nicht zuviel trank und ein Gast nicht die Grenzen erlaubter Exzentrik durch unschickliches Zurschaustellen von Feindseligkeit überschritt.

Archie warf sich in einen Sessel, schüttelte sich vor Lachen, wischte sich die Lachtränen aus dem Gesicht und sagte zu George:

»Ist sie nicht göttlich? Ist sie nicht *göttlich?* Ich schwöre dir, am liebsten –« seine Stimme wurde mit einemmal ganz leise, er blickte sich um – »lieber als mit jedem anderen Mädchen hier im Saal.« Und fügte dann hinzu: »Ich wette, ich würde es schaffen.«

Sie flüsterten und lachten.

Olivia zog sich stillschweigend zurück, hörte noch, wie er sagte:

»Sag es den anderen. Im Schlafzimmer steht Nachschub.«

In der Halle traf sie Mary Cooper und ihren Bruder; sie setzte sich zu ihnen und unterhielt sich, bis die Musik begann.

5

George war kein Partner, der beim Tanzen redete. Nachdem sie begriffen hatte, daß es nicht notwendig war, ein Gespräch in Gang zu halten, war es durchaus ein Vergnügen, zu schweigen und sich seinen exakten, einfachen Schritten anzupassen; sie glitt dahin, hielt inne, drehte sich ein wenig, veränderte die Richtung, alles ganz einfach.

Nach dem Tanz saßen sie nebeneinander auf dem breiten Treppengeländer; höflich bot er ihr eine Zigarette an, zündete eine an für sich selbst und begann die Unterhaltung.

»Waren Sie heute schon draußen?«

»O ja.«

»Kein schlechter Tag, nicht wahr. Der Morgen war zwar fürchterlich, doch der Abend war erstklassig.«

»Ja, es war nicht schlecht.« Sie wunderte sich. Es hatte doch so geregnet. Aber vielleicht mochte er Regenspaziergänge. »Wenn ich dafür angezogen bin, gehe ich gern im Regen aus.«

»Hm. Gehen Sie am Samstag auch –?«

»Vermutlich.« Worauf wollte er hinaus? »Ich gehe eigentlich jeden Tag nach draußen.«

»Was? Tatsächlich?« Er warf ihr einen beeindruckten, zugleich ungläubigen Blick zu. Er dachte eine Weile nach, dann sagte er:

»Sie wohnen nicht hier in der Gegend?«

»O doch, nur zehn Kilometer entfernt.«

Anerkennend sagte er:

»Sie scheinen ja geradezu versessen darauf zu sein. An manchen Tagen müssen Sie sicherlich weit fahren?«

»O nein. Wir haben gar kein Auto.«

Er war verblüfft.

»Ich wußte gar nicht, daß es zwei Meuten hier in der Gegend gibt.«

Katastrophe. Tod und Verdammnis. Schmach und Elend. Demütigung.

»Oh, ich dachte, Sie meinten... Ich habe Sie völlig falsch verstanden. Ich – also zur Jagd gehe ich gar nicht.«

Schweigen. Danach sagte er höflich: »Oh, ich verstehe. Ich konnte es mir auch gar nicht erklären.«

Er lächelte nicht, zeigte keine Regung. Er schwieg und betrachtete seine Schuhe. Sie nahm einen zaghaften Anlauf:

»Ich wünschte, ich ginge jagen. Es muß herrlich sein.«

Die Unwahrheit. Um sich beliebt zu machen, leugnete sie, daß ihre Sympathie den Füchsen galt.

Einlenkend sagte er:

»Es gibt nichts Besseres. Ich gehe lieber den ganzen Tag jagen als eine Woche lang schießen.«

»Da bin ich ganz Ihrer Meinung. Sie sehen auch so hübsch aus, nicht wahr. Die Rotjacken.«

»Die was?«

»Die Farbe, meine ich.«

Deutlich sagte er, ohne sie dabei anzusehen:

»Oh, die roten Röcke.«

»Ja, die roten Röcke.«

Sie wiederholte die Worte scheinbar ganz selbstverständlich, als ob sie nur einen Versprecher verbesserte. Zu spät erinnerte sie sich: Jacken waren Röcke.

Er aber blieb kühl, machte noch ein paar nichtssagende Bemerkungen, und als die Musik wieder zu spielen begann, verließ er sie eilig. Er bat sie um keinen weiteren Tanz.

Reggie tauchte auf, schien gutgelaunt und sagte mit leisem Bedauern, arglos:

»Bei Ihrer Schwester habe ich leider kein Glück. Ihre Tanzkarte ist völlig ausgebucht.«

6

Abendessen. Wieder die Martins, die vergnügt über den Tisch riefen:

»Kommt hierher, ihr beiden. Hier ist noch ein Plätzchen.«

Eine ausgelassene Gesellschaft, Maurice, Mary Cooper und ihr Bruder, dazu ein gutmütiger Jüngling mit Pickelgesicht. Phyl und Dolly fanden Reggie offensichtlich nicht nur zum Schreien, sie fanden ihn wirklich nett. Sie übertrafen einander in witzigen Cockney-Reden. Er führte Zaubertricks mit Gläsern und Messern vor. Zweifellos zeigte er sich von seiner besten Seite. Wenn er seine Witze machte, schien er kein so schrecklicher Sonderling mehr, nicht mehr so weltfremd. Vielleicht wäre er in seiner Gemeinde durchaus beliebt, eine Bereicherung geselliger Nachmittage. Kate und ich haben ihn völlig falsch behandelt. Wir hätten mit ihm herumulken sollen.

»Übrigens, Olivia, wer war denn diese finstere Gestalt?«

»Wer?«

»Na komm, du weißt schon, wen ich meine. Den mit der Mopfrisur.«

»Wahrscheinlich meinst du Peter Jenkin.«

»Und wer ist Peter Jenkin?«

»Ein Dichter.«

»Das habe ich mir beinah gedacht. Entweder das oder ein entlaufener Sträfling.«

Großes Gelächter.

»Er studiert in Oxford. Kennen Sie ihn, Reggie?«

»Wie bitte?« Reggie war gerade damit beschäftigt, seinen Teller aufzufüllen, und hatte nicht hingehört.

»O Jenkin – den kenne ich vom Hörensagen.« Er machte eine verächtliche Handbewegung, als wäre ihm etwas Unangenehmes über den Weg gelaufen.

Sie sagte herausfordernd:

»Er ist schrecklich klug.«

»Er ist die Affektiertheit in Person«, verkündete Reggie, jede Silbe betonend. »Durch und durch unerfreulich.«

»Vermutlich einer dieser dekadenten Künstler.«

»Ein absolut ungesunder Geist, leider.«

»Ich werde niemals begreifen, warum diese Schlauköpfe sich immer so unmöglich zurechtmachen.«

»Vielleicht müssen sie es den anderen beweisen«, sagte Maurice einlenkend, »damit bloß niemand sie für normal hält.«

»Na, ich bin mehr für die Wald-und-Wiesen-Typen, die nehmen wenigstens ab und zu ein Bad und gehen zum Friseur, wenn es nötig ist.«

»Ich auch.«

»Der Kopf allein tut es auch nicht, wenn man es langfristig betrachtet. Wenigstens nicht, was mich betrifft.«

»Hört, hört!«

Meinungen über Meinungen, niederschmetternd. Wenn sie Partei ergreifen müßte, dann nicht diese. Natürlich war er entsetzlich, die Affektiertheit in Person und grausam obendrein. Und seine Frisur war fürchterlich. Er sah aus, als ob er noch niemals Sport getrieben hätte. Er war ein Ausgestoßener, verhaßt und verspottet. Trotzdem hatte sie das Gefühl, mit nur ein wenig mehr Wissen und Erfahrung könnte sie seine Sprache verstehen. Mit solch einem Menschen könnte ich mich anfreunden, sein Vertrauen erwerben, ich hätte Mitleid mit ihm, fände ihn bald gar nicht mehr absurd und verachtenswert. Ich habe eine dunkle Seite, habe auch etwas Dekadentes. Ich bin anders als die übrigen, auch wenn es ihnen nicht auffällt. Sie empfand einen abgrundtiefen Unterschied, er machte ihr angst. Ich werde niemals so wie sie.

»Gekochter Hummer. Nicht zu verachten«, sagte Maurice. »Greift zu, ihr Mädchen. Tut euch keinen Zwang an.«

Es war nicht zu verachten, und sie taten sich keinen Zwang an. Danach Champagner. Sie schnitten beim Trinken Grimassen, kicherten, scherzten, wurden laut. Reggie leerte mehrere Gläser.

Am großen Mitteltisch wieder dieses Gesicht, das sich langsam hin und her bewegte. Das Weiß des Kleides blendete neben Rollos leuchtendrotem Uniformrock. Rollo beobachtete das Gesicht immerzu. Manchmal lächelte es unmerklich; es sah niemanden an. Sie sprachen selten. Außer den beiden schien niemand sonst im Raum – nur sie und er.

»Olivia, du Faultier, warum warst du vergangene Woche nicht bei den Pfadfinderinnen?«

Warum antwortete sie nicht: Weil ich lieber im Schulzimmer auf dem Sofa gelegen und *East Lynne*[13] gelesen habe... Dabei Nußschokolade gegessen habe... Weil ich die Pfadfinderinnen hasse.

»Ich war so erkältet.«

»Du bist ein Faultier. Wirklich.« Phyl klang vergnügt und doch vorwurfsvoll.

Sie bekam einen roten Kopf. Sie war vor allen Leuten getadelt worden.

7

Das Fest ging seinem Höhepunkt entgegen, rauschend, in allen Räumen. Die Glücklichen ließen sich mitreißen, dahintreiben, heiter – Angst und Zweifel gab es für sie nicht mehr. Wem das Fest ein Fehlschlag werden sollte, war nun entschieden. Für die Zauderer und Pechvögel konnte es nur schlimmer werden. Im unberechenbaren Sog der Masse mußten sie straucheln, sinken, stranden auf öden, einsamen, kargen Inseln. Kate glitt wie auf Wolken, schwebte unbekümmert in gleißendem Licht.

Als sie tanzten, sagte Tony:

»Warum kommst du eigentlich nicht zum Jagdball?«

Vergnügt und ehrlich gab sie zu:

»Niemand hat mich eingeladen. Allein kann ich schlecht gehen.«

»Also dann – kannst du nicht doch kommen? Ich meine – mit uns – vor dem Ball essen wir alle zusammen zu Abend, übermorgen.«

»Oh!« Sie holte tief Luft. »Oh, so gern. Aber ich weiß nicht. Mutter ist sehr streng.«

Sie versuchte sich vorzustellen, wie sie zu Hause ganz nebenbei verkündete: Tony Heriot hat mich zum Ball eingeladen.

»Ist sie das wirklich? Meinst du, sie hätte etwas gegen mich?«

»Ich weiß nicht. Eigentlich kann ich es mir nicht vorstellen.«

Sie schaute zu ihm hoch, schüchtern, lächelte. Ihre Blicke trafen sich, sie sahen einander in die Augen.

»Weißt du was – wir bitten Etty, bei euch anzurufen.«

»Das ist die Idee! Etty kriegt Mutter immer herum.«

»Etty kriegt jeden herum.«

»Allerdings. Den nächsten Tanz wollten wir beide auslassen. Dann frage ich sie.«

Es spielte keine Rolle mehr, daß er Etty Komplimente machte. Es waren nur Komplimente. Etty hatte sie verdient.

8

Kein Partner für diesen Tanz. Keine Hoffnung, daß sie ihn noch fände. Schnell zur Garderobe, dem Zufluchtsort. Bis jetzt hatte sie ihn schließlich nicht gebraucht. Als Olivia gehen wollte, sah sie, daß ein schwerfälliger junger Mann ihr mit seinen Blicken langsam folgte, dann auf sie zukam. Er blieb vor ihr stehen, rückte seine Krawatte zurecht, sah an ihr vorbei und sagte näselnd, ohne eine Miene zu verziehen:

»Darf ich bitten?«

Dankbar sagte sie:

»O gern.«

Welch enormes Glück. Er muß mich – fand er mich womöglich hübsch?

Auf der Stelle begann er trippelnd und wippend, holpernd und stockend zu tanzen. Seinen Schritten zu folgen war unmöglich. Er schaute im Saal umher und schenkte ihr keinerlei Beachtung, vollführte seine komplizierten Schrittfolgen ohne Rücksicht auf ihr Stolpern.

In der Hoffnung, ihre Unfähigkeit durch ein kleines freundliches Gespräch zu verdecken, machte sie einen Vorstoß:

»Ich glaube, wir sind einander nicht bekannt, oder?«

Sie trat ihm wieder auf den Fuß.

»Ich weiß, wer Sie sind.«

Er sagte es ganz beiläufig; von oben herab, um nicht zu sagen, gelangweilt, so daß sie nur mühsam ein schüchternes Lächeln zustande brachte, fragte:

»Wer bin ich?«

»Ettys junge Kusine, oder etwa nicht?«

»Woher – Oh, dann war das doch Etty, die ich gesehen habe. Welche Überraschung! Weiß sie, daß ich hier bin? Warum hat sie mich noch nicht begrüßt? Sind Sie mit ihr gekommen?«

»Hm. Mit den Heriots. Wir verbringen das Wochenende bei ihnen.«

»Ach so. Und wo ist Etty jetzt?«

Er wies mit dem Kopf zur Treppe.

»Da müßte sie mit Ihrer Schwester sitzen. Klatsch und Tratsch. Ha, ha, ha!« Er lachte trocken. »Sie hat gesagt, ich soll mit Ihnen tanzen.«

»Aha. Sie hat Ihnen gezeigt, wer ich bin...«

»Hm.«

Welch tröstliches Vergnügen wäre es gewesen, mit Kate und Etty eine Viertelstunde lang dazusitzen und kichernd alle Neuigkeiten auszutauschen. Doch sie hatten sie ausgeschlossen. Jetzt gingen sie gemeinsam davon. Etty lehnte sich noch über das Geländer und warf ihm eine Kußhand zu. Komm, geh schon, du bist nicht erwünscht. Tanz lieber mit einem hübschen Mädchen. Schau, da an der Wand das Mauerblümchen ist auch eine Kusine von mir – geh und tröste sie. Sei nett zu ihr. Sie ist noch so jung... Und dann zu Kate: Komm, mein Lämmchen. Laß uns keine Zeit vergeuden. Erzähl mir *alles*. Sie liefen die Treppe hinauf, Hand in Hand, tauschten ihre Geheimnisse aus, waren gemeinsam erwachsen... wie in alten Zeiten, das alte Spiel: Komm, wir laufen Olivia fort.

Sie fühlte sich hin- und hergerissen, und ihre Stimme klang mit einemmal scharf, als sie sagte:

»Sie hat Ihnen also gesagt, Sie sollen mit mir tanzen.«

»Ganz recht. Ha, ha, ha! Führe den Befehl aus.«

»Sehr nett von Ihnen beiden.« (Was sage ich da? Was ist los mit mir?) »Sie hätten sich keine Mühe zu machen brauchen.«

Einen Augenblick lang sah er sie irritiert an. »Nun, ja, ha, ha, ha! Es ist ja nicht direkt ein Opfer. Oder?«

Und er drückte ihre Hand.

Ich verstehe; er ist von sich überzeugt. Glaubt, daß es für mich wunderbar sei, mit ihm zu tanzen. Der Druck ist eine zusätzliche Gnade, die er mir gewährt. Trotzdem, trotz ihrer eigentlichen Gefühle spürte sie schwach den Drang, auf ihn einzugehen. Dieser Druck war immerhin etwas Persönliches, bedeutete, daß sie ihn doch nicht nur langweilte.

Sie fragte ihn geradeheraus:

»Sie sind demnach einer von Ettys Freunden?«

»Einer von Ettys Freunden? Allerdings. Ich kenne sie seit Jahren.«

»Sie hat wirklich massenhaft Freunde, nicht wahr?«

»Hm. Allerdings. Sie ist beliebt.«

Er klang zufrieden, überzeugt, voller Besitzerstolz.

»Sie verlieben sich reihenweise in sie, nicht wahr?«

»Hm? Also davon weiß ich nichts. Ha, ha!...« Diesmal kam sein Lachen nicht so glatt heraus. »Wieso glauben Sie das?«

»Nun, sie ist doch dermaßen attraktiv.« Sie hielt inne und fügte hinzu: »Ich schließe es aus dem, was sie mir erzählt hat.«

»Oh, erzählt, aha?«

Er schwieg einen Augenblick lang und sagte dann bissig:

»Ihr seid alle gleich, ihr Mädchen. Alle hinter den Männern her. Und dann setzt ihr euch zusammen und gebt damit an, wie viele Herzen ihr wieder gebrochen habt. Aber dazu gehören zwei. Vergessen Sie das nicht.«

Verlegen sagte sie:

»Ich weiß nicht, was Sie meinen.«

»Wirklich nicht? Na, hören Sie auf meinen Rat.«

Sie spürte sein Unbehagen, seine feindselige Eifersucht

und seinen Verdacht, der sie nicht betraf, sondern weiter führte zu Ettys quälendem Bild. Hält sie mich zum Narren, fragte er sich... Sie begriff, daß er Etty heiraten wollte; daß es ihm nicht gelingen würde. Er wird bei all seiner Überheblichkeit trotzdem untröstlich sein. Der Mißerfolg wird ihm letztlich bohrende Schmerzen bereiten. Was wird er dann tun und sagen? Er tat ihr im voraus leid, gern hätte sie die Folge ihrer Indiskretion rückgängig gemacht, ihn beruhigt... damit er sie wieder mochte. Tröstend sagte sie:

»Das macht Etty bestimmt nicht. Sie gibt nicht an. Die meisten Mädchen können angeblich kein Geheimnis für sich behalten. Etty kann das. Deshalb erzählt ihr auch jeder alles.«

Er sah sie einen Augenblick lang prüfend an, seine leeren Augen versuchten etwas auszudrücken, er wollte sprechen, wirklich etwas sagen. Doch er meinte lediglich gönnerhaft:

»Sie sind eine schlichte junge Dame, nicht wahr?«

Was meinte er damit? Sie schwieg.

»Etty ist in Ordnung«, sagte er, wieder ganz der alte. »Sie ist ein Schatz.«

»Ja.«

Sie hatte sich ein wenig an seine Schritte gewöhnt, schwankend schaffte sie es, mit dem richtigen Fuß zu beginnen, ohne ein übers andere Mal zu stolpern. Er schaute weiterhin langsam in die Runde. In der Hoffnung, ein ihm interessantes Thema anzuschneiden, fragte sie:

»Welches ist Ihrer Ansicht nach das hübscheste Mädchen im Saal?«

Er warf ihr einen herausfordernden Blick zu, lachte, ha, ha, ha, hinter seinem kleinen dummen Schnurrbart.

»Ach! Vergleiche haben oft ihre Tücken, Herzchen!«

Er glaubt, ich wollte... Sie wurde über und über rot.

Er sah ihr ins Gesicht und sagte schmeichelnd:

»Und dies ist Ihr allerallererster Ball?«

»Ja, dies ist mein erster Ball.«

»Sie amüsieren sich prächtig, nicht wahr? Ha, ha! Ihr jungen Mädchen seid wirklich reizend.« Er drückte ihr wieder die Hand. »Welch ein Vergnügen...«

»So jung bin ich nun auch wieder nicht. Wenigstens fühle ich mich nicht so.«

»Alt genug, um mit Respekt behandelt zu werden, nicht wahr?«

»Ja.«

»Ha, ha! Sie sind wirklich ein Witz. Und was für einer.«

Jetzt wurde er anzüglich – und das war schlimmer als vorher – nichtssagender, bedrückender. Weil er mich gar nicht mag. Er glaubt, ich mag ihn fürchterlich.

Die Kapelle hörte auf zu spielen, und er ließ sie gedankenlos frei.

»Es tut mir leid, daß ich so schlecht getanzt habe«, sagte sie.

Sie sah Peter im Gang stehen, an die Wand gedrückt. Sie lächelte ihm im Vorbeigehen zu. Er faßte ihren Arm.

»Sie haben mich verlassen«, sagte er. »Warum haben Sie das getan?«

»Das stimmt nicht.«

Sein Blick war eigenartig, und sein Mund zitterte.

»Doch. Ich weiß es ganz genau, und ich weiß auch, warum.«

Er zerrte sie am Arm, sein Griff war hart und schmerzhaft. Sie war fassungslos, sah in sein bleiches Gesicht. Was ist mit ihm? ... Was habe ich ihm getan? ...

Er drehte ihr abrupt den Rücken zu, als könne er ihren Anblick nicht mehr ertragen. Sie konnte nur weitergehen. Benommen holte sie ihren Partner ein, der ein paar Schritte vorausgegangen und nun mißbilligend stehengeblieben war, um auf sie zu warten.

»Wer war denn dieser Rüpel?« sagte er näselnd.

»Er heißt Peter Jenkin.« Und dann fügte sie hinzu: »Er ist aber keiner.«

»Kein was?«

»Was Sie ihn genannt haben.«

»O nein? Ha, ha. Entschuldigung, daß ich mich eingemischt habe. Ich wußte nicht, daß er Ihr Freund ist.«

Er klang höhnisch und böse.

»Irgend etwas ist mit ihm nicht in Ordnung.«

Sie machte sich Sorgen.

»Er ist nicht ganz in Ordnung. Das wird es sein. Ha, ha!«

9

Etty kam mit Kate die Treppe herunter, begrüßte sie vergnügt. Hatte sie Olivia bisher übersehen, so machte sie das nun durch vertrauliches Gehabe und Geflüster wett.

»Gefällt es dir, mein Lämmchen? Wie *schön* du aussiehst mit deiner Frisur. Daß wir *alle* zusammen hier sind! Sag, wie hast du dich mit meinem alten Podge vertragen? Er ist doch goldig, nicht wahr? Und tanzen kann er wie ein junger Gott. Ist er nicht ein *feiner Mensch*? So sensibel.«

Es war unwirklich, wie im Traum. Sie konnte nur nikken, lächeln, scheinbar begeistert.

Etty legte eine Hand auf seine Schulter und tanzte mit ihm davon; ihre schlanken Beine, kleinen Füße paßten sich seinen eckigen Schritten mühelos an; folgten ihm rhythmisch trippelnd. Sie meinte ihn näseln zu hören:

»Deine kleine Kusine ist gar nicht so übel, aber sie muß noch manches lernen.«

Sie meinte zu sehen, wie Etty lebhaft nickte, etwas antwortete... kühler, gedankenloser, schnöder Verrat.

Mit Kate stand sie minutenlang an der Tür, lächelte und lächelte. Dann kam Tony Heriot und führte Kate fort. Und sie stand da und lächelte immer noch.

Hatte er ihr Tanzen gemeint – oder etwa – ihr Benehmen?

Mein Kleid ist zu grell, ich bin schlicht, ich muß noch manches lernen.

Ich werde Peter suchen und die Geschichte in Ordnung bringen.

10

»Wissen Sie«, sagte sie freundlich, »ich habe Sie nicht verlassen, Sie haben mich verlassen.«

Sie wollte ihm ins Gesicht schauen, doch er sah weg.

»Ich dachte, Sie wollten mich loswerden«, sagte sie lächelnd.

Er schwieg immer noch, blickte trotzig zu Boden.

»Also es tut mir leid.« Sie seufzte. »Ich habe es nicht böse gemeint.«

Er sagte voller Bitterkeit:

»Ich weiß, sie haben Sie auf mich gehetzt. Diese verfluchte Person und ihr hirnloses Volk. Was haben sie über mich gesagt? Ich weiß, sie mögen mich nicht. Was haben sie gesagt?«

»Sie haben gar nichts gesagt«, erwiderte sie erschrokken. »Sie haben gar nicht von Ihnen gesprochen.«

»Meinen Sie, daß ich das glaube?« Er griff nach ihrer Hand. Sie sah, wie ihm die Tränen übers Gesicht liefen.

»Also los, fragen Sie ihn...« Seine Stimme zitterte. »Fragen Sie ihn, was er damit gemeint hat.«

»Wen soll ich fragen?« Sie umklammerte seine Hand, wollte ihm helfen; es war ihr alles ein Rätsel.

»Sind Sie meine Freundin?«

Er sah sie an, zweifelnd, ängstlich, in Tränen aufgelöst wie ein Kind.

»Gewiß bin ich das. Gewiß.«

»Versprechen Sie, daß Sie meine Freundin sind.«

»Ich verspreche es.«

»Alle hassen mich. Immer haben sie mich gehaßt.«

»Niemand haßt Sie, ganz bestimmt nicht.«

»Doch, alle hassen mich«, sagte er zornig. »Sie verachten mich einfach. Ich bin das einsamste Tier auf der Welt.«

Widerspruch war unklug. Er ist nicht bei Sinnen. Wenn ich das Kate erzähle, sagt sie, ich habe mir das nur ausgedacht. Männer sind noch viel, viel merkwürdiger, als ich es mir vorgestellt habe.

Er wiederholte: »Fragen Sie ihn, warum er so gemein zu mir war. Bitte. Ich warte hier.«

»Aber ich weiß doch gar nicht, wen Sie meinen. Ich bin sicher, daß niemand gemein zu Ihnen sein wollte. Wenn Sie so weitermachen, weine ich auch gleich.«

Er schwieg, beruhigte sich, sagte dann wehleidig: »Doch, das wollte er. Er war mit Absicht gemein und häßlich zu mir.«

»Haben Sie sich mit jemandem gestritten?«

»Ja. Nein. Ich weiß nicht. Wir hatten eine Auseinandersetzung. Er warf mir lauter Beleidigungen an den Kopf.«

»Tatsächlich?«

»Ja, er war einfach unverschämt.« Er dachte nach. »Er behauptete, ich sei betrunken. Dabei ist die Bowle ungenießbar. Typisch feine Leute. Geizhälse. Das habe ich ihm gesagt.«

»Wem?«

»Ich weiß nicht... Vielleicht war er ein Hausdiener.«

Er schien vollkommen durcheinander.

»Hören Sie gut zu«, sagte sie ernst und hielt immer noch seine Hand. »Sie gehen jetzt nach Hause. Dies ist kein Ort für Sie. Wirklich nicht. Sie sind viel glücklicher, wenn Sie hier fortgehen. Tun Sie das?«

Sie war die mütterliche Beschützerin, wußte, was für ihn das beste war.

»Warum sollte ich?«

Doch in seiner Stimme lag kein Widerspruch.

»Also los«, sagte sie bestimmt und aufmunternd zugleich.

»Diese Narren«, sagte er um sich schauend.

Warum mußte er immerzu so etwas sagen? Was hatte er gegen die Leute? Er hatte für diese Welt nur Abscheu und Verachtung übrig – für Häuser, Titel, Menschen wie die Spencers. Sie dagegen war so erzogen worden, daß ihr all das bewundernswert, erstrebenswert schien.

»Gehen Sie doch.«

Er drehte sich um und ging, ohne ein Wort. Er vergaß zu hinken, ging schnell, vielleicht ein wenig schwankend. Sie sah, wie er durch die große Tür davoneilte.

11

Maurice tauchte aus der Menge auf. Sein leuchtender Schopf war unübersehbar. Kühl, ruhig, geschickt, aufmerksam glitt er herbei, verbeugte sich und begann auf der Stelle seine flinken Schritte. Er schien entschlossener als andere Menschen – vielleicht waren seine Augen und Ohren aufmerksamer, wacher. Noch einmal mit ihm zu tanzen war angenehm, beinah als ob man nach draußen ins Freie träte.

Das Gespräch mit Peter wurde dabei unwirklich, ein phantastisches Hirngespinst. Sie schob es weit von sich.

12

Der ältere Herr mit dem dichten weißgewellten Haar kam auf sie zu. Er war ihr bereits aufgefallen; der Reihe nach hatte er mit allen jungen Mädchen im Saal getanzt. Wie er die Mädchen an sich preßte, hatten sie alle ein wenig leblos gewirkt.

»Hätten Sie für einen alten Knopf wie mich vielleicht ein Tänzchen übrig?«

»O ja, natürlich.«

»Ach, das ist aber reizend von Ihnen.«

Er zog sie an sich und begann langsam und eher mühsam, aber doch elegant zu tanzen.

Er wiederholte: »Wirklich reizend, daß Sie mit mir altem Methusalem ein Tänzchen wagen.«

»Oh, aber Sie sind doch gar nicht alt.«

Sie warf ihm ein aufmunterndes Lächeln zu. Seine Haut war faltig und runzlig, Schildkrötenhaut unter dem Kinn; seine Wangen waren aufgedunsen und rotgeädert, seine Augen ein wenig glasig und blutunterlaufen. Sonst sah er nicht schlecht aus. Sein Haar war sehr schön.

»Was? Na hören Sie – Sie machen Komplimente. Nicht daß ich mich so alt fühle, wie ich aussehe. Kein bißchen. Ganz und gar nicht.«

»Eigentlich zählt doch nur, was man fühlt, oder?«

»Ach, wie wahr, wie wahr. Eine kluge junge Dame. Sie haben den Nagel auf den Kopf getroffen. Was man fühlt, das zählt. Ich fühle mich jung und knusprig, so ist es. Wenn das Herz jung bleibt, dann bleibt der ganze Mensch jung, egal, was der Kalender dazu sagt – eh?«

»Ja, natürlich.«

Beflügelt von diesem Gedanken quetschte er sie an sich und schwenkte sie heftig, kräftig im Kreis herum... »Soll ich Ihnen ein Geheimnis verraten? Eh?«

»Gern.«

Sie strahlte ihn aufmerksam an.

»Ich habe erst vor zwei Jahren wieder angefangen zu tanzen. Vorher – also – die Umstände ließen es nicht zu. Ich war überzeugt, Tanzen wäre für mich passé... vorbei und passé.«

Er blies ihr seinen Atem stürmisch in den Nacken.

»Oh, tatsächlich?« Sie machte ein paar Schritte, dann fügte sie hinzu: »Und jetzt haben Sie wieder angefangen?«

»Das habe ich«, sagte er feierlich. »Die Damen sind sehr freundlich zu mir – die jungen Damen ganz besonders. Es macht ihnen anscheinend gar nichts aus, mit mir zu tanzen. Sie haben nichts dagegen.«

»Das haben sie sicher nicht.«

Bestimmt hatte er großen Kummer überstanden. Seine Stimme klang tapfer und volltönend.

»Ich muß gestehen, am Anfang hatte ich meine Bedenken. Ich dachte, mir würden womöglich die Knochen knarren. Ha! Ha! Ha!« Er schwenkte sie gehörig, um zu beweisen, wie gut seine alten Knochen noch funktionierten. »Tatsächlich habe ich erst einmal Einzelunterricht genommen – wollte ein Gefühl für diese neumodische Musik bekommen, wissen Sie. Hatte großes Glück mit meiner Lehrerin. Doreen Deval hieß sie. Muntere Person, kann ich Ihnen sagen – wirklich ein munteres Mädchen, die hatte Pfiff, und hübsch war sie obendrein – natürlich war sie eine Dame. Gehörte zu einer alten, feinen Familie. Mußten viel durchmachen, ihr Anwesen wurde verkauft. Diese kleine Doreen hatte immer schon einen Hang zum Tanzen, also hat sie sich auf eigene Beine gestellt und ihren Lebensunterhalt damit verdient. Dazu gehört Mut.«

»Kann sie – kann sie gut davon leben?«

»Was? Nun ja, doch. Es geht ihr gut. Sie hat Erfolg.«

Sein Atem ging ein wenig schwer. Sie schlug vor:

»Sagen Sie, wenn Sie aufhören möchten.«

»Aufhören? Möchten Sie aufhören?«

»O nein, eigentlich nicht. Ich dachte nur, Sie würden vielleicht lieber aufhören.«

»Ganz und gar nicht. Ich kann die ganze Nacht durchtanzen, und es geht mir stündlich besser dabei. So wahr ich hier stehe.«

»Tatsächlich?«

Sie sah bewundernd zu ihm hoch, denn er war ein wenig aus der Fassung, mißtrauisch.

»Ja, und am nächsten Morgen bin ich früh aus den Federn. Keine Schonung, mein Leben lang nicht. Das hält mich in Form. Aber wenn Sie sich ein wenig ausruhen möchten...«

»O *nein*. Ich tanze gern weiter.«

»Leider kenne ich diese neumodischen Schritte nicht so gut. Bin da nicht in der Übung.«

»Ach, das macht gar nichts. Ich kenne mich auch nicht aus.«

Diese Antwort war jedoch nicht richtig. Schweigen breitete sich aus, und sie fügte hinzu:

»Sie tanzen wirklich fabelhaft. Mit Ihnen tanzt es sich so einfach.«

»Was? Finden Sie? Sie machen schon wieder Komplimente. Was? Nicht?«

»Ganz und gar nicht.«

Eigenartig: irgendwie glich er Major Skinner. Doch sein Ton war weniger förmlich, er war anzüglich und penetrant, er war ihr unangenehm, widerwärtig.

»Also manche Menschen halten mich für einen alten Narren.«

»Warum das?«

»Was? Keine Würde, wissen Sie. Ich mache mich lächerlich.«

»Ach, bestimmt nicht. Ich bin sicher, daß niemand das denkt.«

»Was? Glauben Sie? Aber alte Leute haben oft starre Ansichten. Der alte Schwung ist dahin. Sie sind nicht mehr beweglich, wollen nichts Neues mehr. Ihr Horizont ist eng geworden.«

»Wahrscheinlich haben sie vergessen, daß sie selbst einmal jung waren.«

»Ja, das ist es.« Er war begeistert. »Sie vergessen. Sie werden engstirnig.«

»Engstirnige Menschen sind unausstehlich. Ihre Ansichten zählen nicht, finde ich. Es lohnt sich gar nicht, sich darum zu kümmern. Da, wo ich wohne, schockiere ich die alten Damen, weil ich manchmal ohne Hut spazierengehe.«

»Aha. Sie sind also eine Individualistin. Dann sitzen wir ja im gleichen Boot. Nicht wahr? Wir haben manches gemeinsam. Das habe ich sofort gemerkt.« Er preßte sie an sich und seufzte, um seine Rede zu unterstreichen. »Die Götter meinen es gut mit mir, kleines Fräulein. Sie haben mir Sinne gegeben, die niemals alt werden. Was immer sie mir versagt haben, *die* haben sie mir gegeben. Deshalb habt ihr jungen Leute wohl auch nichts gegen meine Gesellschaft.« Er hielt inne, aber diesmal bestärkte sie ihn nicht, sondern schwieg, und so fügte er seufzend hinzu: »Trotzdem, dann und wann ist man schon einsam.«

»Ich hoffe, Sie sind nicht einsam«, sagte sie höflich.

»Was? Einsam? Also ich kann mich nicht beklagen. Das Leben kann sehr reich sein, trotz allem. Man kann allein sein, ohne einsam zu sein, nicht wahr? So hat jeder seine Philosophie.«

Sie wollte ihm einen interessierten Blick zuwerfen, doch es fiel ihr immer schwerer. Er brauchte soviel Zuspruch.

»Allerdings, manchmal sehnt man sich schon nach richtiger Gesellschaft – nach einer sorgenden Hand –« Er senkte die Stimme und fügte hinzu: »Vor drei Jahren habe ich meine liebe Frau verloren. Wir waren einander alles.«

Warum weckte er mit seinem Satz bei ihr kein Mitleid? Vielleicht, weil er sich so anbiederte. Weil seine Sätze so glatt hervorrutschten, als wolle er etwas verdecken, einen Widerspruch, eine Lüge... Aber natürlich war das ein Kummer.

»Das tut mir leid. Wie furchtbar für Sie.«

»Vielen Dank. Ich weiß, Sie haben Mitleid mit mir. Ihre Stimme hat es mir verraten. Sanft und tief, so weiblich.« Er drückte sie wieder an sich. »Ach, Mitgefühl ist eine wunderbare Gabe.«

Die Kapelle hörte auf zu spielen. Er ließ sie frei, klatschte begeistert, wischte sein Gesicht. Ihm war gehörig warm.

»Ach, das war fabelhaft – fabelhaft. Wie wär's mit einem Eis? Eh?« Er sah sie kokett an. »Das würde uns guttun. Kommen Sie. Mal sehen, wer von uns am meisten verputzen kann.«

Sie folgte ihm, lächelte gezwungen. Seine jugendliche Unternehmungslust war nicht ansteckend.

13

Tony sagte: »Hör mal, reitest du gar nicht?«

»Nein«, sagte Kate, »niemals. Als ich sehr klein war, hatten wir ein Pony. Aber – um ehrlich zu sein – seit dem Krieg können wir uns nicht mehr viel leisten.«

»Wie schlimm für dich. Reiten würde dir sicher gefallen.«

»Ich weiß. Mein größter Wunsch war immer – ein eigenes Pferd.«

Begeistert, verlegen gestand er ihr hastig:

»Du bist wie geschaffen fürs Reiten. Du sähest phantastisch aus.«

»Meinst du?«

Sie lächelte, ihre Augen leuchteten; sie schaute verklärt über seine Schulter.

»Ich könnte es dir ganz leicht beibringen.«

»Meinst du wirklich?«

»Bestimmt.« Eifrig fuhr er fort: »Ich könnte dir auch

ein Pferd leihen. Ich habe *das* Pferd für einen Anfänger. Eine brave Stute, gemütlich und friedlich... Warum eigentlich nicht?«

»Ich habe ja nicht einmal Reitzeug.«

»Ach, deshalb mach dir keine Sorgen. Ein Paar Reithosen werden wir auftreiben.«

»Also gut. Mit Vergnügen.«

»Zum Anfang führe ich dich ein paarmal über unsere große Wiese, und sobald du es dir zutraust, reiten wir querfeldein.«

»Oh, darauf freue ich mich.«

Sie sahen einander strahlend an.

14

Tanz für Tanz mit einem alten Mann. Ewigkeiten. Endlos. Nicht einmal Reggie war zu sehen. Reggie war sicherlich mit den Martins am Buffet. Weder er noch die Martins hatten seit geraumer Zeit getanzt. Hoffnungslos, hilflos. Nur Nummer neunzehn stand auf ihrer Tanzkarte, schien in weiter Ferne, ein Traum.

Er hieß Mr. Verity. Er sprach von seinem kleinen Haus hier in der Nachbarschaft, das er vor kurzem erst erworben hatte; vom Wunder der Sonnenuntergänge, die er von seinem Arbeitszimmer sehen konnte. Er sprach von seinen besten Freunden, den Büchern, und zitierte den großen Dichter. *Sammelt die Rosen*, sagte er. Und, *Komm, küß mich, süß und zwanzig Jahr ... Si jeunesse savait.*[14] Er fragte sie, ob sie einmal einen alten Mann zum Tee besuchen würde; seine Haushälterin, die treue, gute Seele, würde es ihr behaglich machen. Er sprach auch reichlich über Leute mit Titel, mit denen er angeln und zur Jagd ging.

Sie wollte von ihm fort. Sie wollte ihm ihre Abneigung

in sein unempfindliches Ohr schreien. Ich mag Sie nicht. Ich kann Sie nicht anfassen. Ich tanze nicht gern mit Ihnen. Ich kann Sie nicht ausstehen. Sie lächelte nicht mehr, antwortete beinah nicht mehr. Ihr Gesicht war starr, leer. Beim nächsten Tanz sage ich, daß ich vergeben bin. Und verstecke mich auf der Toilette. Aber er wird merken, daß es nur eine Ausrede ist. Er wird verletzt sein. Er wird fortgehen und denken: Ich bin ein einsamer alter Mann. O Hilfe! Hilfe! Wer hilft mir?

Als sie ihn zum vierten Mal in den Saal begleitete, trat plötzlich Marigold aus dem Nichts, griff sie am Arm, riß sie beiseite, zog sie weit fort, ohne ein Wort an ihn, ohne einen Blick zurück.

»Ich glaube, du hattest Rettung nötig.«

»Ach, *und wie*. Du Engel.«

Dankbar und erleichtert umfaßte sie Marigolds Hand.

»Ich dachte, ein Überraschungsangriff wäre am wirksamsten. Du sahst ganz mutlos aus.«

»Ich dachte, ich würde ihn nie wieder los.«

»Ich weiß, wie er ist – die alte Krake –« Ihre Stimme klang grell vor Verachtung. »Er hat nicht lockergelassen, bis wir ihn eingeladen haben. Leider ist er unser Nachbar. Er hat das Haus am Südtor gepachtet. Er erzählt jedem, daß er mit Vater in Cambridge studiert hat und daß Vater ihn gebeten habe, in seine Nähe zu ziehen. Ich nenne ihn Johnny Walker. Hat er dich zum Tee eingeladen?«

»Ja. Das hat er.«

»Dacht' ich es mir doch. Das versucht er jedesmal. Mama findet ihn harmlos, aber sie läßt er natürlich mit seinen Anzüglichkeiten in Frieden. Sie unterhalten sich über Politik und den Adel; er redet ihr nach dem Mund, und sie findet, er sei so klug und habe die jungen Leute so gern und sei eine romantische Figur und altmodisch mit seinem weißen Haar. Sie war ganz entsetzt, daß ich behauptete, er habe eine schmutzige Phantasie. Aber Mama ist ein hoffnungsloser Fall. Sie glaubt, Jungfrauen seien allen Männern heilig, sie hält es mit Tennyson.[15] Natürlich ist er auch ein gräßlicher Snob, aber das sieht sie auch nicht. Mit älteren Frauen ist er anders. Du würdest ihn nicht wiedererkennen. Die jungen reizen ihn – besonders die unter zwanzig.«

»Wie eigenartig ... Warst du bei ihm zum Tee?«

»Was denkst du! Einmal hat er es versucht. Da habe ich ihn gefragt, ob ich meine Gouvernante mitbringen dürfte, und er hat sofort das Thema gewechselt.«

»Was meinst du, was er macht?«

»Na, vermutlich tätschelt er ein bißchen herum, weißt du – fühlt, wie stark du bist, und nimmt dein Händchen, um dir die Zukunft zu lesen, mißt, wie groß du schon bist verglichen mit ihm – alles dummes Zeug. Wahrscheinlich ist es eine Krankheit, die Männer im Alter kriegen.«

»Wahrscheinlich.«

»Sie entwickeln sich zurück. Wirklich, sei gewarnt. Hat er dir von seinen erwachsenen Kindern erzählt?«

»Nein. Er hat behauptet, daß er ganz allein auf der Welt sei.«

»Typisch. Aber er hat einen Sohn und eine Tochter, und die wollen nicht mit ihm zusammenleben. Für Mama ist das modischer Egoismus, aber ich wette, das Problem war, daß er ihnen zu munter war. Stell dir vor, dein lüsterner alter Vater grapscht und tätschelt an jedem Mädchen herum, das du mit nach Hause bringst. Meiner tut das nicht – noch nicht, jedenfalls. Deiner vielleicht?«

»O nein, ganz und gar nicht.«

Papa und junge Mädchen tätscheln ... Olivia kicherte.

»Meiner weiß ein nettes Gespräch mit einem hübschen jungen Mädchen durchaus zu schätzen.«

»Ich glaube, meiner tut nicht einmal das«, sagte Olivia nach einigem Nachdenken.

Sie sah Johnny Walker allein an der Tür zum Saal stehen; er tat so, als ob er sie nicht sähe, doch er beobachtete sie verstohlen. Er weiß, daß wir über ihn reden. Woher kam es, daß Marigold, die so behütet und wohlerzogen aufgewachsen war, das Leben so gut kannte, so bissig, so spöttisch, so ohne Illusionen war – daß ihr genau der richtige Satz einfiel, um einen lästigen alten Mann loszuwerden, – und der begriff sofort, er hatte keinerlei Chancen. Wohingegen sie selbst niemals wußte, was sie sagen sollte, niemals begriff, was jemand im Schilde führte. Sie nahm jede Geschichte für bare Münze, traute jedem; würde mit großer Wahrscheinlichkeit sich selbst eines Tages ins Unglück stürzen... Selbst jetzt, da sie sah, wie er verstohlen Marigold studierte, ihren schnippischen Gesichtsausdruck; selbst jetzt, da sie wußte, wie ratlos er darüber nachdachte, daß sie ihn unliebenswürdig, mutwillig einfach hatten stehenlassen, und er sich nicht traute, zu ihnen zu kommen; da sie fühlte, wie sein Selbstbewußtsein jämmerlich in sich zusammenfiel, war sie versucht, ihn zu beruhigen, sich bei ihm zu entschuldigen, ihm zu zeigen, daß es ihr leid tat. Er war wie Major Skinner – und sie mußte zusehen, wie ein alter, weißhaariger Mann vor aller Jugend gedemütigt wurde, wie er sich einer Sache schämte, die er so gern gehabt hätte. Er würde sie niemals bekommen. Es war zu spät. Er war alt und aus dem Rennen. Sicher tat ihm das Herz weh ... Oje! Wenn ich Sie doch trösten könnte ... Er war geschlagen. Da stand er; sein Schicksal war, alt zu sein. Ach, ihr Mädchen! rief er vergeblich. Heute abend würde er es nicht mehr wagen, eine von ihnen zum Tanz aufzufordern. Er würde bald nach Hause gehen. Und Marigold hatte ihm das angetan, ohne zu zögern, mitleidslos... Aus Freundschaft, Mitgefühl für sie... aus purer Boshaftigkeit und Verachtung? War es Eingebung gewesen, eine unbedachte Handlung – typisch Marigold. Warum hatte sie es trotz ihrer neuen, aufregenden Rolle heute abend bemerkt und war herbeigeeilt?

»Oh, da drüben wartet Rex auf mich. Ich fliege. Gefällt es dir? Hast du viele Partner?«

»Ich habe nicht mehr viel verabredet«, gab Olivia zu. »Nur Nummer neunzehn.«

»Du mußt unbedingt deine Tanzkarte füllen, sonst kommt er wieder.« Sie lachte vergnügt. »Wer könnte dir gefallen? Oh, da ist Timmy Douglas. Der ist reizend. Der wäre meine Wahl – doch, das wäre er. Der ist sicherlich nicht ausgebucht, der Ärmste. Wenn seine Frau mit jemandem tanzt, steht er meist da und wartet. Komm, ich stell' ihn dir vor.«

Sie sah einen jungen, blassen Mann, der an der Saalwand lehnte und wartete. Er schien zu lächeln, doch bei näherem Hinsehen war es gar kein Lächeln. Es war ein eigenartig gespannter Zug um seinen Mund.

»Er tanzt himmlisch«, sagte Marigold. »Du kämest niemals auf die Idee, daß er...« Ihre Stimme wurde mit einem Schlag leise, als sie ihm näher kamen, und ihre letzten Worte waren nicht mehr zu verstehen.

Sie rief: »Timmy, hallo!«

Er hatte, ohne sie zu erkennen, in ihre Richtung geschaut, aber nun ging ein schwaches Leuchten über sein Gesicht.

»Marigold?«

Seine Stimme klang fragend. Er streckte ihr unbeholfen seine Hand entgegen, und sie umfaßte sie mit ihren beiden Händen.

»Timmy, mein Lieber, ich hatte schon vor Stunden geplant, dich zu suchen. Den ganzen Abend hat man mich nur hin und her gejagt. Bist du glücklich?«

Ihre Stimme klang weicher, liebevoller, als Olivia je gehört hatte. Er antwortete nicht gerade überzeugend:

»Doch, ziemlich.« Er wartete einen Augenblick und fragte dann zögernd: »Wann kann ich mit dir tanzen, Marigold?«

Dann wartete er wieder. Sein Gesichtsausdruck war aufmerksam, geduldig. Auch seine Stimme klang geduldig, ruhig, ausgeglichen.

»O mein Lieber, ich bin völlig ausgebucht. Ist das nicht entsetzlich?«

»Pech gehabt.«

Geduldig und heiter.

»Timmy, darf ich dir Olivia vorstellen. Sie möchte gern mit dir tanzen.« Er drehte ein wenig ruckartig seinen Kopf, streckte wieder die Hand aus. Seine Augen, über denen sich ständig langsam die Lider hoben und senkten, waren undurchsichtig, dunkelblau wie die eines Neugeborenen.

»Guten Abend.«

Das Lächeln, das kein Lächeln war, verkrampfte ihm Mund und Wangen.

»Olivia sieht sehr hübsch aus mit ihren dunklen aufgesteckten Haaren und ihrem roten Kleid.«

Hat sie das wirklich gesagt. Nun ging der Traum doch weiter.

»Ich muß leider fort, Timmy, du Lieber. Ich komme nachher noch einmal, ganz bestimmt.« Sie streifte Olivia, ihre Hand griff einen Augenblick lang Olivias Arm, ungestüm flüsterte sie: »Hast du verstanden? Er ist...« Wieder verstand Olivia das letzte Wort nicht.

Er stand regungslos, den Kopf ein wenig gebeugt, als ob er Marigold nachhorchte. Mit seiner angenehmen, ruhigen Stimme sagte er:

»Sie hat mehr Energie als ein halbes Dutzend normaler Menschen. Man spürt es förmlich.«

Es stimmte. Es war Marigolds Geheimnis, das sie, Olivia, niemals hätte benennen können. Sie stimmte zu, angenehm überrascht. Welch eine ungewöhnliche Bemerkung.

»Es ist eine wunderbare Gabe«, sagte er. »Die einzige, die mir eine gute Fee hätte in die Wiege legen sollen. Wenn man sie besitzt, kann einem niemand etwas anhaben. Und anderen Menschen kann man etwas davon abgeben...«

Nun lächelte er, ein echtes Lächeln. Er selbst sah aus, als ob sie ihm fehle, die Energie. Er hatte ein schönes, zartes Gesicht, glattes, helles Haar über einer hohen, zerbrechlich gewölbten Stirn. Sein Äußeres war penibel gepflegt.

»Sie möchten gern tanzen, nicht wahr?« sagte er. »Leider stoße ich manchmal mit den Leuten zusammen. Der Saal ist, glaub' ich, ziemlich voll.«

»Doch, ziemlich.«

Sie schaute ihn verwirrt an. Wieder hatte er eine offensichtliche Feststellung in eine Frage verwandelt. Sie sah ihn an, und dann, mit einemmal, erkannte sie ihn: er war ein einzelner, abwesender Mensch, allein an einem fremden Ort. Er war –

»Am besten führen Sie mich ein wenig, wenn es Ihnen nichts ausmacht. Für gewöhnlich komme ich ganz gut zurecht.«

Er stand und wartete, den rechten Arm angewinkelt. Sie begriff, daß er blind war. Sie führte ihn zur Tanzfläche, und sie begannen zu tanzen.

Ich führe dich, ich sorge für dich. Verlaß dich auf mich. War er im Krieg erblindet? Er hatte keine Narben – nichts, was darauf hinwies – nur die undurchsichtig schwimmende Iris zwischen den zuckenden Lidern und sein Gesichtsausdruck. Seine Hand bebte in der ihren, als hätte sie ein unendlich empfindliches Eigenleben – er hatte lange Finger, feingeformte Nägel. Er schätzt mich nach meiner Stimme ein, danach, wie ich mich anfühle. Was wird er erkennen? Blinde wissen, sagt man; man kann sie nicht täuschen.

Sie stießen heftig mit einem anderen Paar zusammen, das sie kühl und überrascht musterte.

»Entschuldigen Sie«, sagte er freundlich, »das war meine Schuld.«

Er wartete, während sie weitertanzten. Sie sah, wie das Gesicht des Mädchens sich mit einemmal wandelte, kein Mitleid zeigte, sondern Neugier. Sie flüsterte ihrem Partner etwas zu, und beide drehten sich und starrten ihn an. Wie wagen sie es, ihn dermaßen anzustarren!...

»Es tut mir leid«, sagte sie. »Ich habe sie nicht gesehen. Sie tanzen so gut, ich habe einfach vergessen zu führen.«

Die Bemerkung schien ihn zu freuen.

»Da, wo ich früher war, haben wir viel getanzt – St. Dunstan's, wissen Sie. Heute kenne ich mich nicht mehr aus. Molly ist ganz versessen aufs Tanzen. Ich wünschte, sie hätte mehr Gelegenheit dazu.«

»Ist Molly Ihre Frau?«

»Ja, sie tanzt gerade, glaube ich – ich glaube, sie tanzt mit Rollo Spencer.«

»O ja, ich sehe sie.«

Sie sah Rollo ganz in der Nähe; er tanzte mit einer stämmigen Person in einem unmodernen königsblauen Kleid – ganz gewöhnlich, ganz unbedeutend. Sie hatte viel glattes braunes Haar, das sich an den Schläfen kräuselte, blaue Augen, im Gesicht einige Mutterflecke, die Haut wettergegerbt, ohne Puder und Schminke. Sie war ganz normal. Vergeblich suchte Olivia in ihrem Gesicht die Entsagung, das Leid, das eine Frau doch zeichnen müßte, die alles einem blinden Ehemann widmete, opferte. Sie sah aus, als ob sie vernünftig wäre, handfest, mit klarem, festem Blick. Sicher tanzte Rollo aus Höflichkeit mit ihr. Ihrem Ehemann und seiner Partnerin warf sie einen kurzen, sachlichen Blick zu. Wahrscheinlich gewöhnt man sich daran – wahrscheinlich gewöhnt man sich bald... Es hängt alles von der eigenen Einstellung ab. Schon jetzt war es eigentlich ein Leichtes, mit ihm umzugehen; seine unkomplizierte Art, seine deutliche Ablehnung jeglicher Märtyrerrolle, seine abwartende, unbefangene, freundliche Haltung zwangen sie – ihn wie jeden anderen Mann zu behandeln. Als ob er wortlos demonstrierte: Sehen Sie, eine Tragödie ist es nicht. Sie brauchen kein Mitleid mit mir zu haben... Doch in ihrem Gedächtnis war noch das erste Bild: sie hatte ein Wesen gesehen, das grundsätzlich abseits stand.

»Die Spencers sind furchtbar nett, nicht wahr?« sagte er. »Sie sind sehr entgegenkommend.«

»Wohnen Sie in der Nähe?«

»O ja, ich bin einer ihrer Pächter. Wir haben das kleine Haus hinter der Kirche – ungefähr zwei Kilometer entfernt von hier. Kennen Sie es? Es heißt Kirschbaum-Cottage – den Kirschbaum gibt es auch.« Seine Stimme klang jetzt lebhafter. Über sein Haus sprach er gern. »Wir haben einen Hühnerhof – Lady Spencer hat uns unendlich viel geholfen, Sir John ebenfalls. Ihnen verdanken wir es, daß wir einen großen Kundenkreis aufbauen konnten – das ist doch der richtige Ausdruck, nicht wahr? Wir liefern auch Eier und Geflügel hier fürs Haus.«

»Gefällt Ihnen die Arbeit?«

»O doch. An einem Huhn ist mehr dran, als man denkt.« Er lächelte. »Früher fand ich Hühner gräßlich und stumpfsinnig. Wenn mir damals jemand erzählt hätte, ich würde sie eines Tages zu meinem Lebensunterhalt züchten – ich wäre – na, ich weiß gar nicht, was ich wäre. Eigentlich wollte ich Architekt werden – das wäre ein Beruf für mich gewesen. Aber wenn man wirklich mit etwas anfängt, dann interessiert man sich irgendwann auch dafür – finden Sie nicht auch?«

»O ja, bestimmt.«

Sie sah ihm prüfend ins Gesicht – es war zufrieden. Jetzt hatte er sicheren Boden unter den Füßen, und seine Stimme klang ausgeglichen und sehr jung. Wie züchtete man Hühner, wenn man blind war?

»Molly gefällt die Arbeit sehr, glücklicherweise. Eigentlich hat sie das alles in Gang gebracht. Sie ist wirklich praktisch begabt und eine gute Organisatorin. Sie kümmert sich um den größten Teil der Schmutzarbeit. Wir sind ganz schön beschäftigt. Eine Geflügelfarm ist eine Wissenschaft für sich, das kann ich Ihnen sagen.«

»Tatsächlich. Hochinteressant.«

»Molly hat schon immer auf dem Land gelebt, aber ich komme aus London. Am Anfang habe ich es nicht geglaubt, daß es mir hier gefallen könnte, aber ich habe mich ganz gut eingewöhnt. Ich muß zugeben, man fühlt sich hier besser – finden Sie nicht auch? Friedlicher. Für das Kind ist es auch schöner, auf dem Land groß zu werden. Die Kleine mag die Tiere so sehr. Sie hat eine zahme Ente, die ihr überallhin nachgeht.«

Er lächelte übers ganze Gesicht.

»Haben Sie eine Tochter?«

»Genau!«

»Wie alt ist sie?«

»Sie wird bald zwei. Sie läuft wie ein Wiesel und spricht wie ein Wasserfall. Ich finde sie ganz schön aufgeweckt.«

»Wie heißt sie?«

»Elizabeth. Molly wollte Marjorie und ich Susan, also haben wir sie Elizabeth genannt. Ein guter Name, nicht wahr?«

»Ja, ich mag die alten Namen.«

Es rührte sie, wie stolz und froh er über seinen Besitz war – seine Familie, seinen Hof, alles, was ihm die Sicherheit gab, daß er einen Platz in der Welt hatte; ein erfolgreicher erwachsener Mann, der sich mit eigener Kraft einen Wohlstand errungen hatte. Doch für einen Ehemann und Vater war er so jung – zweiundzwanzig höchstens. Molly wirkte bei weitem nicht so jung. Vielleicht hatte sie ihn gepflegt. Wahrscheinlich hat er sie niemals gesehen... Er wird niemals seine Tochter sehen. Komm, keine Tragödie. Bei solchen Geschichten schnürte es ihr immer die Kehle zu, war ihr zum Weinen. Es macht doch gar nichts, eigentlich macht es gar nichts.

»Marigold kommt uns oft besuchen«, sagte er. »Darauf freuen wir uns.« (Wirklich eigenartig, daß Marigold ihn nie erwähnt hatte. Sie hatte immer ihre Geheimnisse.) »Sie muntert jeden auf, nicht wahr? Sie hat immer gute Laune. Witzig ist sie. Sonst ist unser Leben ruhig. Aber es stört mich nicht. Abends höre ich meine Schallplatten. Wenn nur Molly öfter herauskäme. Für sie ist es langweilig.«

Sie nahm ihren Mut zusammen und fragte vorsichtig:

»Können Sie – finden Sie sich – im Haus einigermaßen zurecht?«

»O mein Gott, natürlich. Überall. Wie eine Katze. Ich kann im Dunkeln sehen.« Er lächelte über seinen Witz und betonte: »Molly ist nicht besonders angebunden – nicht, was das betrifft. Ich schaffe alles ganz gut allein.«

Sie sah ihn durch sein Haus gehen, die Treppen hinauf und hinunter, wie er sich anzog, auszog, allein aß, die Grammophonnadel auswechselte, den Hühnern Körner streute, auf seine Unabhängigkeit bedacht. Er wollte niemandem Mühe machen.

Schüchtern sagte sie:

»Ich weiß – ganz bestimmt – Sie sind einfach – es fällt einem gar nicht so leicht auf, daß etwas nicht stimmt. Mir ist es nicht aufgefallen.«

»Ach, wissen Sie«, sagte er gelassen, »es ist alles eine Frage der Einstellung, nicht wahr? Ich habe gelernt, es nicht – es nicht als Katastrophe zu betrachten.«

»Wann – wie lange ist es her?«

»Juni 1918.« Seine Stimme klang ruhig. »Sie haben mich direkt nach der Schule eingezogen. Ich war nur zwei Monate bei der Armee. Ein Heckenschütze hat mich genau ins Auge getroffen.«

Sie war still. Krieg. Ein Schatten über ihrer frühen Jugend, nicht allzu dunkel damals, lange schon verflogen

... Ein Vetter bei der Luftwaffe lebte nicht mehr, der Neffe der Köchin war bei Jütland untergegangen, vom Hörensagen wußte sie vom Tod des Nachbarsohns (auch von Marigolds älterem Bruder). Und von den bekannten Gesichtern im Dorf war ein halbes Dutzend verschwunden, niemals zurückgekommen... Butter und Zucker wurden rationiert; auf dem Rasen im Garten wurden Kartoffeln angebaut (die Ernte war schlecht ausgefallen); kratzige Handschuhe und Pulswärmer hatte sie stricken müssen. Papa war damals Hilfspolizist gewesen, hatte eine schlimme Bronchitis gehabt. Mehr hatte der Krieg für sie nicht bedeutet. Und während dieser behüteten, gedankenlosen Zeit hatte er gekämpft, waren seine Augen verletzt worden. Sie sah ihn zu Boden gehen, die Hände vorm Gesicht rief er: Ich bin blind... Oder er kam im Krankenhaus wieder zu sich, ahnungslos, dachte, es sei Nacht... Schaudernd stellte sie sich vor, was er erlebt hatte. Einen Augenblick lang war ihr schwindelig: einen Augenblick lang empfand sie wilde Empörung, Auflehnung, zum erstenmal. Das war Krieg – nicht zu verzeihen, nicht zu vergessen, seinetwegen.

Ich bleibe bei dir, ich helfe dir. Ich wäre deine Augen, würde dir alles zeigen. Ich hätte viel zuviel Mitleid, würde ihn beunruhigen. Sie ist vernünftig, sie ist handfest, für sie ist es einfach eine Tatsache. Wie wagt sie es... Sie hält sein Leben einfach und ordentlich, muntert ihn auf. Sie haben ein Kind. Also liebt er sie. Und ihm macht es nichts aus, daß sie nicht jung und hübsch ist. Ja, ihr hatte er alles zu verdanken.

Die Kapelle hörte auf zu spielen.

»Vielen herzlichen Dank«, sagte er. »Jetzt kenne ich mich im Saal aus. Er ist ganz schön groß, nicht wahr?«

»Ja, sehr groß, mit großen Spiegeln in der Vertäfelung und großen Kronleuchtern. Es ist sehr hell – das Licht, meine ich.«

»Ich kann mich an Photographien erinnern, das Haus war einmal in einer Zeitschrift abgebildet. Kann mich gut daran erinnern. Ein wunderschönes Haus. Perfekt und doch noch ungewöhnlich genug, um einzigartig zu sein.«

Er stand mitten im Raum und dachte nach.

Unruhig sagte sie:

»Was möchten Sie nun unternehmen? Sollen wir uns irgendwo hinsetzen?«

»Genau. Was möchten Sie am liebsten?«

»Wie wäre es mit einem Eis?«

»Hätten Sie gern ein Eis? Oder etwas zu trinken? Ich könnte eine Erfrischung gebrauchen.«

Er ergriff ihren Ellenbogen mit seinen Fingerspitzen. Sie führte ihn in den Speisesaal. Er ging mit leichtem Schritt geradeaus, sein Griff war kaum spürbar. Kein Schlurfen oder Tasten, wie man es bei einem Blinden erwartete. Nur sein Kopf wirkte verletzlich und wachsam. Sie fühlte sich wichtig, sicher, während sie ihm half; sie war gar nicht schüchtern oder verlegen, obwohl die Leute ihnen nachstarrten.

»Hier ist ein schöner Sessel«, sagte sie.

»Danke.«

Er zögerte unmerklich und setzte sich dann.

»Warten Sie auf mich, ich hole Ihnen etwas zu trinken. Was hätten Sie gern?«

»Oh, etwas Kühles, vielen Dank. Ich bin unter die Abstinenzler gegangen.«

Während sie am Buffet auf eine Orangeade wartete, beobachtete sie, wie er ein silbernes Zigarettenetui hervorzog und sich eine Zigarette anzündete, langsam und vorsichtig. Dann strich er sich übers Haar, rückte seine Krawatte gerade, ging mit der Hand über seinen Ärmel, seine Schultern. Für den Fall, daß ich Spuren hinterlassen habe, Puder, ein Haar. Er hat Angst davor, unordentlich, lächerlich auszusehen, ohne es zu merken. Deshalb ist er ordentlicher, gepflegter als alle anderen. Er rauchte seine Zigarette nicht, ließ sie nur zwischen seinen langen Fingern glimmen. Er lehnte sich zurück, den Kopf ein wenig zur Seite, angespannt, wartend.

Jetzt sieht er wie ein Blinder aus.

Man konnte sich gut mit ihm unterhalten. Sie redete mühelos, ohne jede Verlegenheit, bis der nächste Tanz begann und seine Frau kam. Sie ging mit rundem Rücken. Ihre Beine waren kurz und kräftig. Sie sah aus wie jemand, der Hockey spielte, querfeldein lief; gegen seine Blässe, seine schmale, elegante Figur stach sie auffällig ab.

»Hallo«, sagte sie. Ihre Stimme war auch ein wenig rauh, sie näselte leicht.

Er rührte sich, ohne seinen Kopf zu heben.

»Oh, hallo, Molly!« Höflich wandte er sich an Olivia: »Darf ich Ihnen meine Frau vorstellen?«

Auf Olivias schüchternes, eifriges Strahlen lächelte sie. Ihr Lächeln war begrenzt, aber klar und angenehm, und ihre Augen waren auch freundlich, klar und leuchtend blau.

Reggie kam auf sie zu. Er schaute verdrossen. Er durfte Timmy nicht kennenlernen.

»Auf Wiedersehn«, sagte sie und ging.

Sie hörte ihn noch fragen:

»Ist sie fortgegangen?«

Es war nur eine Frage. Kein Verdacht, kein Bedauern, keine Erleichterung. Kein Interesse.

15

Endlich die Garderobe. Nummer neunzehn nahte. Der nächste Tanz. Dafür muß ich schön sein. Ein rosafarbener Raum, ein weicher Teppich, leuchtendes Kristall, Silber. Stille. Hier fühlte sie sich gut aufgehoben. Die ältere Frau, die heute abend hier zuständig war, begrüßte sie freundlich. Marigolds alte Kinderfrau. Sie bückte sich, um sich im Spiegel des Toilettentisches genau zu betrachten, und fand, ihr Gesicht sei kleiner, konzentrierter als sonst. Es war längst nicht mehr gerötet; es war jetzt blaß, und sie hatte Ringe unter den Augen. Ich bin müde. Der Abend hat mich müde gemacht. Nein, eigentlich hat es mir nicht besonders gefallen. Angespannte, ängstliche Stunden waren es gewesen, hohle Stunden auch. Doch Archie wird mich für alles entschädigen. Danach werde ich erzählen können, daß ich es wunderbar fand. Sie öffnete eins der Kristallgefäße und bepuderte ihre Nase. Steckte noch ein paar Haarnadeln ins Haar. Die geflochtenen Schnecken hatten den Abend unerschüttert überstanden. Ob meine Haare noch so riechen?... Vielleicht hatte ich deshalb so wenig Erfolg. Sie wusch sich die Hände in der großen Kristallschüssel. Archie konnte man keine klebrige Hand bieten. Sie betrachtete sich in dem langen Spiegel... ihr Kleid war sehr rot und alles andere als gut geschnitten. Und zu Hause fanden es alle schön. Ich mag es schon jetzt nicht mehr. Sie zupfte an der zerdrückten Seerosenblüte. Dies war Lady Spencers Schlafzimmer. Überall Familienphotos. Rollo, Marigold und der ältere Sohn, der im Krieg umgekommen war. Kinderbilder. Und über dem Kamin Pastellporträts von ihnen allen, süßlich, keine guten Bilder. Drüben in dem Bett mit den Damastvorhängen schliefen Nacht für Nacht Sir John und Lady Spencer, in Schlafanzug und Nachthemd, mit geputzten Zähnen wie jedermann.

Eine beruhigende Stimme stellte fest:

»Da muß etwas genäht werden, mein Fräulein.«

»Oh, wo denn?«

»Ihr Saum hängt hinten ein wenig.«

»Oje, tatsächlich. Ich glaube, ich bin beim Treppensteigen mit dem Absatz hängengeblieben.«

»Ich habe Nadel und Faden. Ich hefte es eben. Sofort. Wenn Sie einen Augenblick ruhig stehen.«

Sie kniete, ihr grauer Kopf mit dem dünnen Knoten beugte sich über den losen Saum, geschwind stichelte sie, daß der Fingerhut klickte, ein beruhigendes Geräusch.

»Haben Sie einen schönen Abend, mein Fräulein?«

»O ja, danke. Wunderschön.«

»So ist es richtig. Fräulein Marigold sieht heute abend fein aus, nicht wahr?«

»Ja, das tut sie wirklich. Ihr Kleid ist wunderschön.«

»Ja, ein schönes Kleidchen. Es steht nicht jedem. Für sie ist es wie geschaffen.« Sie stichelte eifrig. »Daß sie jetzt erwachsen ist, ich kann es gar nicht fassen. Ich weiß noch genau, wie sie im Kinderwagen gesessen hat, in ihrem weißen Pelzmäntelchen mit der passenden Mütze. Als ob es gestern war.«

»Ja, die Zeit vergeht schnell.«

»Sie wird viel Erfolg haben. Ich bin bestimmt voreingenommen, aber die anderen jungen Damen können ihr nicht das Wasser reichen, finde ich.«

»Da haben Sie recht.«

»Es wird ihr nicht schaden. Marigold ist stark. Sie ist viel zu offen. Von klein auf war sie schon so. Ein glückliches Naturell. Kühn. Sicher hat sie ihren eigenen Willen... Aber so lieb ist sie. So, jetzt ist nichts mehr zu sehen, mein Fräulein.«

Sie riß den Faden ab, stand auf; sie war klein, proper, tatkräftig, immer im Hintergrund, respektabel in ihrem schwarzen Seidenkleid mit der schottischen Achatbrosche und den soliden flachen Dienstbotenschuhen. Sie roch nach Wasser und Seife und frisch gestärktem Leinen, roch nach der Welt der dienstbaren Geister im Obergeschoß. Dort regierte sie, nähte, wusch, bügelte. Dort oben war ihr Platz, während unten Marigold, ihr Meisterwerk, flügge geworden ins sichere Glück tanzte.

Ein rundes hellhaariges Mädchen in Gelb platzte herein.

»Ach Nannie, du Engel, ich habe eine Laufmasche. Was soll ich nur machen?«

»Oje, Fräulein Hermione. Das kann man nicht reparieren. Sie müssen andere Strümpfe anziehen.«

»O Nannie, wirklich?«

»Allerdings, zaubern kann ich nicht. Ich komme mit Ihnen und suche Ihnen ein Paar heraus.« Scheltend fügte sie hinzu: »Sie sollten Ihre Strumpfbänder nicht so eng tragen. Marigold auch nicht.«

Ein Mädchen der Hausgesellschaft; eine der Eingeweihten; eine, die dazugehörte.

16

Tanz Nummer neunzehn war zu Ende. Archie stand immer noch im Gang und schaute in den Saal. Er unterhielt sich immer noch mit einem anderen jungen Mann, und beide lachten sie. Zuerst hatte es so ausgesehen, als ob er wartete, pünktlich, auf die Minute. Doch jetzt wurde bereits die Zugabe gespielt, und er stand immer noch einfach da. Bestimmt hatte er sie gesehen. Schnell und vage hatte sein Blick sie gestreift, dann war er an ihr vorbeigegangen. Er hatte sie nicht erkannt. Sie ging dorthin, wo sie unübersehbar war. Sie beobachtete ihn, in Panik, er sollte es bloß nicht merken. Zuerst setzte sie sich, dann stand sie auf, lehnte gegen die Wand. Ihr Herz schlug laut und heftig, es schnürte ihr die Kehle zu. Nach der zweiten Zugabe verließ sie den Saal, ging den Gang entlang, dicht an ihm vorbei. Er sah durch sie hindurch. Er hat sich in der Nummer geirrt – ganz bestimmt. Und sie konnte wegen all der Leute nicht einfach auf ihn zugehen. Es ist nicht wahr! Es war mehr, als sie ertragen konnte. Wie kann man weiterleben, wenn so etwas geschieht? Das wäre mir niemals in den Sinn gekommen – daß er sich irren könnte – mich vergessen könnte – mich schneiden könnte. Darauf wäre ich niemals gekommen. Was soll ich nur machen? …

Auf dem Tisch, in einer Dose aus Haifischhaut standen Zigaretten. Unsicher nahm sie eine, schaffte es, sie anzuzünden. Obwohl es verboten war, hatten Kate und sie sich ein paarmal eine Zigarette geteilt, im Schulzimmer geraucht; also wußte sie, wie es ging. Sie saß und paffte in kurzen Zügen, stieß den Rauch sogleich wieder aus, paffte. Sie zitterte am ganzen Körper.

17

Sie beobachtete, wie die anderen auf und davon gingen. Archie blieb allein, schaute ins Leere. In ihrer Verzweiflung nahm sie ihren Mut zusammen. Sie drückte die Zigarette aus und ging hastig auf ihn zu.

»Habe ich etwas falsch gemacht?«

Sie lächelte kraftlos.

»Was?«

Sein Blick war eigenartig, abwesend. Seine Krawatte war ein wenig verrutscht, sein Haar war zerzaust; insgesamt wirkte er aufgelöst, aus der Form geraten.

»War das eben nicht Nummer neunzehn?«

»War das Nummer neunzehn?«

Er schien ihre Worte kaum zu begreifen.

»Wollten Sie nicht – wollten wir nicht zusammen tanzen?«

»Wollten wir?«

»Ich dachte.«

Er entschuldigte sich nicht, sagte nicht: Bitte, lassen Sie uns statt dessen den nächsten Tanz miteinander tanzen.

Der Traum hatte seinen Tiefpunkt erreicht, irrwitzig, bedrohlich.

»Entschuldigung«, sagte er plötzlich kaum verständlich. »Bin leider – die Hitze. Macht aber Spaß, nicht wahr? Fabelhafte Feier. Nie soviel gelacht.«

Er begann zu lachen. Sie stand neben ihm und fragte sich, was sie nur tun sollte. Er hörte auf zu lachen und sah sie hilflos an, nahm ihren Arm, drückte ihn, streichelte ihn mit seinen heißen Fingern.

Sie holte tief Luft und sagte:

»Sie wissen, daß wir uns kennen. Ich kann mich gut an Sie erinnern. Es war auch hier, auf einem Fest. Als wir klein waren.«

Er sagte laut:

»Als wir klein waren. Daran kann ich mich nicht erinnern.«

Er ließ ihren Arm sinken.

»Sie hatten einen Besen und haben den Tanzboden gefegt.«

»Den Tanzboden gefegt, ich? Wozu denn das?«

»Keine Ahnung.«

Sie hörte das lächerliche Echo ihrer Stimme, scheppernd wie ein blechernes Tablett, das Stufe für Stufe die Treppe hinunterfiel. Sie spürte, wie sein vages Interesse verschwamm, schwand, sie gestrandet ließ, fassungslos, ratlos.

Sie ließ ihn stehen und ging davon.

18

Tony sagte:

»Stimmt es wirklich? Gehst du im neuen Jahr tatsächlich nach Paris?«

»Ja, doch.«

»Warum? Wozu soll das gut sein?«

Er war nicht mehr schüchtern und verlegen. Was er sagte, war nun ebenso ungezwungen wie seine Art, mit ihr zu tanzen. Er fand Kate vollkommen anders als alle übrigen Mädchen.

»Na, ich soll wohl etwas lernen.«

»Ist das nötig? Was für ein Theater immerzu ums Lernen gemacht wird. All das alte, trockene Zeug, das zu nichts nütze ist – verstopft einem nur den Kopf, wenn man ihn mal wirklich gebrauchen will. Aber ich spreche nicht aus Erfahrung. Ich habe in der Schule nie einen Handschlag getan und in Oxford auch nicht.«

Sie lachten beide gutgelaunt. Er fuhr fort:

»Ich hasse all die neunmalklugen Leute, du nicht? Sie verstehen keinen Spaß. Innen sind sie aus Sägemehl. Du wirst nicht so wie die? Versprich mir das.«

»Ich verspreche es.«

»Ich kann es mir auch gar nicht vorstellen.«

Sie hatte ihm von der Professorenfamilie erzählt. Sie konnte ihm nichts vormachen, konnte ihm nichts vorenthalten.

»Natürlich macht es auch Spaß, ins Ausland zu gehen«, sagte er. »Wenn es nach mir ginge, würde ich mein halbes Leben nur reisen.«

»Oh, ich auch. Nichts auf der Welt ist schöner, als zu verreisen.«

»Findest du wirklich?«

»Ach, was ich alles möchte! Alle sagen sie immer, ich sei unersättlich, nie zufrieden.«

»Dabei hast du vollkommen recht. Ich finde, in unserem Alter muß man unersättlich sein, sonst erreicht man gar nichts. Meine Familie hält mich für unglaublich faul und leichtsinnig, dabei bin ich in Wirklichkeit unglaublich ehrgeizig.«

»Bist du das? Ich bin das auch. Die eigene Familie kennt einen am wenigsten, nicht wahr?«

»Am allerwenigsten.«

Es stimmte. Nicht einmal Olivia – im Grunde.

»Merkwürdig«, sagte er. »Ich habe das Gefühl, ich kenne dich seit langem.«

»Ich weiß. Mir geht es genauso.«

Sie schwiegen. Dann sagte sie:

»Was du wohl willst?«

»Ach, alles mögliche... Was *du* wohl willst?«

»Alles mögliche.«

Sie lächelte träumerisch. Sie schwiegen wieder. Dann sagte er:

»Wenn ich übers Wochenende käme, würden sie erlauben, daß du mit mir ausgehst?«

»Oh! O gewiß. Das müssen sie einfach.«

»Ich war schon seit zwei Jahren nicht mehr drüben. Würde Paris gern wiedersehen. Im April ist es am schönsten – Ostern. Um diese Zeit ist es phantastisch – der *Bois* und die blühenden Platanen, und alles wirkt frisch und weit. Das letzte Mal bin ich einen ganzen Tag lang allein umhergewandert – war auf Entdeckungsreisen am anderen Ufer des Flusses. Das würde ich gern noch einmal machen. Mit dir.«

»Kannst du nicht Ostern kommen? Ich komme erst im Sommer nach Hause.«

Seine Stimme klang ein wenig aufgeregt, als er sagte:

»Das mache ich. Wenn du es wirklich willst.«

Sie antwortete kaum hörbar, atemlos:

»Ja, das will ich.«

Sie schwiegen, sahen sich nebeneinander unter einem blauweißen Osterhimmel, gingen unter blühenden Bäumen auf fremden Straßen.

19

Der Regen hatte schon vor Stunden aufgehört. Ein leichter Wind wehte nun, die Luft war mild, die Sichel des abnehmenden Mondes flog, von leichten Wolkenfetzen begleitet, über die Bäume. Olivia stand auf der Terrasse und sah über den Rasen in den weiten bewaldeten Park. Es war hell genug; in einiger Entfernung konnte sie schemenhaft eine Zeder ausmachen, das Muster im Mauerwerk des Versunkenen Gartens [16] neben der Terrassenwand, die Umrisse der steinernen Figur auf dem Brunnen. Sie hatte die Arme erhoben, neigte den Kopf, trug eine Muschel, aus der das Wasser sprudelte. Sie sah den glitzernden Bach zwischen Garten und Park. Himmel und Grün waren weit und friedlich. Bäume, Wasser und Mondlicht formten ihre eigene kalte Welt, unabänderlich und unendlich fern aller Menschen. Hier draußen war es ein wenig wie Sterben. Das Leben geht auf der anderen Seite der Wand weiter, doch ich bin fortgegangen. Ich hasse es; es haßt mich und will mich nicht. Ich vergesse und werde vergessen. Ich bin nichts.

Jemand kam die Stufen vom Garten herauf auf die Terrasse. Eine männliche Gestalt tauchte auf. Warf eine Zigarette fort. Der Mann stand einige Minuten still da; merkte dann erst, überrascht, verunsichert, daß sie direkt vor ihm stand. Langsam ging er auf sie zu.

»Hallo!« sagte er.

Es war Rollo.

»Hallo!«

»Was machen Sie denn hier?«

»Ich kühle mich etwas ab. Drinnen ist es sehr heiß.«

Es strengte sie an, mit ihm zu sprechen; als ob sie von den Toten auferstünde. Sie fühlte sich fest auf dem Boden, ganz ruhig, gar nicht verlegen. Eher so, als ob sie alles sagen könnte...

»Ja, das ist es. Obwohl ich mir nicht vorstellen kann, wie Ihnen in diesem Kleid zu heiß ist. Wie wäre Ihnen erst, wenn Sie so verpackt wären wie ich?«

»Mir wird heiß, wenn ich aufgeregt bin. Dann fühle ich mich wie ein gekochter Hummer.«

Er nahm das stillschweigend hin, warf ihr einen neugierigen Blick zu.

»Erkälten Sie sich nur nicht hier draußen«, sagte er schließlich. »Sollten Sie nicht etwas überziehen?«

»O nein, so ist es gerade richtig.«

Sie konnte nicht genug bekommen von dieser kühlen, klaren, dunklen Luft. Als ob sie darin baden, sich von ihr umfluten lassen wollte. Wenn ich meine Arme berühre, sind sie eiskalt, aber ich spüre es noch nicht. Innerlich brenne ich. Sie schaute nicht mehr fort, zum erstenmal sah sie ihn an. Er war sehr schön. Daß sie ihn allein auf der Terrasse traf – eigentlich müßte es sie überraschen und aufregen – ein Glücksfall. Statt dessen schien es ihr so selbstverständlich wie ein Traum.

»Ich kenne Sie doch, nicht wahr?« sagte er.

»Ja. Aber Sie werden sich nicht an mich erinnern. Sie sind ins Schulzimmer gekommen, als wir mit Marigold Tee tranken, nach der Tanzstunde. Sie und Marigold haben auf der Gitarre gespielt und dazu gesungen.« (Was für ein Abend war das gewesen!)

»Natürlich. Ich erinnere mich doch an Sie. Den ganzen Abend lang war mir klar, daß ich Sie von irgendwoher kenne.«

Sie warf ihm einen prüfenden Blick zu. Er schien zu meinen, was er sagte. Weil etwas mit mir nicht in Ordnung war – komisch war? ... Nein. Er meinte es nicht abfällig.

»Aber Ihren Namen habe ich vergessen«, sagte er.

»Olivia. Olivia Curtis. Warum ist es immer ein dummes Gefühl, seinen eigenen Namen zu nennen?«

»Olivia ist ein schöner Name.«

Ihre Stimmen lösten sich in Luft auf, klangen körperlos, verloren, als ob sie einander aus weiter Ferne zusprachen. Und doch verband sie dieses Gefühl der Abgeschiedenheit, brachte sie einander nahe. Seine Stimme klang tief und rund, lebhaft und träge zugleich. Er war groß, kräftig, er hatte dunkelblaue Augen, hohe Backenknochen und einen vollen, gutgeformten Mund, ein wohlgeformtes Kinn, ein wenig wie Archie.

Sie sagte:

»Sie haben mit einem sehr schönen Mädchen getanzt.«

Einen Augenblick lang antwortete er nicht, dann sagte er unbewegt:

»O ja. Das stimmt.«

»Warum ist dieses Mädchen so anders? Wenn man es betrachtet, denkt man sofort: Sie hat ein *Gesicht*. Alle anderen haben nur eine schlechte Imitation.«

Er lächelte.

»Ich glaube, alle Frauen in ihrer Familie sind seit Generationen schön. Eigenartig, wie sich das fortgepflanzt hat.«

»Wie heißt sie?«

»Nicola Maude.«

»Nicola Maude. Ist sie berühmt wegen ihrer Schönheit?«

»Das wird sie sicher noch. Sie ist gerade Debütantin. Vorher hat sie ganz zurückgezogen in Devonshire gelebt. Sie wird sicherlich eine Sensation.«

»Gefällt ihr das?«

»Ich glaube schon. Das gefällt jedem Mädchen, nicht wahr?«

»Wahrscheinlich. Mir würde es gefallen. Es ist einer meiner Träume – ein Zimmer zu betreten, und alle sind vor Staunen stumm.« Sie lächelte. »Sie hat das bestimmt schon erlebt. Wie außergewöhnlich. Wie ist sie?«

»Entsetzlich jung und zurückhaltend. Entsetzlich still.

Ich glaube, sie mag nur das Land, die Hunde und Pferde und all das. Sie ist kein bißchen verwöhnt. Na ja, das kommt sicher bald.«

»Worüber redet sie?«

»Sie redet nicht. Macht kaum den Mund auf.«

»Wahrscheinlich meint sie, ihre Blicke reichen. Mehr kann man wohl auch nicht erwarten.«

»Vermutlich.« Er lachte, dann fügte er verdrossen hinzu: »Ach, ich weiß nicht. Wahrscheinlich ist sie dumm wie Bohnenstroh.«

»Es wäre schön, wenn man das glauben könnte – schön, weil man nicht neidisch zu sein brauchte. Aber ich glaube nicht, daß sie dumm ist.«

»Aha...« Er betrachtete sie wieder neugierig, lächelnd.

»Es ist viel klüger zu schweigen – aber es kostet so viel Kraft. Ich bin auch keine gute Rednerin, aber ich tue es eben. Alles, was ich sage, kommt irgendwie falsch heraus. Ich fühle mich immer dümmer. Eigentlich, denke ich, wäre es das beste, das Reden ganz aufzugeben.«

Ihre Stimme bebte, war voller Tränen.

Freundlich sagte er:

»Ach, kommen Sie. Hatten Sie niemals eine französische Gouvernante, die immer erklärte, *ce n'est que le premier pas, qui coûte*.«

»Doch.« Sie lächelte.

»Jetzt ist kein guter Zeitpunkt, der Welt Lebewohl zu sagen.«

Es war tröstlich, wie er sie aufzog.

»Dies ist mein erster Ball.«

»Es wird bestimmt auch Ihr letzter sein, wenn Sie jetzt nicht mit hineinkommen.« Er drehte sich um und pfiff. »Ich wollte eigentlich die Hunde herauslassen. Die armen Kerle; sie sind wie ich. Sie hassen es, wenn sie aus dem Trott geraten. Sie haben den ganzen Abend im Jagdzimmer gejault.«

Er pfiff noch einmal.

»Sieht die Welt nicht kahl aus in diesem Licht? Als ob sie alle Hüllen fallen gelassen hätte, bloßgelegt bis auf die Knochen.«

»Hm.« Er schaute sich um. »Ich mag es so.«

»Ich auch.«

Zwei Hunde, ein Drahthaarterrier und ein irischer Terrier, kamen munter die Stufen vom Garten heraufgesprungen. Er bückte sich und klopfte ihnen das Fell.

»Brave Kerle... Kommen Sie, wir bringen sie in Vaters kleines Zimmer. Da ist niemand, und es ist gemütlicher für sie.«

Er ging voraus, zurück auf die Veranda, von der sie gekommen waren. Seine Schritte machten auf dem Kies ein festes, beruhigend langsames Geräusch.

»Mögen Sie Bälle nicht?« fragte sie.

»Nicht besonders. Ich mag das ruhige Leben, eigentlich.«

Wieder hörte sie den verdrossenen Unterton in seiner Stimme.

»Ich glaube, ich auch.«

Er öffnete ihr die Glastür, und sie waren wieder im Haus, gingen einen Gang entlang.

»Aha, Sie auch, wirklich? Was machen Sie am liebsten?«

»Am liebsten lese ich. Und gehe allein spazieren. Und unterhalte mich mit Kate – das ist meine Schwester.«

»Welche Bücher haben Sie am liebsten?«

»Das kann ich gar nicht sagen. Ich mag die meisten. Am liebsten lese ich Gedichte. Die Brontës und Charles Dikkens sind meine Lieblingsschriftsteller, aber ich mag auch Thackeray, besonders *Jahrmarkt der Eitelkeit* – und George Eliot und Jane Austen. Walter Scott mag ich nicht.«

»Ach. Ich habe nichts gegen einen kleinen Kampf mit unserem alten Scott.«

»Welche Schriftsteller haben Sie denn am liebsten?«

Den ganzen Abend lang war sie nicht so glücklich gewesen. Ein richtiges Gespräch.

»Ich? Also ich liebe eigentlich nur zwei Bücher auf der ganzen Welt.«

»Das sind?«

»Das eine ist *Tom Jones*. Und das andere ist *Tristram Shandy*. Wenn ich mit dem einen fertig bin, fange ich mit dem anderen wieder an, immer abwechselnd...«

»Die habe ich beide nie gelesen. Das muß ich nachholen.«

Er lachte.

»Tun Sie das. Sie werden Ihren Spaß haben. Davon bin ich überzeugt.« Er warf ihr einen gutgelaunten Blick zu. »Kommen Sie, wir sehen uns Vaters Bücher an. Er besitzt eine Reihe feiner Exemplare, die er unter Verschluß hält.«

Er ging den Gang entlang, öffnete eine Tür und führte sie in einen kleinen Raum, der an drei Wänden hohe Regale hatte. Und da saß in einem Sessel am Kamin ein alter Herr, Sir John; er hatte eine Brille auf der Nase, eine Pfeife im Mund und ein Buch in der Hand.

»Hallo, Papa. Ich hatte keine Ahnung, daß du hier bist. Ich wollte die Hunde unterbringen. Was hast du hier vor?«

Sir John nahm seine Brille ab und seufzte.

»Ich habe mich ein wenig zurückgezogen.«

»Drückeberger.«

Sie sahen einander verschmitzt an.

»Deine Tante Blanche und ich haben Schach gespielt, aber sie ist mittlerweile ins Bett gegangen. Ins Bett zu gehen, hat Mutter mir nicht erlaubt. Also dachte ich, ich setze mich ein wenig hin und lese und rauche meine Pfeife.«

»Hier ist noch jemand, der sich zurückgezogen hat.«

»Aha, tatsächlich? Setzen Sie sich doch.« Er zog noch

einen Sessel heran. Sie setzte sich auf die Kante, errötete, lächelte, faltete ihre Hände fest im Schoß, stellte die Füße ordentlich zusammen.

»Warten Sie... wir kennen uns doch, nicht wahr?«

»Ja«, sagte sie mit kleiner Stimme. »Ich bin eine von Marigolds Freundinnen.«

»Olivia Curtis«, sagte Rollo hilfreich.

»Oh, ja, ja – Charlie Curtis' Tochter. Natürlich. Genau.«

Keiner wußte recht, was er sagen sollte, aber alle lächelten freundlich, fühlten sich ein wenig wie Verschwörer.

»Und was kann ich für Sie tun?« fragte Sir John. »Zigarette? Whisky mit Soda?«

Er betrachtete sie mit seinem Doggenblick, und sie begriff mit einemmal, daß er früher ausgesehen haben mußte wie Rollo; bevor er, breit und kahl geworden, sich einen dichten Schnauzbart hatte wachsen lassen.

»Sie liest viel, Papa.«

»Aha, sie liest viel.«

»Ja, sie kennt sich aus. Alle deine Leib-und-Magen-Klassiker.«

Während Rollo einen Whisky Soda trank, zeigte ihr Sir John seine Erstausgaben, all seine Schätze – Bände mit Signaturen und Widmungen von Wordsworth, Byron, Dikkens und anderen berühmten Männern. Es war sehr interessant, sehr lohnend, aber auch peinlich. Ihr fiel nichts Kluges ein, was sie hätte sagen können. Nach einer Weile stellte sie fest:

»Jetzt muß ich aber gehen. Entschuldigen Sie, daß ich gestört habe.«

»Ganz und gar nicht. Es war mir ein Vergnügen. Habe die Ehre.« Er machte eine kleine Verbeugung.

Sie schaute Rollo an, der lächelte. Sie waren freundlich. Sie waren richtige Menschen, genau wie sie es sich vorgestellt hatte; nicht unheimlich und unerklärlich, sondern warmherzig und geradeheraus; sie nahmen einen so, wie man war, mit Humor, doch ohne Bosheit, ohne Herablassung, Kritik oder Schmeichelei. Wie erstaunlich, daß sie hier bei ihnen war; vor kurzem noch war sie eine Ausgestoßene, einsam am äußersten Rand des Geschehens, und dann zum innersten Kern des Hauses vorgedrungen, zum eigentlichen Zuhause. Der Ball, die vielen Menschen bedeuteten nichts, waren nur Schaum an der Oberfläche, würden bald verwehen. Dies hier, so fühlte sie, war die eigentliche Wirklichkeit des Hauses: freundlich, tolerant, höflich, stolz und liebevoll.

»Vielen, vielen Dank«, sagte sie, und die Dankbarkeit schnürte ihr die Kehle zu.

»Zurück zur wirbelnden Menge«, sagte Sir John. Er legte seinem Sohn eine Hand auf die Schulter. »Du auch, mach, daß du fortkommst. Als ich so alt war wie du, habe ich getanzt: dreimal pro Abend mußte ich das Hemd wechseln!«

»Eigentlich gefällt es mir«, sagte Olivia. »Nur meine Tanzkarte ist ziemlich leer geblieben.«

»Welche Schande.«

»Ach, es macht nichts. Jetzt macht es mir gar nichts aus.«

»Wie geht es denn Ihrem Vater?« sagte Sir John und zündete sich wieder seine Pfeife an.

»Ach, ganz gut, vielen Dank. An manchen Tagen besser, an manchen schlechter. Sein Asthma. Aber er hat immer gute Laune.«

»Das freut mich. Für einen so aktiven Mann wie ihn ist es schwer, nicht mehr arbeiten zu können. Richten Sie ihm meine besten Grüße aus.«

»Ja, danke, das werde ich gern tun.«

Er wird sich freuen.

»Ihr Vater ist ein sehr fähiger Mann.«

Sie stand schon an der Tür, strahlte ihn an.

»Auf Wiedersehen, Papa. Ich lasse die Hunde bei dir. Sie waren so unglücklich.«

Rollo schloß die Tür, und sie gingen den Flur entlang, weiter bis zur Halle. Archie kam aus dem Speisesaal. Er rief laut:

»Rollo, alter Knabe, wo ist dieses Mädchen? Ich dachte, sie würde jetzt mit mir tanzen.«

»Welches Mädchen?«

Rollos Stimme war kühl.

»Diese lange Bleiche, Schlangenhafte. Das Prachtstück. Sie hat mich sitzenlassen. Ich habe schon überall nach ihr gesucht.«

»Ich würde mir um sie keine Sorgen machen. Sie tanzt sicher mit jemand anderem.«

»Meinst du? Warum führt sie mich an der Nase herum? Dumme Ziege. Ich werde es ihr zeigen.«

Er wirbelte herum, schaute böse ins Leere.

»Ich würde ins Bett gehen, wenn ich du wäre.«

»Nein, ich will nicht ins Bett. Hör gut zu, Rollo. Was willst du damit sagen? He? Was meinst du damit?«

Rollo sagte ruhig:

»Ich meine gar nichts. Es ist mir egal, was du tust.«

Er berührte Olivia leicht am Ellenbogen, sie sollte weitergehen. Archie stand verdattert da, machte keinen Versuch, ihnen zu folgen.

»Dummkopf«, sagte Rollo. Es klang ungehalten. »Mir wird nichts anderes übrigbleiben, als ihn selbst ins Bett zu verfrachten, bevor das Fest zu Ende ist, sonst...«

Er schaute sich vielsagend um, und sie verstand, warum: er hoffte, daß seine Mutter nichts gesehen hatte. Doch Lady Spencer war nicht in der Nähe, nur ein Paar auf dem Sofa hatte alles gehört. Jetzt verstand sie, was mit Archie war. Gräßlich... Was war er für ein entsetzlicher Kerl – unausstehlich. Und sie war auch noch auf ihn zugegangen, hatte ihn angesprochen, ohne zu merken, was mit ihm los war – Schamröte schoß ihr ins Gesicht. So sind Leute also, wenn sie betrunken sind. (War Peter etwa auch...?) Wie gut, daß Tante Blanche, seine Mutter, schon zu Bett gegangen war.

Sie sahen Nicola allein die Treppe herunterkommen. Sie stand auf halber Höhe, schaute sich suchend um, sah dann, wie aus weiter Ferne, Rollo; hob langsam ihre Hand und winkte ihm zu. Ihre Pose hatte etwas Lebloses, wie eine Statue. Sie hielt ihre Hand oben, vollkommen unbewegt. Was dachte sie? In ihrer eindeutigen Geste lag weniger ein Rufen als Bestätigung. Sie wußte, er würde kommen. Er machte einen drängenden Schritt nach vorn, hielt dann inne, schaute Olivia an, unsicher, sich entschuldigend.

»Schon gut.«

Sie lächelte ihn an.

»Sind Sie sicher?«

Er war immer noch liebenswürdig, um sie besorgt.

»Natürlich, gehen Sie ruhig.«

Sie nickte ihm aufmunternd zu, machte ihm Mut zu gehen, wohin er wollte, wohin er gehörte.

»Auf Wiedersehen.«

»Auf Wiedersehen.« Er sah sie so freundlich an, zögerte, fügte dann noch hinzu: »Ich bin wirklich froh, daß wir uns kennengelernt haben« und ging eilig davon.

Sie sah ihm nach, wie er durch den Saal ging. Was für ein Mann... Er war einer, den jeder um Hilfe bat, wenn Not am Mann war. Seine Haltung, sein Gang, seine Stimme strahlten Sicherheit aus. Er wußte, was zu tun war. Er bekam jedes Problem in den Griff, ohne viel Aufhebens, ohne Wichtigtuerei. Sie mochte ihn, bewunderte ihn sehr. Sie beobachtete, wie er auf Nicola zuging, vor ihr stand, wie sie beide ernsthaft miteinander sprachen, einander zugewandt. Sie paßten zueinander.

Sie ging davon.

Die Kapelle hatte ein Schild aufgestellt, darauf stand: Zugaben. Sie spielte einen Walzer. Viele der Gäste waren bereits nach Hause gegangen, andere waren im Begriff zu gehen. Der Ball war bald vorüber. Sicher ist es sehr spät. Kate wird gehen wollen. Kate hatte es bestimmt gefallen. Sie ging, die Schwester zu suchen, und fand in dem kleinen Zimmer vor dem Saal den Blinden, ganz allein. Wartete er auf jemanden? Er saß im Schein der Stehlampe, doch ihr kam es vor, als säße er im Schatten. Es traf sie mitten ins Herz. Das Licht war nicht nur in seinen Augen verloschen, sondern auch in seinem Gesicht, seinem Dasein. Niemals mehr würde er sein Schattenreich verlassen. Sie sah sein junges, schwaches Gesicht, es war wie versteinert, verzerrt, in unnatürliche Formen gepreßt; es war eine Maske, eine groteske Maske, die Stärke und Geduld verkörpern sollte. Sie sah ihn allein in seinem Haus; er wartete, bis der Arzt herunterkam, um ihm zu sagen, er sei Vater geworden, – das Kind sei da. Es hätte nicht geschehen dürfen. Seine Ehe, seine Nachkommen, alles hätte nicht sein dürfen; nicht so früh. Sie hatten ihn betrogen, hatten ihn mißbraucht. Es war eine lästerliche Szene, sündhaft, Fälschung des Lebens, hervorgegangen aus seiner gemordeten Jugend.

Er darf hier nicht allein sitzen. Schnell ging sie auf ihn zu und sagte fast flüsternd:

»Hallo!«

Bewegungslos erwachte er zum Leben. Er sagte schnell:

»Marigold!«

»Nein, nicht Marigold«, sagte sie leise, bedauernd.

»Oh! ... Miss Curtis. Einen Augenblick lang habe ich Ihre Stimme verwechselt. Hallo!«

Sie spürte, wie er sich sammelte, hastig Haltung annahm. Das war seine Leistung, die mühsame Methode; so existierte er, überlebte er. Sein Gesicht war wieder leer und freundlich, seine Stimme klang wie üblich leicht und ausgeglichen. Er wartete auf Marigold – es machte nichts – es machte ihr gar nichts aus. Er wollte nichts von ihr.

Vorsichtig sagte sie:

»Soll ich gehen und sie suchen?«

»Großer Gott, nein. Sie ist sicher beschäftigt.«

Er mochte es nicht, daß sie ihn durchschaute. Er wollte nicht an seinen wunden Punkt erinnert werden. Nach einer Weile sagte er beiläufig:

»Mit wem sie wohl tanzt?«

Sie sah in den Saal. Marigold stand dort mit dem schlanken, dunkelhaarigen jungen Mann, den sie Rex genannt hatte, mit dem sie einen guten Teil des Abends verbracht hatte. Er sah nicht schlecht aus, schmalköpfig, rattenköpfig. Einem unbestimmten Instinkt folgend sagte sie:

»Im Augenblick sehe ich sie nicht. Vor einiger Zeit stand sie mit einem Mädchen in der Halle.«

Sie sah, wie der dunkelhaarige Junge seinen Kopf senkte und Marigold einen Kuß auf ihr Haar drückte. Marigold schaute versonnen, die Augen schmal, ihr Mund lächelte.

»Sollen wir tanzen?« fragte sie.

»Gern. Mit Vergnügen.« Sein Aufstehen glich einer behenden Demonstration. »*An der schönen blauen Donau*, das dürfen wir nicht verpassen.«

Und sie tanzten zusammen zu der Walzermusik, die zur Freude gedacht war. Beim Tanzen fühlte sie Liebe und Schmerz. Er hielt sie nah, und er war ihr sehr fern, fern der Musik, unbewegt, in einer anderen Welt. Sie tanzte mit seiner Jugend und seinem Tod.

21

Sie lief. Sie hatte die beiden gesehen, als der Walzer vorüber war. Sie waren nach oben gelaufen; er hatte Marigold an der Hand leicht hinter sich hergezogen. Die Kapelle spielte einen Foxtrott. Ich muß sie finden, bevor sie wieder nach unten kommt, ich sie aus den Augen verliere.

Sie wartete, lehnte am Treppengeländer. Im oberen Stockwerk öffnete sich mit einem Schlag eine Tür. Sie hörte Marigold sanft und rauh lachen. »Nein!« rief sie, drehte sich noch einmal um und lief davon.

»Marigold!«

»Olivia, hallo! ... Was ist?«

Ihre Stimme klang gereizt. Sie schaute aufgeschreckt, sah mit großen leeren Augen, als ob sie etwas blendete. Ihr Gesicht war gerötet.

»Marigold, er wartet noch auf dich.«

»Wer?«

Sie hatte große Augen mit weiten Pupillen.

»Der Blinde –«

»Oh –« Sie zuckte zusammen. »Timmy! Oh – ich habe vergessen, wiederzukommen. Ich bin gemein. Dabei hatte ich es wirklich vor. Wollte es gern. Hast du mit ihm getanzt? Ich mag ihn sehr. Ist er nicht nett? Wenn du mich fragst, er ist mein Favorit. Es ist eine Schande, nicht wahr? ... Und er hat sich noch niemals beklagt, kein Sterbenswort. Wenn es nach mir ginge, jeden seiner Mörder könnte ich einzeln umbringen und mich am Ende dazu. Aber traurig habe ich ihn noch nie gesehen – immer ist er gut gelaunt. Man vergißt vollkommen, daß er –« Wie vorhin nannte sie es nicht beim Namen. Sprach hastig weiter: »Seine Frau ist auch nett. Wirklich schrecklich nett –« Sie runzelte die Stirn, »aber weißt du, sie ist eben anders – ich meine – könnte man sagen, wenn man von oben herab sein wollte – sie war seine Pflegerin. Wenigstens zehn Jahre älter. Furchtbar vernünftig und praktisch. Das ist sicher gut, weil sie so arm sind und er in seinem Zustand – man hat nur irgendwie das Gefühl – weißt du, eigentlich hat er gar nichts vom Leben. Vielleicht macht es ihm nichts aus. Wahrscheinlich ist es ein unglaubliches Glück, daß er jemanden gefunden hat – obwohl es sicher nicht nur ein Opfer ist, mit solch einem Mann zu leben. Aber jede ist bestimmt nicht dazu geboren ... ich meine, eine hübsche jüngere Frau würde es bestimmt nicht schaffen. Ich meine, Liebe allein würde nicht ausreichen. Er braucht jemanden, der ihn so nimmt, wie er ist, und ihm ein normales alltägliches Gefühl gibt, und das tut sie. Sie scheinen gut miteinander auszukommen. Und sie haben ein nettes, normales kleines Mädchen. Es ist erstaunlich, wenn man ihn auf dem Hof sieht, zwischen den Hühnern, den Nestern, wie er mit den Tieren umgeht, die Eier einsammelt, Küken einfängt – als sähe er mit den Fingern. Hast du seine Hände gesehen? Und er stolpert niemals, macht keinen einzigen Fehler. Ich besuche ihn oft. Er albert gern und macht herrliche Witze – er braucht nur jemanden, der damit anfängt. Wie gut, daß du mich erinnert hast...«

Sie hatte wie im Traum gesprochen, als ob sie kaum wüßte, was tun oder sagen. Als sie hörte, wie oben eine Tür ging, schien sie die Trance abzuschütteln.

»Ich gehe auf der Stelle zu ihm«, sagte sie fest entschlossen, schaute suchend in die Halle, ob sie ihn dort fände. Er mußte es sein und kein anderer.

»Er war eben noch im kleinen Zimmer«, sagte Olivia.

Der dunkle Junge, Rex, kam die Treppe heruntergeschlendert, glättete sein Haar. Er sah wenig zufrieden aus. Sie wiederholte:

»Ich gehe jetzt zu ihm.« Ohne einen Blick lief sie vor Rex davon; die Treppe hinunter; schien in ihrem luftigen Rock zu fliegen, zu schweben; sie verschwand zwischen den Säulen.

Olivia ging langsam bis zum Treppenabsatz. Dort stand ein Sessel, den sie früher am Abend bereits gesehen hatte. Er war mit weißem Samt bezogen. Er war leer, und sie setzte sich. Ich bin sehr müde. Wie aus weiter Ferne hörte sie ein letztes Echo der Musik. Die Töne, die herüberwehen, erreichen mich nicht. Jetzt ist mir alles gleich. Dieses Gefühl war tröstlich, friedlich. Es machte ihr nichts mehr aus. Dahin bin ich gekommen, weil ich nicht leer ausgehe. Ich habe viel erlebt, in mancher Hinsicht. Was war das, was ihr zu guter Letzt beinah als Reichtum schien? Denkwürdige Bruchstücke, Blicke, Gespräche... Eigentlich gar nicht für mich bestimmt. Rollo, der von mir fort zu Nicola ging. Rollo und sein Vater, die einander anlächelten. Peter, der weinte: Bist du meine Freundin? Kate, die so glücklich aussah. Mit Timmy Walzer zu tanzen. Marigold, die zu ihm lief. Ja, ich kann sagen, es hat mir gefallen. Auch wenn mein Kleid... Sie sehnte sich nach ihrem dunklen Schlafzimmer, dem Bett, das sie erwartete. Ich bin so müde. Schlaftrunken betrachtete sie den weißen Samt: wie weiß er war, schimmerndes Gewebe, darauf ihr Kleid... Rot auf Weiß, Blut im Schnee... Ja. Es war ein *besonderer* Abend gewesen... Die Augen fielen ihr zu. Noch eine halbe Stunde.

22

Ein nüchterner Foxtrott wurde mit einemmal stürmisch. *D'ye ken John Peel!*[17]... sehnsüchtig, heiter, begeistert. Wie sie da alle tanzten! Riefen: Schneller, schneller. Lärmend und springend schlängelten sie sich vom Saal in die Halle. Manche Paare ließen sich nicht trennen. Tony und Kate; Rollo und Nicola; die anderen liefen in langen Ketten, teilten die Menge, trafen aufeinander und lösten sich wieder. Immer schneller. Maurice vollführte einen Veitstanz mit dem Mädchen in rosa Rüschen; also hatte er bekommen, was er wollte... Etty und Podge, die Heriot-Zwillinge und ihre Partner, Reggie rannte um sein Leben mit einem der Martins-Mädchen, an der anderen Hand hatte er Marigold. Auch er war am Ziel seiner Wünsche. Es war die vierte Zugabe.

Sir John und Lady Spencer erschienen zusammen in der Halle. Dann war der Spuk mit einem Schlag vorbei.

God save the King

23

»Ach!« Reggie stellte seine leere Kakaotasse zurück. »Das tut gut.«

Kate schüttelte die Thermosflasche.

»Es gibt noch einen Schluck. Möchten Sie etwas?«

Sie sagte es freundlich. Sie hatte Gewissensbisse. Ich habe ihm einfach gesagt, daß meine Tänze alle ausgebucht seien.

»Also wenn sonst niemand mehr will... Wir lassen nichts verkommen.«

Beinah hätte Olivia gesagt: Wo ein Schwein ist, verkommt nichts. Die Martins hätten es prompt gesagt und dabei schallend gelacht. Aber ich komme damit zu spät. Außerdem, mir ist alles gleich.

Kate schüttete ihm den Kakao ein und stellte die Flasche wieder auf den Tisch im Flur neben die Keksdose und die Wasserkaraffe, neben den Umschlag, auf dem stand: Schließt die Haustür ab und macht das Licht aus. Als ob wir das nicht sowieso getan hätten. Mutter traute niemandem. Aber es war im Grunde zum Lachen, nichts Ärgerliches – eine liebe Angewohnheit, die man hinnehmen konnte. Sie war unfaßbar gelassen. Als ob sie das alles nichts anginge.

Die vertrauten Gegenstände, die Möbelstücke, Vorhänge, wie das Licht fiel, Papas alte Mütze, sein Homburg an der Garderobe – alles schien ihr fremd und weit entfernt, gleichzeitig liebenswert und eigenartig bedeutungsvoll – als hätte es wie im Traum einen neuen Sinn erhalten. Ich habe alles hinter mir gelassen. Olivia, die sich auf der Bank zurückgelehnt hatte; ihre Augen waren ganz klein vor Müdigkeit. Wir werden den Ball nicht gemeinsam besprechen, nicht wie sonst, stundenlang, tagelang. Diesen Abend kann ich nicht mit ihr teilen. Olivia ist zu jung. Sie gehört zu diesen fremden, schwindenden Gegenständen, zu der alten, alltäglichen Welt. Arme Olivia! Heuchelei, sie nun zu fragen, wie ihr der Abend gefallen hat. Sie hatte sie einfach vollkommen vergessen. Den ganzen Abend lang einfach vergessen; auf dem Nachhauseweg im Taxi hatte sie geschwiegen wie gebannt.

Reggie gähnte laut. »Bettzeit, denke ich.« Er stand auf und knöpfte seinen Überzieher auf. »Also, also, also – es war ein sehr vergnüglicher Abend.«

»Ja, es war ein schönes Fest.« Kate gähnte auch. »Ich glaube, es hat allen gut gefallen.« Sie fügte herzlich hinzu: »Ich bin froh, daß es Ihnen gefallen hat.«

Wahrscheinlich habe ich ihn falsch eingeschätzt. Er hat bestimmt nur aus Schüchternheit soviel geredet und uns nicht angesehen. Vielleicht ist er eigentlich schrecklich nett. Die meisten Menschen sind nett. Wenn ich – jemals – heirate, bitte ich ihn, uns zu trauen. Sie wartete, daß Olivia ihr beipflichtete wie üblich, begeistert, half, den einzigen heiklen Punkt zu überspielen.

»Was ist... was soll ich...« fragte Olivia, »nein, nicht doch...«

»Olivia schläft schon. Komm, steh auf. Hier kannst du nicht schlafen.«

»Warum nicht...« Sie taumelte hoch. »Seht doch, es ist fast vier Uhr.«

Kate machte in der Halle das Licht aus.

»Seid leise.«

Die Stufen knarrten. Olivia flüsterte: »Das Korsett kracht!« und kicherte benommen.

»Hierher«, flüsterten sie Reggie zu. »Können Sie etwas sehen? Jetzt kommt noch eine Stufe.« Sie flüsterten: »Gute Nacht. Frühstück um zehn. Gute Nacht.«

Im Garten riefen die Eulen.

24

»Silberner Brokat«, sagte Olivia. »Über und über Geglitzer. Und Berge von Diamanten. Sie sah wunderbar aus.«

Mrs. Curtis versuchte, es sich vorzustellen, Silberbrokat. Sehr beeindruckend, zweifellos. Trotzdem, nichts ging über schwarzen Samt; nirgendwo kam der Schmuck besser zur Geltung.

»Sah Marigold hübsch aus?«

Kate beschrieb jenes Kleid, doch irgendwie war sie nicht bei der Sache. Diesmal war offensichtlich Olivia die Aufmerksamere gewesen. Die genaueren Beschreibungen kamen von ihr.

»Trug sie etwas im Haar?«

»Ich kann mich nicht erinnern«, sagte Kate. »Ich glaube, nicht.«

»Einen grünen Blätterkranz«, sagte Olivia. »Wie Efeuranken, Immergrün.«

Mrs. Curtis stellte sich einen grünen Blätterkranz vor. Sehr ausgefallen. Reizend.

Kate schaute auf die Uhr. Leere lag über dem Tag. Reggie war mit dem Zug um elf Uhr dreißig abgereist, er hatte wenig gesagt, wirkte angeschlagen, hatte verschlafene Augen. Sie saßen im Schulzimmer. Mrs. Curtis hatte den

Rest ihres geschäftigen Morgens geopfert, um alles über den vergangenen Abend zu erfahren.

»Und ihr habt jeden Tanz getanzt? …«

»Ich glaube, ja.«

Kate gähnte.

»Ich nicht«, sagte Olivia. »Nicht jeden.«

»Ihr seid länger fortgeblieben, als ich dachte.«

»Hm, doch, es war spät.« Kate rieb sich die Augen.

»Seid ihr jemandem vorgestellt worden?«

»Nein, keiner Seele… Die üblichen Leute aus der Nachbarschaft waren alle da.«

»Ich habe mehrere Leute kennengelernt. Einer war blind.« Sie beschrieb Timmy. »Und einer war entsetzlich gescheit und hieß Peter Jenkin. Ein Dichter. Und noch ein paar Leute.«

Tatsächlich, es schien, als ob Olivia den interessanteren Abend gehabt hätte. Sicher, sie hatte es leichter als Kate – mit ihrer offenen, einnehmenden Art. Gesellschaftlicher Erfolg ließ sich nicht voraussagen. Sie hatte immer mehr Tänzer gehabt, obwohl ihre Schwester May soviel hübscher aussah.

»Habt ihr mit Lady Spencer gesprochen – oder mit Sir John?«

»Nur zur Begrüßung und zum Abschied.« Kate dehnte die Worte. »Sie fand uns, glaub' ich angemessen.«

»Aha.«

»Wenigstens bemerkte sie, wie hübsch wir wären oder so etwas.«

Nun, das war beruhigend. Lady Spencers Meinung war wichtig.

»Gut.«

»Ich habe mich ein wenig mit ihr unterhalten«, sagte Olivia. Sie beschloß, den schottischen Tanz zu unterschlagen. Das würde Mutter nicht verstehen. »Und ich habe auch mit Sir John gesprochen. Soll Papa schöne Grüße bestellen. Er hat gesagt, daß Papa ein sehr fähiger Mann sei.«

»Hast du ihm das ausgerichtet?«

»Nein, noch nicht.«

»Nun, vergiß es nicht.«

»Ich habe mich auch mit Rollo unterhalten. Er ist furchtbar nett.«

Mrs. Curtis war äußerst angetan, sagte:

»Ich weiß, er soll ganz reizend sein.«

Tatsächlich, Olivia hatte ihre Sache gut gemacht. Daß Sir John sie zur Kenntnis genommen, ihr sogar seine Bücher gezeigt hatte. Und Rollo auch... Was war mit Kate? Vielleicht war sie einfach noch nicht ausgeschlafen. Eigentlich sah sie frisch aus, das blühende Leben. War sie eifersüchtig? Auf die kleine Schwester –

Das Telephon läutete. Kate sprang auf.

»Wer das wohl sein mag?« sagte die Mutter.

Kate wurde rot. Mühsam nahm sie sich zusammen.

»War es nicht erstaunlich, daß wir Etty getroffen haben? Sie wohnt bei den Heriots.«

Violet erschien in der Tür.

»Miss Etty Somers möchte Miss Kate sprechen.«

Kate kam einige Minuten später zurück, auffallend gleichmütig, ein wenig blaß.

»Nun, besucht sie uns heute?« Wenn Mrs. Curtis von Etty sprach, klang ihre Stimme anders, gnädig.

Kate sagte auffallend ruhig:

»Die Heriots laden mich zum Abendessen und zum Jagdball ein.«

Ihre Mutter machte mit einem Schlag ein anderes Gesicht. Ihr war alles klar. Sie sagte, als sei nichts Besonderes:

»Wann soll das sein?«

»Morgen.«

»Nur du?«

»Ja.«

»Darüber müssen wir noch reden.«

Sie stand auf, wollte gehen, war die Autorität und die Unverbindlichkeit selbst.

»Ich habe gesagt, daß ich darf«, sagte Kate.

25

Olivia ging ins Freie. Sie lief am Walnußbaum vorbei; diesmal schaukelte sie nicht; weit hinten sah sie Vater und Onkel Oswald auf ihrem täglichen Gang durch den Rosengarten – Rückansichten zweier komischer alter Brüder. James war da; schwankend bog er bei den Büschen mit seinem Fahrrad um die Ecke. Sie lief. Rannte durch den Küchengarten. O Kate! Sie wird mir nichts erzählen. Alles hat sich verändert, alles ist anders geworden. Sie rannte den Weg entlang um ihr Leben; zum Tor hinaus auf das freie Feld. Ein Fasan schreckte in den Bäumen auf, flatternd stieß er in der Luft seine heisere Warnung aus. Sie rannte über die rauhe, feuchte Wiese. Ich bin allein, aber es macht mir nichts. Auch ich habe viel, worüber ich nachdenken muß. Was habe ich erlebt! Timmy, Marigold, Rollo, Nicola, Archie, Peter, Maurice – Worte, Blicke, Bewegungen – kaum zu fassen. Leben – Sie konnte kaum atmen. O Kate! Wir werden einander nichts erzählen... Sie sprang über einen Stein. Eigentlich fängt es erst an. Ein Hase im Gras rannte erschrocken davon ins gepflügte Stoppelfeld. Aus den Furchen erhoben sich wirbelnd im Schwarm die Krähen. Die Landschaft schien in Bewegung bis zum Horizont. Der Wind jagte die Wolken, und die Sonne flog hinter ihnen her. Ein gigantischer fackeltragender Läufer kam aus weiter Ferne auf sie zu, in Riesenschritten, beflügelt über die Hügel, zog die Schattenschleier nacheinander fort, wandelte sie augenblicklich in luftig lichte Formen. Er lief über Stoppelfelder und Brachland. Die Krähen blitzten auf, der Hase und sein Schatten schlugen im Sonnenlicht einen Haken. Im nächsten Augenblick wird er überall sein. Er ist da. Sie lief ihm entgegen.

Anmerkungen

Rosamond Lehmanns »Aufforderung zum Tanz« ist ein sehr englisches Buch. Manche darin auftauchenden Namen, Zitate und Begriffe erfordern deshalb eine Erklärung. (d. Übers.)

1 *Potpourri* ist eine duftende Mischung aus getrockneten Blütenblättern.

2 *Doch war sie von der Welt, die allem Schönen eben*
das schlimmste Los beschert,
und so als Rose lebte sie, was Rosen leben
und einen Morgen wert...
ist ein Zitat des französischen Dichters Nicolas Boileau (1636–1711).

3 *Man stirbt oft... und es nimmt kein Ende...* ist ein leider nicht identifizierbarer Vers, den Rosamond Lehmanns eigener Vater häufig gebraucht hat.

4 *It is not death...* stammt aus einem Gedicht des Engländers Thomas Hood (1799–1845).

5 Die Lieder, die Miss Robinson auf dem Klavier spielt, sind sentimentale Salonstücke aus der Zeit Edwards VII. (1901–1910).

6 Dame Clara Butt (1873–1936) war eine berühmte englische Altistin, geradezu eine nationale Institution.

7 *Christabel* ist ein Name, bei dem ein Engländer sofort an ein bekanntes Gedicht des Romantikers S.T. Coleridge (1772–1834) denkt.

8 *The Rainbow* – »Der Regenbogen« hieß eins der ersten Comic-Hefte für Kinder.

9 Fay Monkton war eine Londoner Schauspielerin, Schwester des Schriftstellers Compton Mackenzie.

10 *Brooklands* – eine Autorennstrecke in Surrey.

11 O. U. D. S. heißt Oxford University Drama Society. Das Gespräch zwischen Olivia und Peter Jenkin ist, obwohl niemand Bestimmtes mit den genannten Personen gemeint ist,

eine ironische Darstellung der Aktivitäten und der Atmosphäre in den Dichterzirkeln an den Universitäten Oxford und Cambridge, in denen R. L. sich gut auskannte.

12 *Berenice* ist die Titelheldin eines Dramas des französischen Klassikers Jean Racine (1639–1699).

13 *East Lynne* war ein viktorianischer Bestseller von Mrs. Henry Wood über eine Frau, die ihren Mann verläßt und später als Gouvernante zu ihren Kindern zurückkehrt.

14 *Gather ye rosebuds while ye may*... ist ein Zitat von Robert Herrick (1591–1674).
Come kiss me sweet and twenty, youth's a stuff will not endure stammt aus William Shakespeares Komödie *Twelfth Night.*

15 Alfred Lord Tennyson (1809–1902) war ein großer viktorianischer Dichter; in seinen bekannten Gedichten vergleicht er junge Mädchen mit zarten, reinen Blüten.

16 Ein »Versunkener Garten« ist ein meist von einer Mauer umgebenes terrassiertes Gartenstück, oft mit einem Springbrunnen; in der englischen Gartenarchitektur ist es etwa seit dem achtzehnten Jahrhundert zu finden, ursprünglich aus der italienischen Gartenarchitektur.

17 *D' ye ken John Peel* ist ein altes englisches Jagdlied.

Rosamond Lehmann

Dunkle Antwort
Roman. Band 3771

Rosamond Lehmanns erster Roman handelt vom Ende der Kindheit, dem Verlust der Unschuld. Er spiegelt sowohl die Empfindungen einer jungen Frau auf der Schwelle zum Erwachsensein als auch den Zeitgeist der zwanziger Jahre.

Der begrabene Tag
Roman. Band 3767

Dinah und Madeleine, zwei ungleiche Schwestern, impulsiv und leidenschaftlich die eine, besonnen und eher defensiv die andere, voller Rivalität und doch einander verbunden. »Der begrabene Tag« – ein Tag der Erinnerungen und auch der Annäherung.

Fischer Taschenbuch Verlag

fi 528/2

Johanna Moosdorf

Die Freundinnen
Roman. Band 4712

Die Geschichte einer Liebe zwischen zwei Frauen – zugleich ein aktueller, sensibler und undogmatischer Emanzipationsroman. In seinem Zentrum steht das Verhältnis der Geschlechter zueinander, die weibliche Weltsicht, die mit der männlichen kollidiert.

Jahrhundertträume
Roman. Band 4739

Johanna Moosdorf hat autobiographisches Material in einen Jahrhundertroman verwandelt: Sie erzählt die Geschichte der Schriftstellerin Jenny Meininger und ihres Mannes, des Juden, Karl Meerstern. Jahrhundertträume und -alpträume zwischen Liebe und Tod sind es, von denen die Autorin erzählt.

Fischer Taschenbuch Verlag

fi 1143 / 1